七叔，請多指教 1

風 文創 682

蘇自岳 著

風
文創
682

目錄

序

蘇自岳

這篇文是女主角重生後嫁給自己丈夫的叔叔的故事，大叔蘿莉配，年齡差萌。重生的女主角很多，嫁給誰的都有，嫁給自己丈夫叔叔的其實也不少，不過這部小說更多著墨在女主角的感受上。女主角上輩子死於夫家，對於這樣的夫家避之唯恐不及，對於這個叔叔，女主角也是心存畏懼的，視為一個長輩、一個陌生人，可是這輩子因緣巧合，她竟然和這樣一個人走在了一起。

這其中的心路歷程，頗值得一寫。女主角小驕縱、小任性，男主角腹黑包容，在一起後，那種為所欲為的寵溺和甜蜜，怎麼想怎麼覺得人生圓滿不過如此，所以才有了這篇文。

寫這篇文的時候，我恰好懷孕，所以這篇文是伴隨著各種產檢和忙碌而生的。因為我中間生產的原因，這篇小說還曾經停更，以至於月子裡一直惦記著，等出了月子，就趕緊拿筆繼續寫。可以說，這雖然不是我成績最好的一篇文，卻絕對是最難忘的一篇，一部和我家寶寶同時被製造出來的小說。

想到這本小說能夠在臺灣出版，其實滿高興的。我自己從小就愛看小說，可以說是看著臺灣小說長大的一代人。曾經還覺得最好一輩子都不要踏足臺灣，因為臺灣是言情小說裡總裁和女主角所在的地方，一個充滿甜蜜夢想的地方，一旦去了，估計再看小說就失去那種夢幻感了。

那時候怎麼也沒想到，有一天我自己會成為一名言情小說作者，並且已經有多部作品陸續在臺灣出版，感覺很奇妙和特別。

希望讀者能夠喜歡我的小說，和我一起分享甜蜜的夢想。

楔子

人生際遇，千迴百轉，一個人最後會是何種結局，任憑大羅神仙也難以預料。

葉青蘿是晉江侯府最受疼愛的孫女，生來就是享福的命，年幼時曾有一日，老祖宗把阿蘿摟在懷裡，愛憐地說道：「我的阿蘿天生好福氣，不需要才情出眾，也不需要知道那些人情世故，一輩子都會被人疼著、寵著……」

而阿蘿軟綿綿地靠在祖母懷裡，並不知道這話是什麼意思？

及至她大些了才恍然大悟，原來那時老祖宗就為她定下親事，準備了人人豔羨的豐厚嫁妝，驚才絕豔的夫婿是名滿燕京城的才子，甚至連那婆婆都是自小看著她長大、寬厚慈愛出了名的。能嫁入那樣的權侯人家，她肯定是不會吃苦，也沒什麼需要操心的，只要夫妻恩愛、孝順公婆，過她悠閒富足的少奶奶日子就是了。

只是，差以毫釐，謬之千里，誰也沒想到，老祖宗為她鋪好的康莊大道，到底出現了意外的岔路……

此刻，坐在陰暗潮濕、不見天日的水牢角落，葉青蘿回想著像是作夢一般的過往，在分不清晝夜的黑暗中瑟瑟發抖。沒了祖母庇護，沒了夫婿疼愛，在飢寒交迫中忍受著蟲啃螞噬之苦，每一日都是煎熬。

耳邊傳來不知什麼的聲響，彷彿水聲，彷彿蟲鳴，又彷彿是萬千人在嗡嗡作響。

她無力地抬起眼皮，看了看自己動彈不得、逐漸萎縮的雙腿，以及髒污潮濕的花白長髮，悲哀地想著，不如死了算了，這樣活著，和死了又有什麼區別……

當這麼想著的時候，她聽見外面有了動靜，很快，長滿苔蘚的通道口，出現了一個人影。

來者是一名黑衣女子，頭戴帷帽，以黑紗掩住臉龐，一身華貴寬鬆的錦裙，牆上一盞微弱的油燈燃燒著，將來人纖細的身影拉得很長很長。

她艱難地仰起臉，試圖看清此人的模樣，卻如之前無數次一樣，失敗了。

「葉青蘿，昨晚妳是不是聽見了很熟悉的曲子？」女子的聲音沒有起伏，冰冷殘酷。

阿蘿心一震。昨晚她確實聽到了琴聲，奏著熟悉的曲調，夾在那嗡嗡的水聲中傳來，她還以為只是幻覺。

「妳說，那是什麼曲子、是何人所奏，又是為誰而奏？」

阿蘿無生氣的眼中，泛起一絲亮光。

〈綺羅香〉，是當年永瀚特地為她所譜的琴曲，是她和永瀚的定情之曲！

來人緊盯著她的反應，黑紗下的雙眸在黑暗中閃著詭異的光芒。

「很熟悉吧？妳沒有聽錯，那確實是〈綺羅香〉。」

「綺羅香……」阿蘿喃喃地唸著。

不可能，這個世上，除了永瀚，沒有第二個人會這支曲子。

「正是蕭永瀚親手所奏。」

「不可能……」阿蘿猛地扯著嘶啞的嗓子，發出粗嘎的聲音。隨著她激動的掙扎，手腳上的鐵鏈也跟著發出聲響。她大口喘著氣，捂住胸口，狼狽地抬頭瞪著眼前的黑衣女子。

燈影搖曳，眼前的一切都變得模糊起來，往日那久遠的記憶前所未有地浮現……

那年她正值荳蔻，春光明媚裡，纖纖手，綺羅衣，望定滿院繁花，她看著那挺拔立於桃樹下的白衣少年，羞澀低笑。

「阿蘿，我為妳譜下〈綺羅香〉，今生今世，此曲只為妳而彈。」

少年溫柔的聲響依稀就在耳邊，伴隨著那嗡嗡的水聲傳來。

怎麼可能，有一天此曲會因別人而響起？

黑衣女子望著在地上掙扎的葉青蘿，嘆笑一聲。「不必懷疑，蕭永瀚今生今世，確實只為葉青蘿一人彈奏〈綺羅香〉，他也遵守了他的承諾。」

阿蘿茫然地望著她，喃喃地道：「什、什麼意思……」

黑衣女子恍若未聞，逕自問道：「妳是不是一直想知道，我是誰？」

阿蘿不由自主地點頭。是的，她想知道，太想知道了。

直到現在她都對眼前發生的事滿腹疑惑，這一切是如何演變成這樣的？她只記得，當年永瀚隨七叔出外征戰，懷胎十月的她在家中產下孩兒，聽到了那哇哇啼哭之聲。

在初產麟兒的喜悅和疲憊中，她昏睡過去，然後……然後再次醒來，人已經在這裡了……

這些過程她想了不知道多少遍，究竟哪個環節有問題，又是誰將她帶到此地的？苦思至今沒有答案，每每想到頭疼欲裂，想到甚至覺得以前的人生只是一場夢，也許她從有記憶開始，就是活在這個陰暗潮濕的地方。

曾經晉江侯府那位備受寵愛嬌貴美麗的葉三姑娘，曾經蕭家那位才華滿腹的白衣少年，都不過只是陰暗潮濕的地縫裡，一隻卑微的螻蟻空空造出的一場夢。

就在這個時候，眼前的女人突地揭開了頭上的帷帽及黑紗。

當帷帽一掀開，搖曳燈影下女子的臉龐呈現在阿蘿面前，阿蘿陡然瞪大了眼睛，整個人幾乎窒息地呆滯著。

那是一張纖柔秀雅、精緻無雙的臉，年已過三十，依然保養得宜，姿容絕代。

可是……阿蘿卻看得瑟瑟發抖，渾身抑制不住地瑟瑟發抖。

怎麼會……跟她這麼像？

剛剛一剎那之間，她還以為看到了從前養尊處優的自己……

「妳、妳，妳到底是誰……」阿蘿的聲音中摻雜了恐懼。

「我就是葉青蘿啊！蕭家的少奶奶、蕭永瀚之妻。對了，我還有個聰明孝順的兒子，今年已經十七歲，不日便要迎娶當朝的十三公主了。」

「妳、妳……」阿蘿喉嚨發出猶如怪獸一般嘶啞的聲音。

「我的夫君對我疼寵有加，昨晚月圓之夜，他特意彈奏〈綺羅香〉，因為那是我們的定情之曲……」

「不！」阿蘿突然激動起來，不顧鐵鏈的束縛，試圖撲向前。「我才是葉青蘿！妳不是，妳不是！永瀚是我的夫君，是我的！」

可是她的掙扎只是徒勞無功，羸弱殘缺的身體很快便被鐵鏈重重地扯回角落，狼狽地跌倒在長滿苔蘚的潮濕地上。

她急促地喘息著，拚命睜大眼睛，盯著眼前那個長得幾乎和她一模一樣的女人。

十七歲的兒子，哪裡來的十七歲兒子？是她那個無緣的孩兒嗎？

難道她在這暗無天日的地牢裡，已經煎熬了十七年？

「哈哈哈哈，不錯，妳曾經是葉青蘿，但如今，我這個葉青蘿得到了妳的夫君和兒子，享受著妳的一切。妳知道嗎？永瀚對我很是寵愛，我要什麼他就給我什麼，連夜裡也對我疼愛有加，常常讓我欲罷不能呢；還有我那兒子，真是天底下最孝順的兒子！哈哈哈！」

「葉青蘿」得意地笑著，放肆地笑著，心滿意足地欣賞著阿蘿那狼狽瘋狂，猶如困獸的模樣。

「妳——妳到底是誰！」阿蘿掙扎著想要支撐起身子，可是長年的地牢生活，她的身體早已軟弱無力。

「妳放心，妳在這裡不會太無聊的，這處水牢正位於蕭家後院的雙月湖底下，」「葉青蘿」挑眉得意地俯視著阿蘿，笑道：「每當月圓之夜，永瀚都會帶我來湖邊散步，為我彈琴奏曲，妳也可以順道一飽耳福。」

蕭家後院的雙月湖……

阿蘿的心急劇地收縮。

雙月湖，她是再清楚不過了，那是她和永瀚初相識的地方，也是昔日定情之處。

怪不得，有時候她在睡夢中，彷彿能聽到永瀚似有若無的說話聲，她一直以為是自己的幻覺，卻原來，那時自己最心愛的夫君就和她近在咫尺！

她絕望地仰起頭，看向地牢的屋頂。

這裡，果真是雙月湖的湖底嗎？

只隔著一層湖水的距離，她從花團錦簇的葉青蘿，變成了階下囚？

「不過，如今我想要的都得到了，留下妳已經沒有必要了。」語氣一轉，「葉青蘿」突然冷冷說道。

阿蘿一驚，意識到她的殺意，使出全身力氣，對著牢頂發出嘶啞的叫聲——

「永瀚，永瀚！我才是你的阿蘿，救我！你來救我啊——」

蕭家後宅，千韻閣。

一個俊美猶如謫仙的中年男子，在那床榻上睜開眸子，眸中卻是一片茫然空洞。

「父親又作噩夢了？」旁邊的少年溫潤如水，開口問道。

「這個夢，好久不曾作了。」男人坐起來，撫了撫額頭，疲憊地道。

「母親好好地在府裡，若是父親惦記，我這就去請母親過來？」

「不必了。」男人搖頭，閉上眸子，眼前卻浮現夢中的情景。

夢中的她，已是形容憔悴，滿頭白髮。

「父親想來是最近身子欠安，這才難免夜有所夢。」

「或許吧。」

男人輕嘆了口氣，垂眸，看向自己垂在肩上的髮。

尚且不足四旬，曾經的烏髮已經花白了。

一如夢中的葉青蘿。

同時間，雙月湖畔，小雲榭上。

蕭家這一代的當家蕭敬遠，一身錦繡黑袍，負手而立，擰眉看向平靜的湖面。

湖面上，一片枯澀的黃葉緩慢飄落。

他盯著那半浸入水中的瑟瑟黃葉，猛然間，若有所感，皺起了眉頭。

七年沙場征戰、二十載朝堂沈浮，權傾朝野的他早已修得心靜如水。只是為何，望著那半浸入水中的枯葉，他竟有一種陌生而熟悉的撕心之痛？

仰臉，望天。

上一次品味這撕心之痛，是什麼時候？

秋日裡蒼茫高遠的天空中，彷彿浮現出一個影像，是多年前，那個眸若秋水的小小姑娘……

第一章

一個潮濕陰暗的情景，在阿蘿翻來覆去的睡夢中不知道重複了多少次，以至於睡夢中的她，都在瑟瑟發抖。

「姑娘這是落水後著涼，總一個勁兒說冷。」

「陳太醫今天可曾過脈？怎麼說的？」

「回老祖宗，陳太醫說沒什麼大礙了，讓好生養著就是。」

「既沒什麼大礙了，怎麼總是發抖？這年紀小小的，可別落下什麼毛病。」

「這……陳太醫還是那意思，這是姑娘落水後的心病，總覺得身上冷，等過一些日子也就好了。」

阿蘿聽著這些言語，只覺得那聲音分外耳熟，可一時又想不起，這到底是誰？

掙扎著睜開眼來，首先浮現眼前的，便是朦朦朧朧的織錦鵝黃軟帳，而在帳旁一臉關切望著自己的，是一位面目慈祥的老太太，兩鬢銀髮、戴錦繡攢珠抹額，看得倒是讓人一怔。

這模樣，正是自家老祖母，只是恍惚中記得，在她嫁到蕭家前，老祖宗就已經不在人世了。

她動了動如那噩夢中一般乾澀的唇，正要說什麼，只見老祖宗湊了過來將她半摟在懷裡。「我的心肝阿蘿啊，妳可算醒了，若再這樣睡下去，要把我急死了！」

阿蘿被老祖宗摟在懷裡，身上便覺十分熨貼暖和，倒是沒了剛才那股徹骨的寒氣，小小的身子不由自主地越發靠緊眼前的老祖宗。

老祖宗看她這樣，更加憐惜，握著她的手道：「明明身上不覺冷，卻總是打寒顫，太醫說了，這是心病，怕是要將養一些時日才會慢慢好。」

阿蘿不經意間看到自己被老祖宗握住的手，竟是嬌小秀氣中帶著點嬰兒肥，彷彿七、八歲模樣，不免微訝。順著那手，低頭看向自己身子，這才發現，她之所以能被老祖宗摟在懷裡，是因為她這身子，不過七、八歲身量罷了。

七、八歲的阿蘿，嬌小纖細，一襲鵝黃繡花中衣遮住身量，只露出細白的腳踝。腳踝上戴了納吉祈祥長命鎖，用一串細紅線掛著。

此時的她，並不是噩夢中那個被囚禁十七年的可憐女子，而是軟綿綿地猶如一隻貓兒般，靠扶在老祖宗身上的閨中小女娃。

她一時有些不敢言語，生怕自己若是出聲，倒是驚飛了這個如此溫暖甜蜜的夢，只是越發小心地將身子伏趴在老祖宗身上。

老祖宗心疼地摩挲著她光滑嬌嫩的小手，低聲安撫說：「乖乖心肝，別怕，那只是噩夢，都過去了，祖母已經命底下人把地龍早早地燒起來，又把妳放暖閣裡，這裡暖和得緊，便是冬日來了也不怕的。」

這話葉家老祖宗不過是就著那落水一事安撫小孫女罷了，可是聽在阿蘿耳中，卻是另外一番意思。

她小心翼翼地抬起臉來，渴盼而不敢相信地望著老祖宗那慈愛的眉眼，嘴唇輕顫，終於艱難地問道：「那只是噩夢？都……都過去了？」

老祖宗蒼老的手摩挲著孫女兒的臉蛋，心疼地道：「是，都是夢。今日妳娘還帶著妳哥哥，去萬壽寺給妳祈福燒香了。說起來也是靈，這會子怕是才拜上佛，妳就醒來了。」

老人家的手，便是再保養得宜，也是皺了，那皺皮的手指撫摸在阿蘿細嫩猶如新剝雞蛋的臉頰上，雖並不順滑，卻給阿蘿帶來一種難言的撫慰和暖意。

她微微咬唇，清亮迷惘的眸子漸漸蘊含了淚。「老祖宗，咱們這是身在何處？」

她應該已經死了，難不成是來到陰曹地府，和自家親人相聚？只是為何自己卻變成了幼時模樣？

老祖宗卻不知懷中的小孫女經歷了何等奇遇，只以為她是問起住處，便道：「妳前幾日去花池子那邊遊船，誰知道船翻了，竟把妳落在水裡，由此病了這麼幾天。我怕底下人不仔細，便讓人把妳抬到我這榮壽堂來，妳瞧，這不是榮壽堂的暖閣嗎？」

阿蘿聽聞這話，微怔了下，迷惘地抬起淚眼，隔著老祖宗的臂彎看向錦帳外。

卻見靠床侍立著的，是自己年幼時的奶娘魯嬤嬤，魯嬤嬤身旁又立著幾個十二、三歲的小丫鬟，她依次認出這是雨春、翠夏、丹秋、香冬。她們如今還是身量未長成的小姑娘，穿著記憶中，舊年裡才穿的紅綾襖白緞裙，依次捧著托盤、漱盂、拂塵、巾帕等。

她再抬眼，環視室內，卻見床邊是一對檀木老交背椅，都一併搭著掐金絲老藍椅搭子；靠窗位置是紫檀雕花八仙小櫃，旁邊放一對紫檀底香几，左邊香几上是茗碗、痰盒等，右邊是放了金漆青獅八竅香鼎，那香鼎裡此時燃了香，裊裊煙香縈繞。

阿蘿嗅著那似有若無的安神檀香，心中依然恍惚，不過卻依稀辨出，這些果然是自己七、八歲時，老祖宗寢室中的擺設。

後來老祖宗駕鶴西去，那一對檀木老交背椅應是放到了大伯母房中，而自己母親則是得了那金漆青獅八竅香鼎。

當時母親房中的越嬤嬤還頗有些抱怨地說：「老祖宗房中的好東西，這就是財，哪房得了以後哪房發達，只個香鼎，也忒輕了去。」

意思是母親搶得少了，反倒讓其他房占了便宜。

而如今，記憶中應該被各房分了的家什，還好端端地擺放在老祖宗的寢室中；本該已經去世的老祖宗，依然在那淡淡檀香中，疼愛地摟著小小的自己。

仰起臉，再次望向老祖宗，看她那兩鬢的銀髮，還有那熟悉又陌生的眉眼，阿蘿心裡原本的迷惘漸漸淡去。

也許那冰冷殘酷的一切，才是一場奇異的夢吧，她並不是什麼嫁到蕭家的少奶奶，更不是產子之後被囚禁多年的可憐人。

她依然年不過七、八歲，被老祖宗抱放在膝頭，小心翼翼地疼寵、呵護著。

老祖宗望著懷裡的阿蘿，見她嫩紅的唇瓣顫巍巍的，澄淨的眸子中，淚水盈盈欲滴，就那麼怔怔盯著自己銀髮看，不免詫異。「阿蘿可還哪裡不舒服？」

阿蘿見祖母問，輕輕搖頭，反而伸手去撫摸老祖宗的銀髮，低聲道：「老祖宗，我沒有不舒服，只是想您了。」

她是想念老祖宗了。

那似有若無的熏香，那磨得油亮的古式檀木老交背椅，甚至那半新不舊的椅搭子，都是那噩夢中她一次又一次的甜美回憶。

想到此，鼻頭不知怎的一酸，竟如個小娃兒一般淚如泉湧。

「乖乖心肝，這是怎麼了，可是身上不好？快，快叫陳太醫！」這下子可把老祖宗嚇壞了，不知如何是好？

阿蘿卻一股腦兒撲靠在老祖宗胸膛上，攬著老祖宗的脖子，邊哭邊道：「老祖宗，阿蘿好想您，阿蘿好想您……」

那帶著哭腔受盡委屈的話，可把老祖宗給心疼壞了。

「老祖宗就在這裡啊，一直陪著妳呢，乖乖心肝別哭……」

旁邊的魯嬤嬤見此，自是連忙奉上巾帕，又趕緊吩咐小丫鬟們去提水，屋內一片忙亂。好一番痛哭，阿蘿因那長長一場噩夢所帶來的萬般委屈，也似乎隨著這場哭泣淡去了。此時的她，依偎在老祖宗懷裡，像個小娃兒一般撒嬌，由老祖宗親自餵著山藥紅棗糯米粥。

魯嬤嬤從外間走進來，見老祖宗笑呵呵地拿了勺羹去餵姑娘，姑娘一口一口吃得香甜，精緻的眉眼間漸漸露出滿足的笑，不免放心了。

剛才姑娘一醒來，那樣子彷彿被夢魘住，看著倒有些犯傻，如今哭了一場，總算好了。

她上前笑道：「適才底下人去請了陳太醫，如今已經在二門外候著。老祖宗，您看這……」

老祖宗聽了這話，一邊滿臉慈愛地把一口粥餵到阿蘿小嘴裡，一邊笑道：「讓他過來看看吧，雖說看著好了，但不讓太醫過脈，終究不放心。」

魯嬤嬤聽了吩咐，自去請太醫了。阿蘿這邊喝完半碗粥，便覺得喝不下。

「這可不行，沒吃幾口，便是旺財都比妳吃得多。」

旺財是老祖宗屋裡養的一隻花狸貓，年歲不小，卻越發能吃，阿蘿記得自己七、八歲時總愛逗著牠玩耍，只可惜後來旺財不知怎的走丟了，再也沒找回來，為此她還哭了好幾天鼻子。

此時阿蘿心裡越發覺得這七、八歲的光景才是真，那夢中驚恐不過是幻境罷了，當下猶如躺在軟綿綿的錦被上一般，周身甜融融的。

她笑著望向自家祖母，故意噘起小嘴。「不要嘛，老祖宗，阿蘿真的吃不下了。」

老祖宗抬起手，無奈又寵溺地捏了捏她挺翹的小鼻子。「妳啊，這才剛醒，就開始淘氣了，等會兒陳太醫過來，仔細我讓他好生給妳開幾服藥補身子。」

阿蘿頓時嚇了一跳。吃藥那事可不是鬧著玩的，瞧瞧那半碗粥，再想想那黑乎乎的藥，連忙點頭。「我吃我吃！我最愛吃粥了！」

她在七、八歲的年紀，見風使舵的本領還是有些的。

「這才乖！」老祖宗看她一臉乖巧，實在是惹人疼，忍不住輕輕揉了揉她的小腦袋。

這祖孫二人正說笑著，就聽到外面傳來腳步聲，緊接著便是魯嬤嬤過來回話。

「是大姑娘、二姑娘、四姑娘，並表姑娘過來了。」

阿蘿聽得這話，冷不防地倒是微驚了下。

依然是七、八歲的年紀，有著老祖宗的疼寵，這讓她打心底鬆了口氣。可是乍一聽到幾個姊妹過來，頓時讓她想起記憶中關於這幾位姊妹的種種。

那些記憶並不太愉快。

葉家兒子共有三，大房兩兒兩女，長子葉青琮、次子葉青瑞，大姑娘為葉青蓉、二姑娘葉青蓮；二房是阿蘿和哥哥葉青川，三房則只得了一個女孩葉青萱。

除此，家裡現還養著一位沒了母親、前來投奔的表姑娘，是葉家大夫人的親妹妹所出，叫馮秀雅。

統共家裡這五位姑娘，年紀最多不過相差三歲，按說都是相仿的年紀，又是自小一塊兒玩的，應該是親得跟什麼似的才對。

可是偏偏，阿蘿和這幾位姊妹多少都有些隔閡，並不是那麼融洽。

原因說起來這話就遠了。當初阿蘿出生之前，老祖宗得了重病，太醫都說沒救了，一家子圍在榮壽堂，底下人已經匆忙在準備後事。

就在這時，懷胎七月的二太太——也就是阿蘿的母親寧氏，忽感腹中緊痛，被人匆忙扶著回屋，不多時，便生下了阿蘿。

阿蘿一出生，老祖宗那邊忽然就有了氣息，就此活了過來。

事後據老祖宗自己說，她原本飄飄蕩蕩的，不知周圍黑白，忽而有個身著五彩仙裳的仙女，把個娃娃抛到她手裡，還對她說，好生看顧這孩兒，之後她便醒了。這事傳出去，人人都是嘖嘖稱奇，只說阿蘿是仙女送子，因阿蘿降生，這才救了老祖宗的命。

老祖宗身子好了後，抱著懷裡那白玉一般的小人兒，只說這分明就是夢裡那娃娃，喜歡得跟什麼似的，自此把阿蘿當作心肝肉疼著。

別說是其他姊妹，就是葉家的長子長孫，都沒有阿蘿在老祖宗跟前的風光。

萬事有利便有弊，阿蘿自小被老人家寵著，又是天性懶散嬌弱的性子，比起其他幾位姊妹，多少有些被寵壞，竟成了個不學無術的。

因手指頭太過細嫩，彈琴是不行的，吃不得苦頭；也因不喜那油墨味，寫字也遠不如幾個姊妹寫得好。平日學堂裡讀書，雖說仗著記性好，倒是比別個姊妹學得快，可是架不住人家幾個背後偷偷用功，而她只知道在老祖宗房裡陪著旺財玩耍，久而久之，外人看著，她可真是個被寵壞的驕縱姑娘。

又因她那般受寵，吃穿用度都比其他姊妹要好，小姑娘家的，哪個看著心裡能舒坦？難免對阿蘿生出許多不滿來。

打小便存了嫌隙，長大後，幾個姊妹更是和阿蘿越走越遠。

如今的阿蘿，有了那麼一場如夢似幻的經歷，那小腦袋倒是比以前想得多了。

她仔細地回想記憶中的點點滴滴，心裡明白，曾經那個年幼的阿蘿，縱然看似沒心沒肺，也並不在意幾個姊妹，可心裡終究還是難受的。

都是要臉面的小姑娘，哪個不想自己成為最出挑、人人稱羨的那個？小小的阿蘿嘴上不說，心裡卻很清楚，便是誇她的，怕也是衝著老祖宗的情面來的，哪個是真心實意地誇？嘴裡說著奉承好聽話，其實心裡暗想著，這姑娘被老祖宗寵壞了，以後有的是苦頭吃。

那個時候老祖宗說，給她早挑好了夫婿，也準備了足足的嫁妝，說阿蘿這輩子沒什麼好操心的，就是一輩子被寵的命。

後來果然沒錯，縱然老祖宗在她出嫁前就不在人世，可是她的嫁妝，真真是十里紅妝無人能比；而她的夫婿，也是老祖宗精挑細選，打小和阿蘿認識，把阿蘿捧在手心裡疼著的——蕭家的少爺，才氣縱橫的蕭永瀚。

只是……

阿蘿咬唇，再次想起那個漫長而冰冷的夢。

只是後來，她終究被推上一條老祖宗作夢都沒想到的路，以至於慘死在暗無天日的水牢中。

不敢細想，她已經不由得打了一個寒顫。

到底是被說中了，她後來吃的苦，是世間常人所無能想像的痛。

在那漫長的煎熬中，她也曾想過，是不是自己咎由自取？如果自己不是這麼一無是處，是不是這種事就不會落到自己頭上？

那冒充了自己的女人，到底是誰？

只是再怎麼想，一切終究沒有答案。

屋。

阿蘿低頭這麼胡思亂想著，就見外面珠簾子輕動，清脆的說笑聲傳來，幾個姊妹已經進屋。

阿蘿自老祖宗臂彎裡望過去，只見四個姊妹依次走進來，分別是葉青蓉、葉青蓮、葉青萱和那寄養在家裡的表姊馮秀雅。

她們如今年紀也是還小，最大的葉青蓉不過十歲，其他都和阿蘿差不多，七、八歲樣貌。

幾個姊妹進了屋，見阿蘿已經醒來，窩在老祖宗臂彎裡，不免微詫了下，最先反應過來的是馮秀雅，她上前一步，驚喜地道：「阿蘿，我說今日早起聽到喜鵲在窗外叫，還想著是有什麼喜事，不承想，竟是妳終於醒了！」

說話間，已湊過來噓寒問暖，對阿蘿好生憐愛。

阿蘿聽著，便抿唇對她笑了笑，低低叫了聲：「秀雅姊姊。」

馮秀雅是大太太邱氏庶出妹妹出嫁後所生的女兒，後來其母因病去世，夫家也敗落，大太太本是要把馮秀雅送回娘家照料，也是機緣巧合，這馮秀雅前來家裡住了幾日，老祖宗看她頗乖巧，和幾個孩子年紀也相仿，便乾脆留下，命大太太視同葉青蓉、葉青蓮一般好生照顧，權當作伴。

老祖宗適才聽著馮秀雅那番話，已經是樂得笑呵呵。「瞧妳這小嘴甜的，我聽說今兒女學要小考，姊妹幾個考得如何？」

葉家幾個姊妹性情各有不同，其中葉青萱是三房的女兒，三房素來不得老祖宗喜愛，又只得了個女兒，越發顯得不受寵。這葉青萱自小被她母親耳提面命，知道要多討好老祖宗、討好阿蘿，怎奈自己不如馮秀雅機靈，凡事都被馮秀雅搶了風頭。

如今既是聽老祖宗問起，總算有了自己開口的時候，便連忙上前笑道：「老祖宗，我們姊妹幾個都考得還好，可沒給咱晉江侯府丟人，只是先生惦記著三姊，說三姊往日學得好，人也聰明，可不是我能比的，說三姊沒能參加這次小考，委實可惜。」

這話一說，可真真是把阿蘿捧成先生心心念念的才女了，自然是把老祖宗逗得不輕，揉了揉阿蘿的腦袋，笑嘆道：「妳什麼時候長了這等本事，我竟不知！」

旁邊的葉青蓮聽聞，卻是眸中微微透出些不屑。

馮秀雅和葉青萱這套把戲，她以前也是見識多了。

只是她和這兩人身分不同，她是晉江侯府長房的嫡女，父親早已經襲了晉江侯爵位，兩個哥哥讀書也好，尤其是大兄長，已經入仕，將來前途不可限量。

她自然不必這般巴結二房區區一個葉青蘿。

當下略顯矜持地福了福，淡笑道：「老祖宗，今日我們考的是試帖詩、琴技、書法。姊妹幾個都作了詩，特意捧回來給老祖宗過目。」

「好、好，快拿過來，讓我瞧瞧。」

葉家老祖宗縱然把阿蘿看作心尖尖肉，可平時也是疼著其他幾個孫女，如今聽著葉青蓉這番話，連忙要看。

葉青蓉聽了，便命底下丫鬟奉上適才姊妹幾個的詩作，呈給老祖宗。

老祖宗一個個地看了，最後連連頷首，讚不絕口。「寫得好、寫得好，只瞧這詩，筆跡清雋秀麗，用詞妥貼，不知道的，哪知是十歲小姑娘寫的，只當是女狀元寫的呢！」

旁邊葉青蓮聽到這話，眉眼間自然是有些小小的得意。

其實葉家姊妹若論起才情來，當數長姊葉青蓉，小小年紀已經是飽讀詩書、才華橫溢，外間聽說了，誰不誇一個葉家才女？不說才情，若論樣貌的話，自然要數葉青蘿。

葉青蘿才七歲而已，卻已經是姿容絕色，滿燕京城裡打著燈籠都不見一個，便是去年老祖宗帶著進宮見了太后娘娘，那見慣了美人兒的太后娘娘都捨不得放手，只說怎生出這麼好看的女孩兒？

是以身為長房的嫡女，葉家的二姑娘葉青蓮，才情和姿容都不差，但是又都不夠出挑，再加上老祖宗偏疼葉青蘿，這更使得葉青蓮在家裡幾個姑娘中，顯得埋沒了。

如今好不容易聽得老祖宗誇這詩作，就算不是專誇自己的，也有意藉機露臉，當下輕笑了下，一邊拿眼望向阿蘿，一邊笑道：「老祖宗真是說笑了，若是外人聽到，還不笑話咱過幾日秋菊宴，咱們姊妹幾個落了下風，以後可都沒臉見人了。」

「阿蓮，莫要滅自己志氣，妳們姊妹幾個，個個都是小才女，豈有落了下風的道理？」

老祖宗對自己幾個孫女是頗看重的，只是阿蘿聽著，卻是心裡一個咯噔。

秋菊宴啊……這是她七歲時的秋菊宴？

昔年先賢德太后喜賞菊，先皇以孝治國，便每年九月於燕京城中舉辦秋菊宴，屆時會邀請燕京城的侯門貴婦並姑娘們過去，陪同先賢德太后賞菊、作詩玩耍。

後雖先賢德太后薨，可這一年一度的秋菊宴，卻作為燕京城特有的風俗留傳下來。

七歲的阿蘿心性還是個小孩子，按說最愛玩耍熱鬧，這種秋菊宴原本她該喜歡的。可恨就恨在，這秋菊宴不但要賞菊，還要來個詩詞歌賦，各公卿家姑娘都要顯露一手。阿蘿沒什麼可顯露的，每年都要落個下風，小臉上便頗覺得無光，時候一長，每年的秋菊宴幾乎成了最讓她頭疼的事。

安分悠閒地當個侯門姑娘不成嗎，怎麼非要去比拚什麼詩詞歌賦來著？

如今的阿蘿，想起曾經小小的煩惱，也是輕輕擰眉。縱然已不懼這小奶娃兒間的比拚了，可她往日的不喜依然殘存在心。

況且，便是如今她的見識不是以前可比了，詩詞歌賦不在話下，可到底現在年紀小，手腕細，也沒力道，而幾個姊妹的字，她剛剛是看了的，娟秀清雋，都是一手好字。

現在的她，恐也是比不上的吧。

其他幾個姑娘自然看出了阿蘿眉眼間的犯愁，彼此之間也是一笑，葉青蓮更是輕輕掩唇。「阿蘿，這幾日可要好好彈琴看書，咱們姊妹可不能叫人小看了。」

這話更是落井下石了。阿蘿當下抿抿唇，沒吭聲。

恰好這時候陳太醫到了門外，小丫鬟進來通稟了聲，姊妹幾個也就各自告辭出去了。

趁著幾個姊妹出去，陳太醫還沒進來，老祖宗笑呵呵地拉著阿蘿的手。「阿蘿不用難過，等過幾日妳身子大好，祖母讓妳二哥親自教妳練字，秋菊宴上，怎麼也不能讓人小看了我的阿蘿。」

老祖宗說的二哥正是大房的二子葉青瑞，葉青瑞今年十四歲，才情出眾，書法更是拜當今大家董四寸為師。

阿蘿不忍拂了老祖宗好意，便乖巧地點頭。「老祖宗這麼說，我就放心了。」

說話間，外面陳太醫進來了，給阿蘿過脈，閉目片刻後，倒是說身子一切都好，只是虛弱，還是一句話，好生將養著就是。

阿蘿又被餵了一點枸杞燕窩羹，吃過後便覺得身上困乏，打了一個哈欠。老祖宗見此，便讓她歇下，又叮囑了一番魯嬤嬤讓她好生照料，這才離去。

織錦鵝黃軟帳垂下，阿蘿被伺候著躺在藕合色緞褥上，並蓋上繡粉錦被。軟帳外的香鼎裡又添了些香，也不知道是什麼，輕淡地縈繞在鼻翼，讓她感到溫暖香甜，原本緊繃的身子也隨之放鬆下來。

醒來後所看到的這一切幾乎讓人不敢置信，她害怕自己一旦閉上眼睛，再醒來時，周圍又是一片陰暗潮濕，一如之前的許多次一般。

輕輕咬了下唇，她抬起手，看了看自己那軟糯帶著嬰兒肥的小手，又摸了摸自己的身體。

她現在就是個七歲小女童，可以被老祖宗摟在懷裡的七歲小童。

稍微鬆了口氣，她在那似有若無的香氣中，又開始想著這秋菊宴的事。

秋菊宴上，燕京城裡凡是有些臉面的人家都會被邀請，蕭家自然也會應邀。

那麼這次，她會見到永瀚吧？按說這個時候，永瀚應該還是個九歲孩童吧……

她攥緊了錦被，忽而就想起那假冒自己的「葉青蘿」得意笑著的模樣，說蕭永瀚多寵她，還為她奏了〈綺羅香〉……

一時各種滋味湧上心頭，又回憶自己七歲時諸般光景，想起了自家父母和兄長，不知道他們是否如自己記憶中那般？如此癡癡想了半晌，最後眼皮漸漸沈重起來，她也就這麼睡去了。

她這一覺睡得沈，再次醒來時，已經是第二日。魯嬷嬷見她醒來，連忙吩咐底下幾個丫鬟進來伺候，阿蘿任憑她們服侍著，幫自己洗漱、梳頭、穿衣。

老祖宗那邊知道這邊有了動靜，也親自過來，摩挲著她的額頭。「瞧著精氣神倒是大好了。」

恰好此時大太太並三太太，還有長房的大少奶奶，因過來請安伺候老祖宗，都是在的。她們知曉阿蘿醒來，自然也都過來關心，對阿蘿自是好不心疼地憐愛一番。

後來還是老祖宗怕人多吵到她歇息，這才各自散去。

老祖宗見她老早已裝扮好，梳了兩個小窩髻，穿著一身繡粉杏花對襟錦緞褙子，把如巴掌大的小臉襯得瑩白粉潤的。那麼小一個人兒，難得規規矩矩地坐在杌子上，不免心疼又好笑。

「病了一場，倒是看著和往日不同，像是懂事了。」

阿蘿聽聞，也笑了。「如今想起病前的事，總覺得隔了一層霧，除了記得老祖宗，其他人，竟是一概生疏了。」

老祖宗聽了，倒是好生把她打量一番，最後道：「妳啊，人小，想的事倒多，怕還是煩著那秋菊宴，其實不過是個宴席罷了，一年一次的，不知道辦了多少次，有什麼要緊的？別太上心了。」

阿蘿不好直接對老祖宗說自己這奇遇，只是安分乖巧地笑了笑，撒嬌道：「老祖宗，別家都是恨不得自家姑娘給自己爭臉，您老人家倒好，反而盼著孫女別上進。」

老祖宗原本是擔心她，看她此時有心思打趣自己，倒也稍微放心。「那又如何？我的乖寶貝孫女，這輩子都是有人疼寵的，要那麼上進做什麼？咱又不是繡樓裡選美！」

阿蘿聽聞，竟噗哧笑出來。

說得也是，都是千金小姐，其實原犯不著，只是總存了攀比之心，小姑娘家難免就好勝罷了。

祖孫兩個說笑間，魯嬤嬤送了今日的湯藥並膳食來，底下人擺好了小炕桌。老祖宗怕她一個人沒什麼胃口，便也陪著。

正吃著，就聽外面小丫鬟進來稟報，卻是道：「二太太並三少爺一早就回來了，換了衣裳就要趕過來這邊。」

阿蘿原本正嚐著一口蘑菇湯，聽說這話，手微微頓了下。

老祖宗一邊將個奶油燈香酥放到阿蘿面前，一邊道：「想是昨日得了妳醒來的消息，這才急匆匆趕回來了。」

阿蘿軟軟地點頭。「嗯。」

所謂二太太和三少爺，是她的母親和哥哥。

母親原是江南詩書之家的女兒，才貌雙全，聽說早前曾訂過親，只是後來家道中落，那家子悔婚未娶，後來不知怎麼因緣際會，倒是另許給了自家父親，也算是狠狠地打了那勢利小人的臉。

可惜的是，自母親嫁進葉家，父親長年戍守邊疆，夫妻聚少離多。

就阿蘿所知，他們二人關係生分得很，父親偶爾歸家，夫妻二人定是鄭重其事地先施禮一番。

直到阿蘿十歲的時候，母親生了一場大病，就此去了。

母親沒了後，父親好像一夜老了十歲，亦離開家回到邊關，從此再也沒回來。

父母皆不在了，自家哥哥又是天生眼盲，之後親事自也不盡如人意，娶的嫂子家世雖算相當，只是性子和哥哥並不相投，就阿蘿隱約的記憶中，哥哥成親後，有幾次還曾住在書房裡。

她一個未出閣的女兒，哪裡懂得那許多，隨口一問，哥哥只是推託著說讀書累了，乾脆宿在書房。

如今想來，哥哥心裡不知道多少苦楚，只是不輕易對自己這個妹子說罷了。

正想著時，二太太寧氏並葉青川已經進屋。

做兒媳婦的不比嬌生慣養的小姑娘，她進來後，偕同兒子正經地施禮拜見，這才被老祖宗招呼著立在一旁。

阿蘿上前見過母親，寧氏淡淡地看了她一眼，眸中並沒多少溫度，只是頷首道：「瞧著倒是精神還好。」

阿蘿望向母親。母親已近而立之年，不過卻依舊是不顯年紀，倒是和自己十七、八歲時並無兩樣。細細打量，只見那雙眸猶如水波，彎眉恰似秋月，朱唇彷彿胭脂染就，肌膚恍若山中雪，一抹削肩，纖細柔媚，又帶著讀書人才有的淡雅秀美。

她原本以為那夢中地牢裡的女人和自己十分相像，可是如今看了母親這般樣貌，才知曉，那人還是多了幾分戾氣，少了幾分文雅秀美。

而寧氏見女兒抬眼小心翼翼地打量自己，卻在自己投眸過去時，修長的睫毛微微顫動下，慌忙垂下眼瞼，不免有了疑惑之色。

不過她本就性情淡泊，加之這個女兒又是自小養在老祖宗房裡的，當下也並未多問。

低下頭的阿蘿，適才望著和自己以後樣貌幾乎一般無二的母親，卻是想起，在自己十歲時，母親就要撒手人寰。縱然和母親並不親近，可到底血濃於水，想到這裡，鼻間不免泛酸。

寧氏這做兒媳婦的在老祖宗身旁伺候，那廂葉青川這當孫兒的卻是不必，阿蘿索性便拉了哥哥一起坐在炕邊說話。

葉青川生下來就眼盲，這麼多年也是求醫無數，湯藥喝了不知多少，卻並不見好轉，時候一長，葉家人也就認命了。

不過好在葉青川天生聰穎，記性好，但凡夫子唸過的文章，只要聽過一遍，他就能一字不漏地記下來，自己又肯下工夫，身為眼盲之人，竟練得一手好字。

除此，他樣貌和阿蘿一般，都是像極母親的，生得容貌精緻、眉眼如畫，他又是長期固定得吃湯藥，身上總帶著一股淡淡藥香，並不覺得惹人不喜，反隱約有種世外仙人風流之態。

這個時候年紀還小，哥哥又沒娶妻，阿蘿也不用避諱，拉了哥哥在炕頭，心裡便感十分親熱，不免問東問西起來。

葉青川這次是跟隨母親前往萬壽寺為妹妹祈福，誰承想昨日才拜過，還沒來得及折返，便聽說妹妹醒來的消息，自是忙不迭地往家趕。

換了衣衫略微洗漱，來到老祖宗房中探望醒來的妹妹。

他眼盲，被妹妹軟綿綿的小手拉坐著，只覺十分熟悉，只是這熟悉中，卻隱約又感到些許不同以往。

眼盲的人心靈，總覺得她經了這場病，氣息彷彿和以前略有不同？

用過早膳，老祖宗在寧氏陪同下出去了，臨走前卻吩咐葉青川道：「這幾日阿蘿病著，功課也落下不少，阿川好生開解她。」

其實不用老祖宗說，葉青川也是想和妹妹好生說話的。

阿蘿卻沒想那麼多。想她年幼時，父親戍守在外，一年見不得幾次，母親性情淡泊不苟言笑，雖說老祖宗對自己十分疼愛，可到底是祖輩了，是以對阿蘿來說，最親近的莫過於這一母同胞的親哥哥了。
可以說是老祖宗去了後，她在娘家唯一的依賴。
「阿蘿怎麼一直盯著我看？」葉青川看不見，卻能感覺到，阿蘿仰起小臉打量自己呢。
「哥哥，阿蘿病了這一場，只覺得好像一輩子沒見到哥哥了。」阿蘿抿唇，略顯羞澀地笑了笑，拉著哥哥的手撒嬌道。
七歲的孩童，聲音細軟，帶著些許稚氣，卻說出那「一輩子」的話語，倒是讓葉青川心中微微一窒。
不自覺地，他抬起手摩挲著阿蘿的頭。
阿蘿的頭髮細軟微涼，他保養得宜的纖長手指穿過那髮絲，撫摸著那精心編就的髮髻，又順著髮絲往下，輕輕揉了下她嫩滑臉頰。
「這是病傻了嗎？」他是少年老成的，縱然才不過十歲而已，面對自家妹子，卻已經有了小大人的口吻，語氣中充滿寵溺。
阿蘿心裡卻是微酸，仗著自己年紀小，便拱了拱腦袋，順勢鑽到哥哥懷裡。
葉青川今日穿了一襲月白袍，衣襟上猶自帶著淡淡藥香，阿蘿嗅著那熟悉的味道，眼淚差點就要落下來。
「哥哥，阿蘿好想你、好想你。」她用童稚的聲音，替那個被囚禁多年的女子說出這不為人知的思念。
葉青川聽見這話，卻察覺阿蘿語氣中的哀涼和無奈，不免微驚，胸口隱隱泛疼，下意識地抱緊懷中香軟嬌小的妹妹。

「阿蘿，莫不是怪哥哥沒陪在妳身邊？實在是母親要去萬壽寺燒香，哥哥也想陪著一起去。」

這麼說著，他又想起一事，便猜測道——

「還是說，阿蘿還在生母親的氣？」

「生母親的氣？」阿蘿疑惑地仰起臉，不解地道：「為何生母親的氣？」

「那日因啟月的事，妳不是和母親起了口角？」葉青川輕嘆了口氣，這麼道。

葉青川這一說，阿蘿才想起來了。

這事正發生在她七歲時，其實是件再小不過的事罷了。

母親在寧家排行第三，上面有個嫡親姊姊，那姊姊嫁入江南馮家，生有一女，名為啟月。前些日子，姨夫因派了任州的差事，趕赴任上時恰路過燕京城，自然是要進京拜會。姨母多年不見母親，便乾脆借住在葉家，兩姊妹一塊兒說說話。

那啟月表姊和自己年紀相仿，兩姊妹偶爾也一起玩耍，本來也沒什麼，只是那日，她看到母親親自為啟月表姊畫了一幅仕女畫，把個啟月表姊畫得唯妙唯肖，心裡就有些不是滋味了。

只因母親性情一向涼淡，對父親、哥哥、甚至自己，都視若無物的，如今不承想，啟月表姊竟得了她青睞。為此，阿蘿很不滿，言語間對母親便有幾分不敬，險些鬧出氣來。

後來母親過世，她嫁入蕭家，這件事也就淡忘了，如今經哥哥提起，不免啞然。

了。

當年那點小心思，她是記得的，不過是個搶糖吃的孩童，看不得自家母親對別人好罷

如今想起來，又覺酸澀，又覺好笑。

葉青川見妹妹遲遲不言語，只以為自己果然猜中了，不免輕嘆了口氣，憐惜地摸著阿蘿柔軟的髮絲。「果然被我猜中了，妳身子一向好，從未有過不適，如今怎麼好好地病成這般？果真是心裡記掛著這事。」

想來她這小人兒家的，也就是這點子事值得惦記了。

「其實母親怎會不在意妳呢？我聽越嬤嬤說，那日妳吵鬧一番，轉身跑出去，母親兀自坐在床邊怔了好久，之後幾日，母親一直精神不好。」

葉青川的聲音分外溫柔。「到底是血脈相連，母親很惦記妳，這次妳病了，一直不見好，她別無他法，只得帶了我去萬壽寺為妳祈福。」

阿蘿聽著，心中自是泛暖，想起以後母親不在、老祖宗也不在的日子，便是有親哥哥和疼愛自己的夫婿，也終究是缺了一些什麼。

母親縱然再性情涼淡，到底是自己的生身母親。

「哥……」她微微咬唇，聲音嬌軟。「你說的我都知道，我自不會生娘什麼氣，那日的事，若不是你提醒，我都險些忘了。再說了，不過是一幅畫罷了，值得什麼要緊？我阿蘿是那樣小家子氣的人嗎？」

葉青川聽妹妹這般說，也是一笑，猶如星子般的黑眸雖彷彿望向虛無之處，卻泛著暖人

笑意。

「原來我家阿蘿竟是這般大氣之人？」

「那是自然！」她理直氣壯地小小自誇了下。

葉青川這次難得笑出聲，越發憐惜地摸著阿蘿的髮髻。「等會兒母親還要過來看妳，妳總要讓她安心……」

阿蘿伏在葉青川懷裡連連點頭。「阿蘿知道的。」

一時這小兄妹二人說著話，因阿蘿病著，葉青川自然是諸多憐惜、噓寒問暖，又問起陳太醫過脈的事，阿蘿自然都一一說了。

阿蘿望著葉青川那清雅俊美的樣貌，忽而便想起一件事。

「哥哥，趕明兒咱再找個好大夫，說不得就把這眼睛治好了。」

她曾聽蕭家七叔提過，有個朋友是遊走四方的神醫，擅針灸，當時永瀚就說，若是那神醫來到燕京城，可以請他幫忙治哥哥的眼疾。

只是這話也就提一提罷了，後來七叔出外征戰，便沒人再提及那位神醫。她想著，若真有這位神醫，也許可以早些派人找來一試……

葉青川卻不知道這一茬。這些年為了他這眼睛，葉家已經盡力了，當下柔聲笑道：「這是嫌棄哥哥眼盲嗎，怎麼好好的又提起治眼？」

阿蘿見他這麼說，生怕他多想，連忙解釋：「哥哥說哪裡話，阿蘿這也是盼著你好！」

葉青川聽她語氣略急，連忙辯解的樣子，越發心疼，輕柔地拍著她的臉頰。「乖阿蘿，病了這一場，倒是懂事了。」

兄妹二人正說著，卻聽見外面傳來的說話聲，以及略顯雜亂的腳步聲，像是出了什麼事。

阿蘿正疑惑著，恰見魯嬤嬤走進來，捧著一盅紅棗參茶。

「外間這是怎麼了？」葉青川放開妹妹，坐在炕邊，淡聲問道。

他這個人，對自家妹子親近溫柔，換了人，馬上變了樣貌，也不是故意，本性使然罷了。

「三少爺，是旺財出事了，今日晨間還見到牠在院子裡玩耍，不知怎的，現在不見了。」魯嬤嬤小心地將紅棗參茶放在小几上，皺著眉頭擔憂道。

「旺財？」阿蘿一聽，頓時微微擰起細眉。

旺財確實是在她約莫七、八歲時丟的，不承想，趕巧就是今日了。

她心裡擔憂，便拉了葉青川一起出去看看，隨即來到正堂，卻見老祖宗坐在那裡，一臉擔憂，唉聲嘆氣，旁邊自己母親並大太太、三太太，都小心伺候安慰著。

「老祖宗，旺財出事了？」

老祖宗抬眼見是自己心愛的孫女，眼淚險些落下來，連忙把阿蘿拉過來坐下。「自妳生下來後我就養著旺財了，今日不知怎麼了，好好地竟然不見了！」

阿蘿聽著老祖宗哭，想起後來那隻貓並沒有找回來，也不免難受。縱使如今的她不會像過去那個七歲小女娃一般嗚嗚哭幾天鼻子，可是想起旺財，終究是不捨。

「老祖宗您先別難過，左右不過這麼大一個園子，還能跑哪裡去？再說咱家旺財是最有靈性的，除非被人拘住，不然必知道自己回來的。」

「底下人已經找了一圈，怕是再看不見了。我年紀大了，本還想著我若不在，該把旺財託付給我的阿蘿，誰承想，旺財竟先我而去！」

老祖宗一臉悲愴，雖說只是隻貓罷了，可到底是日夜陪著的，要說起來，倒比這些兒子、媳婦的強似百倍。

阿蘿見此，卻是想起自己被囚禁在水牢中的種種。

她死了後，可有人為她傷悲？還是說，他們從來不知真正的阿蘿早已經喪命，反而依舊金湯銀汁寵著那個假阿蘿？

一時悲從中來，又是心疼老祖宗，又是為旺財難受，又是悲憐自己的上輩子，最後一跺腳，攙著老祖宗道：「走，老祖宗，咱們一起出去找找，就不信旺財聽到咱們叫牠還能不出來！」

她這一說，房中幾個太太都嚇了一跳，暗暗對視一眼，一起上前阻攔。

要知道，老太太年紀大了，禁不起折騰啊，萬一有個三長兩短，這可怎麼得了！

寧氏見此，也是微微擰眉，待要上前阻止，誰知道老祖宗已經兀自道：「阿蘿說得是，還是阿蘿最懂我，旺財丟了，我也不想活了，若是還攔著我不讓我去找，這不是活活急死我！」

誰知旁邊阿蘿又使勁拱火。「老祖宗，我扶著您，咱們快出去看看。」

眾人聽這話，心裡恨阿蘿惹事，卻又敢怒不敢言，只得皺著眉頭，提心吊膽地跟在身後，浩浩蕩蕩地前往後花園。

其實老祖宗房裡丟了貓這事，已經驚動家中上下，葉家這一代的主事者葉長勤及三房葉長勉都在，一個個提心吊膽地帶著兒子、女兒正在後院四處找貓。

只是都快要把後院翻遍了，別說貓，就是根貓毛都沒看到！

正不知如何是好，卻見阿蘿扶著老祖宗，身後跟著花團錦簇一群人趕過來了。

兩個兒子見老祖宗顫巍巍的步伐，慌忙上前相迎。「母親不必著急，自有兒子們幫著尋找，外面到底寒涼，仔細著了寒，您老人家且在房中歇著吧！」

老祖宗搖頭嘆道：「你們啊，找了這半晌也不見蹤影，讓我怎麼放心得下！」

兩個兒子並孫子們無法，面面相覷，苦笑一番，只能小心地陪著，如此浩浩蕩蕩地在後院轉了一圈後，也終究找不到。

最後來到一處假山竹林處，卻見涼風吹過、竹林森森，葉長勤到底是堂堂晉江侯，有個決斷，只好硬著頭皮勸老太太道：「母親，您也看到了，這邊緊挨著湖，異常寒涼，還是請母親暫時歇在這小亭，讓兒子帶著底下人去搜搜。」

阿蘿來到這竹林旁，恰一陣秋風吹過，背脊微微泛涼，此時聽了葉長勤的話，也怕老祖宗身子有個萬一，便勸道：「老祖宗，大伯父說得有理，咱們且在這亭子裡坐下可好？」

老祖宗想想也是，便也點頭。「走了這一遭，我也累了，歇歇也好。」

一時又吩咐道：「去取件大氅來給我的阿蘿披上，免得她著涼。」

這話一出，自然有人照辦。

阿蘿便陪著老祖宗坐下，幾個太太小心翼翼服侍著。一旁早有底下人準備了軟褥等鋪上，又取了錦帳遮掛在亭上。

老祖宗雖有些疲乏了，不過想起旺財，心中還是難過，念叨道：「阿蘿，當初妳剛生下來沒多久，底下羅六家的就抱來旺財，雖說只是隻尋常貓罷了，可我一看就喜歡，牠眼睛機靈，和妳很像。這些年養在手底下，一日看不到都難受啊！」

阿蘿心裡雖難受，不過少不得反過來安撫老祖宗。「放心吧，總能找到的，咱家旺財有老祖宗疼著，便是有福氣的，相信遇事必能逢凶化吉。」

老祖宗攬著阿蘿，長長嘆了口氣。「只是隻貓而已，怎麼一個不小心就這麼丟了？」

阿蘿聽著這話，心中卻是一動。

她本是不問世事的性子，只是經過那場噩夢之後，少不得遇事得多想一想。

諸如，為何自己當年會莫名被關押在水牢中？到底是何人所為？又諸如，今日旺財丟失，是自己走丟，還是被人所害？但若說走丟，卻又是說不通的，那麼一隻乖巧的貓，又是養在自家院子裡，好好的怎麼會丟了？

此時涼風吹過那竹林，發出沙沙聲響，伴隨著些許水聲，傳入阿蘿的耳中。

阿蘿半靠在老祖宗身上，恍惚中彷彿回到那在水牢中的光陰。

她閉上眸子，仔細地品味著耳邊聲響，只覺耳邊所聽所聞，不只那湖邊的水浪聲，也不只那風吹竹林的沙沙作響，除了這些聲音，竟似乎還有許多不易察覺的細微聲。

有那蟋蟀在草叢中鳴叫之聲，有那螻蟻鑽過石縫的輕微挪動聲，還有不知道誰人打了一個哈欠、哪位丫頭肚子裡咕嚕嗚叫之聲。

在這麼一瞬間，耳邊老祖宗的念叨聲，還有太太們的勸解聲，全都不見了，她的世界，又回到了孤身處於水牢時的寂靜。

萬物無聲，卻恍若有聲。

而就在這種極端寂靜卻又聽得見萬物的時刻，阿蘿竟從那眾多細微聲響中，分辨出一個細弱的動靜，那是一隻貓兒的哀叫聲。

遙遠、輕微，卻依然能入她耳。

是旺財！

第二章

她猛地睜開眸子。「老祖宗，我聽到了旺財的聲音！」

老祖宗原本一心惦記著旺財，此時聽得膝旁的阿蘿忽然說這話，也是不解。「旺財，找到了？」

旁邊的大太太聽聞，不免暗自擰眉。

她本家姓邱，也是燕京城裡有名望的人家，父親底下只得了她和兄弟二人，那兄弟爭氣，如今已官至紫元大將軍。

她自小也是飽讀詩書，嫁入晉江侯府後為葉家長媳，早早為葉家生下長房長孫，還連兩兒兩女。她自己又是掐尖好強的，嫁後沒幾年就接掌中饋，把葉家前後打理得井井有條。

既是葉家媳婦，難免和其他妯娌暗自比較。偏生底下兩位，一位書香門第家道中落，模樣雖好，那性情卻是極涼淡、不討人喜歡的；另外一位更是提不得，出身小吏之家，上不得檯面。

如此一來，她便越發矜持，接人待物做出寬厚大方的態勢來，平日裡掌管家事也諸般賢慧，真是把底下兩個媳婦比到地溝裡去了。

只是萬萬沒想到的是，她這輩子處處要強掐尖，卻偏生栽在阿蘿這麼一個小小丫頭身上。

本來最初二房寧氏懷了身子，她並不在意，已經有了兩兒兩女的她，面對生了個眼盲兒子的寧氏，是站在高處的憐憫，她每每也對著房裡的嬤嬤嘆息。「三少爺天生眼盲，倒是苦了二太太。」

她倒也是真心盼著寧氏能生個身子康健的血脈。

直到得知寧氏生了個丫頭，她嘆了口氣，心中的憐憫便越發重了。

可是怎麼也沒想到，就是這麼個生下來跟懶貓一樣的小丫頭，竟然得了老祖宗青睞，看得比自己眼珠子還珍貴，養在自己房裡，一刻都離不開眼。

這可真真把自己兩個如花似玉的女兒給比下去了！

也不能怪她不大度，要說起來這阿蘿有什麼能耐，無非是樣貌好一些罷了，怎麼就入了老祖宗的眼？況且那所謂的樣貌好，依她看，也是一臉紅顏禍水薄命相！

至於說什麼仙女夢中託付，更是真真地好笑，這也能信？若說是小仙女下凡，怎麼也該下到她這長房媳婦的肚子裡才是。

是以這幾年來，大太太冷眼旁觀，心裡自是看不上阿蘿的，只是老祖宗平日寵著、縱著，她也就諸般忍讓，做出對阿蘿頗疼愛的模樣了。

因這尋貓一事，她本就覺得阿蘿年紀小、不懂事，慫恿了老太太一把年紀跑出來找貓，如今見她竟然說什麼聽到旺財的叫聲，越發有些不滿。

只是她養尊處優又自恃身分，不好發作，只能一臉無奈道：「阿蘿，妳小孩子家的，話可不能亂說，分明沒影兒的事，這話說出來，可不是平白惹老祖宗難受？」

旁邊三太太素來是個見風使舵愛幫襯的，此時聽得這話，也隨著搭腔。「說得是，阿蘿到底年紀小，不懂，怕是懵了頭。」

只是老祖宗可沒聽進去兩個兒媳婦的話，她攬著阿蘿，帶著一絲期盼地道：「阿蘿，妳說聽到了旺財的叫聲，在哪兒呢？」

老祖宗這麼一說，其他人都把目光落在阿蘿身上。

阿蘿只覺得沈甸甸的目光壓得她喘不過氣來。

她看出來了，大家其實都沒指望能找到那勞什子的貓，如今大張旗鼓地找，不過是給老祖宗一個安慰罷了，免得落個不孝的罪名。本來找了那麼一圈，可以打道回府了，誰承想，她竟然說出這話來。

葉長勤聽得阿蘿這話，嚴厲的眸光也射向她，微微皺眉。「阿蘿，底下人已經把這後院翻遍了，並不見旺財，妳怎麼說妳聽到了動靜？」

葉長勤為官多年，目光不怒而威，往日阿蘿就頗有些怕他，如今在他這般目光下，不免微低頭，輕輕咬唇，黑白分明的眸子望向自家老祖宗，小小聲道：「老祖宗，我也不知道，但是我剛才，真的聽到旺財的叫聲。」

她在雙月湖下的水牢裡被關押了十七年，聽了十七年的水波聲，在那種靜謐而幽遠的寂寞中，她的耳朵已不自覺地能夠辨別其中任何微小的聲響。

她知道，就在剛剛，在那夾著潮氣自湖面而來的風聲中，真的有旺財微弱的哀鳴聲。

老祖宗往日最寵阿蘿的，如今看自己捧在手心裡的小姑娘眸中隱隱透出怯意，不免心疼極了，一把攬過阿蘿，對自家大兒子道：「阿蘿年紀還小，便是聽錯了又如何，值得你審犯人似地問她！」

一時又低下頭，口中忙不迭地哄道：「阿蘿，妳且說說，剛才是怎麼聽到旺財的叫聲？別怕，便是聽錯了也沒人說妳。」

阿蘿靠在老祖宗懷裡，在那諸多質疑審視的目光中，抬起眸子，望向涼亭旁邊的湖面。

葉家這邊的院子，比起當日蕭家的不知道小了多少，自是不成氣候，不過是自家爺爺當年挖出來的死水湖罷了。

此時這小小一方湖，面上有波光輕蕩，而就在不遠處的湖中心，是一處巴掌大小的島，島上遍布蘆葦。

因入秋的緣故，那片蘆葦叢此時已經凋零，些許枯黃垂在湖面上，倒影蕭條。

「阿蘿，往日老祖宗最寵妳，如今旺財丟了，老祖宗心裡也急，這沒影兒的事，可不能亂說。」三太太小心地看了眼葉長勤和邱氏後，終於忍不住再次出口。

要知道，這周圍都是人，若真有個貓叫，誰還能聽不到？

阿蘿沒有理會這質疑聲，深吸口氣，抬起纖細的手指，指向湖對面那片蘆葦叢。

「旺財……應該在那裡吧。」

她剛才聽到的那聲響，帶著湖水中的潮氣，也有細弱的風吹蘆葦的沙沙聲。

應該就是那裡吧。

心裡並不確切地知道地點，可是直覺告訴她，就是那裡。

老祖宗順著阿蘿那白生生的小手指頭，望向湖水對岸的蘆葦，一時不免恍然大悟。「可不是嘛，這院子裡都找遍了，總尋不見，只那處蘆葦叢並沒有找。」

旁邊的葉長勤聽得這話，淡掃了阿蘿一眼，吩咐底下人道：「把船划過來，且去那湖中小島上尋一尋。」

這話一出，旁邊的林管家忙帶著人過去解開小舟的纜繩。

邱氏聞言皺眉。她是知道，老祖宗既發了話，夫君自然只能照辦，但其實不過是多此一舉罷了。這大秋日的，湖上又沒結冰，那貓難道還能生生游過湖，巴巴地跑到島上去？不過事已至此，不過是派人划船過去島上看看罷了，她也就沒吭聲。

且看片刻後，小島上真的沒有那隻貓，這小小阿蘿又怎麼說？

想到這裡，她不免瞥了眼身邊的寧氏，卻見寧氏微微抿著唇，輕輕擰眉，遠望著那蘆葦婆娑的小島。

寧氏是個燈籠美人兒，風吹過她一縷髮，看著越發惹人憐愛。

感覺到了邱氏的目光，寧氏微微轉首望去，邱氏隨即故作看向別處，見此，寧氏不著痕跡地嘆了口氣。

此時底下人已經解了小舟，撐著槳划向小島。

涼亭中，一片靜寂，只能聽到木槳破水時的嘩嘩水聲，隨著秋風拂面而來。

很快，林管家帶著那幾個家丁已經乘坐小舟到了小島上，手裡拿著木槳撥開蘆葦叢尋找起來。

葉長勤侍立在老祖宗身旁，滿臉嚴肅，一聲不吭。

葉青川天生眼盲，看不到周圍人的種種情態，不過他天性敏銳，也察覺到了這不同尋常的意味。

他知道，老祖宗素來疼寵阿蘿，這次阿蘿自作主張，非要說旺財在那孤島上，怕是已惹得大伯父等人不快。若是在孤島上尋不見貓，眾人嘴上不說，心裡還不知道怎麼笑話阿蘿。

他輕輕握緊半隱在袖下的手。

不知道為何，總覺得經了那場病，阿蘿和以前有些不同。

以前的阿蘿是驕縱任性，可現在的阿蘿，雖依然像以前那般對著自己撒嬌，可他總感覺，那撒嬌裡多了幾分小心翼翼。

她就像隻被人捕獲的貓，試探著伸出的毛茸茸小爪都帶著懼意。

葉青川正想著，就聽到遠處傳來招呼聲。

「找到了！」

「旺財在這裡！」

林管家的聲音中帶著意外的驚喜。

葉青川聽得這話，先是微怔了下，提著的心瞬間放下來。

他並不懂他這麼個眼盲之人都聽不見的聲響，怎麼阿蘿竟聽到了，不過卻知道，好歹這次阿蘿並沒有落下什麼讓人笑話的把柄。

原本袖子下輕攥起的拳頭鬆開了。

老祖宗欣喜得幾乎落下淚來，握著阿蘿的手道：「瞧，還真找到了！找到旺財了！」

而此時周圍的人看著林管家小心翼翼抱著旺財，重新上了小舟準備回頭，一時神色各異。

邱氏是皺眉，兀自立在那裡不言語。

寧氏是輕輕吐了口氣。

三太太是默不作聲，狐疑地望向阿蘿。

葉長勤等人，則是眉眼終於舒展開來。「母親，旺財既已尋到，兒子先陪您老人家回屋去吧，免得在這裡受了風。」

比起那群媳婦，他只是希望家宅安寧，自己這老母不至於因為一隻畜生太過傷心罷了。他雖不喜阿蘿自作主張，可是旺財找到了，總歸是件好事。

老祖宗卻是不依他。「等等，等旺財過來，我須親眼看看才放心。」

葉長勤點頭，目光掃過自家母親懷裡那攬著的小小姪女，卻見她白淨小臉，一雙黑眸清澈分明，正迎著風望向那小島方向。

「阿蘿怎知道旺財在那小島上？」

此事說來也奇怪，按理說，狗游水貓不游，這旺財貓兒不可能會泅水，更不要說在深秋的冷水中游到小島上被困在那裡。

他這一問，其他人等皆疑惑地打量她。

阿蘿之前心憂旺財，既然聽到旺財的聲響，也就說出來了。如今被葉長勤當頭一問，也是微怔。

是了，她怎麼聽得到呢？

雖說在那雙月湖底，在不分晝夜的寂靜中，聽著那細弱的風聲、水聲，她早已習慣了從中分辨出，哪怕一絲一毫的其他聲響。可是現在，並不是在雙月湖下，並不是那寂靜沈悶的所在，周圍明明有許多說話聲，她卻在那麼一瞬間，彷彿屏蔽了所有聲響，彷彿回到了那雙月湖底。

「我……」在這一刻，阿蘿紅潤的唇輕輕嚅動了下，想說什麼，又沒說出，最後只是求助地望了眼老祖宗，低聲道：「我也不知道，只是總覺得，好像聽到了旺財在向我求救。」

她是一個那麼討人疼的精緻小姑娘，又不過才七歲而已，如今被大伯父問起、被這麼多人盯著，說出這番話，實在是情理之中。

老祖宗護著她，瞪了自家大兒子一眼。「阿蘿自小跟在我身邊，也是看著旺財長大的，平日裡處得多，怕是心有靈犀了。再說她一個小姑娘家，哪裡說得上個一二三。」

葉長勤聽這話也有道理，略一沈吟，正待要說什麼，誰知這個時候林管家已經抱著那貓靠岸，老祖宗自然是忙不迭地迎上去，接過那旺財。

摟在懷裡，卻見旺財一身貓毛潮漉漉的，兩隻眼兒怯生生地望著周圍，渾身瑟瑟發抖，再細細一看，旺財前腳的爪子抖得發顫，且殘餘著些許血跡。

老祖宗大驚。「這是怎麼了？」

林管家從旁忙道：「適才找到旺財時，牠卡在石縫裡，腳上像是受了傷，弄得血跡斑斑，奴才已經幫牠略擦拭過。」

老祖宗攬著旺財，越發心疼。「乖乖我的旺財，快，快去請大夫來！」

大夫匆忙過來了，幫著查看旺財的傷勢，原來是被一根硬釘子扎入爪心中，又在那小島上陷入石縫裡走不出來。大夫拔去了那根硬釘子，又幫著塗藥包紮，其間旺財慘叫連連，疼得老祖宗心肝肉地叫。

阿蘿從旁安撫地揉著旺財的腦袋，試圖給牠一點安慰。

好不容易小爪子包紮好了，旺財圓滾滾的貓眼裡都含著淚，又是讓老祖宗心疼一番。

這邊阿蘿抱了旺財，過去暖閣裡歇著，老祖宗那邊卻是叫來林管家，責令嚴查，底下人好好地怎麼就沒看住旺財？又是怎麼讓牠腳爪子挨了這麼一下跑到孤島上？

她是不信旺財自己泅水過去的，更不信小小孤島上無緣無故會出現這麼一根釘子。

而暖閣裡的阿蘿，只把自己當作七歲小兒不曉事，半靠在萬事如意金絲大靠墊上，用海棠雲紋錦被蓋在雙腿上，又讓旺財趴在自己腿上歇著。

旺財受了那麼一場折磨，如今蜷縮著身子總算睡去。

睡夢中的貓尾巴輕微搖晃著，兩隻小耳朵時不時擺動下。

「咱們都受了一場苦，所幸是好歹保住了命。」她纖細的小手撫過旺財柔順的貓毛，想著自己在雙月湖底的日子，不由喃喃自語。

「別怕，以後阿蘿會護著你，再不讓你受欺凌，好不好？」

她半合著眸子，喃喃地這麼說，回應她的，只有旺財肚子裡發出的咕嚕聲。

魯嬤嬤手腳輕巧地掀開錦簾，見這小人兒彷彿閉眼睡著的樣子，便沒敢驚動，示意底下人先把銀耳羹隔水溫著，等她醒了再拿給她吃。

誰知道這邊魯嬤嬤剛一回首，便見寧氏過來了。

「剛睡下。」魯嬤嬤福了福身，小聲回道。

她是二太太的陪嫁，後來專管照料阿蘿，現在大多跟著阿蘿待在老祖宗身邊，反倒看著像是老祖宗的人，可是她的月錢到底是從二太太房中支領的。

寧氏點頭，卻也沒有要走的意思，反而是逕自走進暖閣。

魯嬤嬤見此，忙命底下丫鬟取來繡杌，自己扶著寧氏坐下，又奉了茶水給她。

寧氏無心茶水，只是透過暖閣裡的錦帳，看著裡面半靠在金絲大靠墊上的女兒。

繡粉的錦帳朦朦朧朧，屋子裡熏香稀淡地縈繞在房內，七歲的小女兒攬著那隻睡熟的貓，可憐兮兮地蜷縮在錦被中，一張巴掌大的嫩白小臉泛著些許粉潤。

她輕聲問道：「這暖閣裡地龍燒得倒是旺。」

魯嬤嬤點頭，低聲道：「是，自從姑娘病了那一場，平日總覺得冷，若是不燒暖和了，她又會作噩夢。」

寧氏聞言，微微蹙眉，不過倒也沒說什麼，只是靜默地坐著，捧著茶水，凝視著炕上躺著的女兒。

案頭上的滴漏在靜謐無聲中發出輕微的聲響，閉著眼睛裝睡的阿蘿，彷彿能聽到錦帳外母親的呼吸聲。

她是有些無奈，原本以為母親不過是隨意過來看幾眼就該走了，不承想竟留了這麼久。

想起哥哥所說的話，她一時不知道該如何面對母親？

七歲的她和母親並不親，平日裡見了，也只是叫聲母親、問聲安罷了。

如此煎熬了好半晌，她小鼻子上都要冒出汗來，最後終於忍不住假裝翻身，然後睜開眼來，故作睡眼矇矓地揉了揉眼。

魯嬤嬤忙上前伺候。「三姑娘，您可是醒了？」

阿蘿點頭，茫然地看向錦帳外的寧氏。「母親，您怎麼在這裡？」說著就要下炕拜見。

寧氏放下茶水，淡聲道：「不必了，妳且躺著吧。」

話雖這麼說，阿蘿還是下來拜見了。

寧氏凝視著自己這女兒。「身上覺得如何？」

「回母親，還好。」

寧氏點頭。「既是曾落水，總是要仔細將養，女孩兒家的，莫要落下什麼病根。」

「阿蘿知道的，謝謝母親。」

七歲的阿蘿規規矩矩地回話，像模像樣地應答，稚嫩的聲音透著一本正經。

說完這個後，母女二人相對沈默良久，再無言語了。

魯嬤嬤見此，也頗覺得尷尬，便笑道：「之前熬好的銀耳羹，正用溫水煲著，二太太可要陪著三姑娘用些？」

「不了。」寧氏說話，字都不多帶一個的。

魯嬤嬤無奈地望了眼自家姑娘，心中暗嘆二太太可真是個冷美人兒，平日裡少見她笑的模樣，如今見了自己的親閨女，也是面無表情。

若說她根本心裡沒這女兒吧，巴巴地在這裡坐了一盞茶工夫；若是記掛著這個女兒吧，如今面對面，卻是連個帶熱氣的話都沒有。

阿蘿其實也頗覺得尷尬無奈，又覺得有些好笑。她仔細從記憶中搜羅一番，記得早年自己和母親似乎確實經常相對兩無言。當下抿唇想笑，忍住了，伸出手撫摸著貓尾巴。

寧氏垂眸，見女兒細白的小手順著那貓背一路到尾巴，那隻貓尾巴便討好似地輕輕晃動一下。

這女兒像極了自己，連那雙手，都猶如幼時自己的。

「阿蘿，今日到底是怎麼一回事？」她望著那雙手、那隻貓，想起日間的事，到底還是開口了。

阿蘿低垂著頭，她知道母親是在問自己找到旺財的事。

「我也不知道，稀裡糊塗的，就跟作夢一樣……」

關於這事，她還能說什麼？

其實她自己也不懂。

好好地，自己怎麼就能聽到旺財在孤島上的聲響？

「作夢？」寧氏凝視著女兒，想著她落水後的異常。「我聽魯嬤嬤說，妳如今極怕冷？」

阿蘿聽得這話，抬頭，黑白分明的眸子望向自己母親，卻從她那雙和自己幾乎一般無二的清眸中，看到一絲擔憂。

心頭沒來由地便一緊，鼻子裡酸酸甜甜的，也不知道是什麼滋味。

原來母親到底還是關心她的，並不是她以為的那般？

她低垂著腦袋，小臉上微微泛起緋紅來，在母親的注視下，不由得抬起手來撓了撓毛茸茸的小抓髻。「母親……好像是的吧……」

寧氏見她那略有些羞澀的小模樣，一時倒是眸中泛暖，不過那點暖意只是片刻工夫，便重新歸為寧靜清澈。

「還是要仔細養著身子，不可大意。」又對旁邊的魯嬤嬤吩咐道：「我房裡有些瓊珍，還是阿蘿舅父往年從山裡得的，回頭妳過去我房裡取些來，給阿蘿每日添一些來用。」

魯嬤嬤忙應著：「是。」

寧氏回首再望著阿蘿，想說什麼，不過一時也想不出什麼話頭，也就不再說了。

阿蘿聽得寧氏這話，鼻頭那酸楚卻更甚了，喉嚨裡也有幾分哽咽。

她往日只怪母親冷淡，如今想來，或許並不是故意為之，只是母親天性不愛言語，這才惹得幼年的自己諸般猜疑？

她拚命低下頭來，讓自己眼裡的濕潤不要被母親看到，又作勢把旺財放在褥子上起身，背過身去，趕緊抹了一把眼淚。再回過頭來時，她耷拉著腦袋，想著該如何說句熱乎話？

母親是在自己十歲時沒有的，自那之後，她就是沒娘的孩子了。

縱然母親在時，她未必覺得這母親多疼自己幾分，可到底存著點念想，後來徹底沒了，那可真真是一肚子的孤苦沒處訴說。

她咬咬唇，澄淨的眸子左右瞧著，想著該說點什麼來熱乎下場面？

誰知道就在她絞盡腦汁想著的時候，卻聽到了一種似是風箱般的轟隆聲。

阿蘿不免狐疑。

這聲音轟隆作響，迅疾猛烈有力，卻又極為輕微，她從來沒聽過這麼奇特的聲響。

開始的時候還以為是錯覺，於是擰眉側耳細細傾聽，終於辨得分明，這聲響果然是有的。

她詫異地抬起頭來，目光順著那聲響，最後落在寧氏的小腹處。

耳中依稀聽到的那聲音，便是從母親腹中發出，其他人腹中並沒有這般奇特聲響，莫不是母親病了？

寧氏正襟危坐，正默默地望著自己女兒，忽而就見女兒驚訝地抬起頭，盯著自己的腹部看。任憑再淡定的一個人兒，此時也不免詫異。「阿蘿，妳這是？」

阿蘿其實也不懂這是怎麼了，她盯了寧氏腹部半晌，終於忍不住吶吶地問道：「母親……您、您最近可覺得身上哪裡不適？」

想來是病了，才會如此。

寧氏越發詫異，擰眉細細想了一番，終於道：「若說不適，倒是沒有……」

她其實素來身子虛弱，自生下阿蘿後，身上時而淋漓不盡，時而月事久盼而不至，這都是有的，這些年也吃藥調理過，總不見效，後來想著左右也沒什麼大礙，就此作罷。

只是這種話，卻是不好和七歲的小女兒提及。

阿蘿見母親言語中有些吞吐，卻是想起，此時距離母親病逝，不過三年光陰罷了，難不成，其實母親在此時已經有了什麼病症，到了三年後病重，就此撒手人寰？

這麼一想，阿蘿再也顧不得裝傻，砰的一聲站起來。「母親，您若是身上有什麼不好，可要快些請大夫來看啊，這病可不能耽擱下去！」

寧氏聽著女兒脆生生的稚嫩聲音，竟然語出驚人，也是震驚不已。「阿蘿，妳這是怎麼了？好端端的，怎麼說出這番話來？」

阿蘿卻是急得眼淚都要落下來。

母親在自己十歲時沒的，當時別人只當她年紀小，也沒人告訴她是什麼病症，一味地瞞著她，她也就此稀裡糊塗的。如今她重活一輩子，怎麼也要想辦法救母親，不讓母親早早地香消玉殞！

想到這裡，她撲通一聲跪下，哇地哭了出來。「母親，您快些去看大夫吧，阿蘿只怕如今母親已經病症纏身，若是不能及早治了，以後沈痾舊疾，難以根治！」

寧氏見此，真是嚇了一跳，她盯著自己女兒，想起阿蘿找出旺財的事來，不免覺得此事詭異。

微一咬唇，她沈吟間已經有了主意，當下沈聲吩咐魯嬤嬤。「關了門窗。」

魯嬤嬤也看出不對勁，幸好眼下並沒有其他丫鬟服侍身旁，她忙不迭地過去，看外間幾個丫鬟伺候著，應是沒聽到屋裡的話，便小心關上門。

再次跑回來，卻見寧氏擰眉道：「阿蘿，妳且起來，青天白日的，妳又不是大夫，怎地說出這番話來？」

阿蘿跪在那裡哭泣，勉強用拳頭摀住嘴巴，抬起頭來，委屈地道：「母親，您腹中怕是有些異樣，我總聽著，彷彿裡面有些聲音，和別人不同。」

這下子寧氏和魯嬤嬤都吃驚不小，兩人面面相覷一番，最後將目光落在寧氏肚子上。

寧氏捂著肚子，臉色蒼白，嘴唇顫抖，半晌後，她終於顫聲問阿蘿：「什、什麼聲音？」

阿蘿擦了擦撲簌簌往下掉的眼淚，眨了眨已經通紅的眼睛，歪頭想了想，老老實實地道：「有點像灶房裡那種風箱，轟隆轟隆的。」

說著，她又指了指母親腹部偏下之處，比劃道：「就是在那處，它還在響。」

寧氏順著阿蘿的視線望向自己的小腹，半晌後，顫著手摸上阿蘿所指的那處，想起自己數月以來，只有零星血跡遺落。

自己並不在意的，這種事也不是第一次，可是阿蘿只是個七歲孩童，她不該知道這些的……

最後倒是魯嬤嬤先鎮靜下來，小聲提議說：「二太太，不管三姑娘所說是童言童語，還是……還是真有其事，我們總是要小心為上。此事先不要聲張，您好歹也請個大夫仔細過過脈，若是無事，那自然是好，只當是三姑娘大病一場後糊塗。」

寧氏此時也冷靜下來，點頭，對地上的阿蘿道：「阿蘿，妳先起來，仔細讓別人看到了，倒是起了疑慮。」

阿蘿聽到母親同意要找大夫來過脈，心裡稍微鬆快，在魯嬤嬤的扶持下，晃晃悠悠地站起來。

「母親，我真的聽到了，這個作不得假的，就像我聽到旺財在孤島上的叫聲一般，您可不能搪塞我，快些請個高明大夫來看看。」她因為哭過，童稚的聲音中還拖著鼻音，語氣是再認真不過了。

寧氏在最初的震驚後，看著自己女兒含淚清眸中的濃濃擔憂，也是一聲嘆息。

她走上前，拿出帕子，輕輕幫阿蘿拭去眼淚。「這件事，無論真假，妳千萬莫要聲張，若是讓人知道了，難免有些閒言碎語。」

阿蘿連忙重重點頭。「知道了，母親，這件事我誰也不會說！」

魯嬤嬤在旁卻是想起什麼，欲言又止。

寧氏掃了她一眼，自然是看穿她的心事，便提醒道：「老祖宗雖然疼妳，可是她身邊人多口雜的，妳說話也是要小心。」

阿蘿微怔了下，之後便明白過來。

老祖宗身邊的丫鬟，自是各房爭相巴結討好的，難保哪個丫鬟和哪房有了私密，因此這事自己便是對老祖宗都不能說。

她咬了下唇，濕漉漉的眸子望向母親，乖巧地道：「母親，我知道，便是老祖宗，我也不說，誰也不告訴，這事除了母親、魯嬤嬤和我自己，再無第四個人知道了。」

寧氏聽了，這才放心，又囑咐了阿蘿一番，看看時候不早，怕引人猜疑，這才匆忙而去。

送走了母親，阿蘿怔怔坐在杌子上，兀自又思索了好半晌，卻是不得而解，最後只能作罷。恰此時老祖宗派人請她過去用晚膳，她才擦擦眼淚，打起精神過去。

時值晚膳時分，竟是家裡幾個姊妹都在，圍了一圈在老祖宗身旁。

老祖宗自是特意留了自己身邊的位置給阿蘿。

阿蘿坐下後，見桌前飯菜十分豐盛，老祖宗也頻頻親自挾了往日她愛吃的到碗裡，只是她心裡記掛著母親的病，真是味同嚼蠟，食不下嚥。

正兀自走神著，就聽得葉青萱嬌聲笑道：「三姊，妳好歹說說，到時候打算如何穿戴？」

阿蘿忙抬頭看過去，卻見大家都望著自己，正等著自己回答。

只是，剛才在說什麼來著？

老祖宗見此，帶著慈祥的笑。「阿蘿想必是琢磨著自己到底該穿哪件吧？依我說，妳們姊妹幾個都不用操心，改明兒我和妳們大太太說，讓她拿出銀子來，好生給妳們做兩身衣裳頭面，一定要今年最新的款，打扮一新，到時候也好出個風頭去。」

阿蘿聽得這話，才知道原來是在說那秋菊宴。

她想了想，笑道：「諸位姊妹如今琴棋書畫想必頗有造詣，只有我，因病這一場，倒是荒廢了學業，秋菊宴上，怕是要給諸位姊妹扯後腿了。」

——其實她心知肚明，便是沒病這一場，未必就不是扯後腿的。

果然，她這話一出，葉青蓉淡掃她一眼。「阿蘿也不必擔憂，妳自有妳的好。」

阿蘿最大的本事，不就是討好長輩嗎？她自是不必勤學苦讀，只需要到長輩跟前笑一笑、撒個嬌，外面的國公夫人、侯門老太太，哪個不是搶著拉她的手，說模樣好、討人喜歡？

偏生葉青蓉是不愛阿蘿這樣貌的，用她母親的話說，美則美也，卻太過單薄，紅顏薄命罷了，哪來那麼大福分消受老祖宗這般寵愛？

一如那隻貓。

老祖宗也是笑呵呵地安慰阿蘿道：「妳病才好，別把這點子事放心上，該吃吃、該睡睡，這什麼秋菊宴，沒什麼要緊，到時候只管出去透透氣就好。」

眾姊妹聽得這話，心中自然明白，老祖宗早把阿蘿的將來打算好了，阿蘿自是不必操心費力去出什麼風頭。

坐享其成，說的就是她。

至於她們幾個，除了大房的葉青蓉、葉青蓮出身好，其他諸如葉青萱這般毫不出眾的，又如馮秀雅，是個寄人籬下的，遇到秋菊宴這種難能可貴的機會，還是得趕緊出個風頭引人注意，傳出個才名，也好為將來鋪路。

想起這裡，眾位姊妹心中自然百味雜陳。

阿蘿如今心性也不是單純的七歲小娃兒，自然感覺得出席上眾位姊妹的心思異樣，不免些許無奈。

其實她也能明白幾位姊妹的心思，若易地而處，她未必就能心平氣和。只是現在的她，心裡所想的卻遠不是眼下這小小的秋菊宴，至於那秋菊宴出風頭的事，她也不是太過在意。

她牽掛著母親的病情。

也心懷對未來命運的不安。

母親腹中那轟隆隆猶如風箱般急促的聲響，她聽得分明，還不知道到底如何，若是不能及時診治，怕只怕三年後，母親依然是要撒手人寰。

還有那秋菊宴上，按理說，她應該會遇到蕭家的公子永瀚，七歲的自己和九歲的永瀚初初見面便頗為投緣，幾個侯門老太太也紛紛打趣他們如金童玉女一般。

從那之後，蕭家和葉家來往也比以前更甚，她和永瀚兩小無猜，青梅竹馬，及至大了，她便順理成章嫁進蕭家……

重活一世，她下意識想躲開這一切。

當下望向老祖宗。「老祖宗，阿蘿大病初癒，身子確實不好，到時候勉強去了，也怕掃了幾個姊妹的興致，倒不如乾脆不去了？」

這話一出，老祖宗大搖其頭。「阿蘿啊，妳這性子，遇到事兒總是愛躲，這可不行。不過是區區個秋菊宴，妳當那是大老虎能吃了妳不成？再說了，承國侯家的老太君，還有蕭家老太太，這一個個嘴裡都念叨著妳，說好久不曾見到，怪想妳這小丫頭的，妳忍心讓老人家失望？」

其他幾個姊妹聽見此話，心裡越發不是滋味了。這麼好的機會，阿蘿竟是根本不稀罕？唯有葉青蓉卻淡淡地掃過阿蘿後，垂下眼眸，修長的睫毛遮下了那一絲幾不可見的不屑。這阿蘿，怕是擔心在那秋菊宴上丟人現眼吧？

這頓晚膳阿蘿吃得食不知味，她自知是無法逃脫前往這秋菊宴的命運，看來少不得要硬著頭皮前往了。

姊妹幾個一晚上說起秋菊宴種種，都是頗有期待，唯獨她蔫蔫的。想必老祖宗也看出來了，倒是沒說什麼，只是摸摸她的額髮。「早些歇息，不必多想，萬事有老祖宗給妳撐著呢。」

阿蘿聽著這話，心中泛暖，感激地望了老祖宗一眼。「老祖宗待我真好。」

這話聽得老祖宗倒是頓時噗哧笑出來，對旁邊的魯嬤嬤道：「妳瞧瞧這孩子說什麼傻話，小人兒家的，竟像個大人模樣！」

魯嬤嬤聽聞也笑了。「這是老祖宗慈愛，也是三姑娘孝順懂事，知道老祖宗對三姑娘的好。」

說笑間，眾人用完晚膳，老祖宗也回屋去了。阿蘿由魯嬤嬤服侍著上榻，心裡卻是怎麼也不踏實，半靠在榻上，她側首望向雕花窗外，卻見外面月影依稀掩映，窗欞透白，有石榴花的影子投射在窗欞上，隨著秋風起時，那花影輕移。

閉上眸子，鼻翼似有若無的淡淡檀香縈繞。

魯嬤嬤帶著兩個小丫鬟放下落地銅鏡的罩子，又滅了各處燈盞，只留下案前一盞，吩咐小丫鬟剪了燈花。

這些做罷，來到榻前，見阿蘿巴掌大的白淨小臉半掩在錦被中，一雙澄澈的眼眸在半黑的夜晚中忽閃忽閃的，心裡不免也泛起許多憐惜。

這是她一手帶大的姑娘，其中感情自然不比尋常人。

她抬手摸了摸阿蘿的額頭，涼絲絲的，便笑道：「姑娘這是真好了。」

阿蘿望著對自己一向關懷備至的魯嬤嬤，輕聲道：「嬤嬤，我想母親了。」

「嗯？」魯嬤嬤略有些詫異地看著阿蘿。

她是知道，自家三姑娘和二太太一向不親近的，如今怎麼忽然變了性子？她當然很快想到今天白日的事，想著是不是三姑娘擔心二太太？

說到底，母女連心呢。

「我擔心她。」阿蘿垂眼，有些難過地道。

魯嬤嬤沈吟片刻，看看時辰。「也好，我這就過去和老祖宗通稟一聲，若是許了，今晚便過去太太那邊。」

阿蘿點頭，當下魯嬤嬤自去請見老祖宗，阿蘿兀自躺在榻上胡思亂想著。片刻之後，魯嬤嬤回來了，後面跟著老祖宗身邊的杜鵑。

杜鵑柔和體貼，伺候在老祖宗身邊也有些年頭了，如今走過來榻旁，溫聲笑問道：「姑娘身上可覺得好？」

阿蘿乖巧點頭。「杜鵑姊姊，身子好多了，只是剛剛作了個夢，有些想過去母親那邊。」

杜鵑笑了。「這會子二太太應該還沒歇下，既是要過去，那就早點過去，我著人去安頓一下。」

隨即回過頭，吩咐她身後的丫鬟幾句，丫鬟自去照辦，她又親自扶著阿蘿起身，幫阿蘿穿戴好、披上風帽，陪著過去寧氏那邊。

寧氏所住的楓趣苑距離榮壽堂並不遠，從院後走過一道角門，約兩箭之地，再越過兩個弄堂便是了。

這邊杜鵑已經派人過去知會寧氏，寧氏早就等在門首，一時見杜鵑親自送女兒過來，便是她往日性情寡淡，也上前相迎，微微頷首。「這麼晚時候，倒是叨擾杜鵑姑娘了。」

杜鵑雖只是個丫鬟，卻是老祖宗跟前最得意的，便是作為二房夫人的寧氏，見了杜鵑也有幾分尊重。

杜鵑福了福身，笑道：「二太太說哪裡話，這是我應該做的。老太太說了，這幾日姑娘身上才好，小孩子家的，病了難免想得多，所以讓我一定要送到二太太房裡，且叮囑二太太一句，萬不可太拘束了她。」

寧氏聽聞，自然明白老祖宗這是不放心，怕有人委屈了她的寶貝孫女，便是連自己這生身母親，她也要叮囑一番。「麻煩杜鵑姑娘回稟老太太知曉，自是當好生照料。」

旁邊的阿蘿聽著這言語，卻覺得分外不是滋味。

曾經她不明白母親為何對自己頗為冷淡，有時見青萱和三嬸母十分親熱，她越發覺得自己和母親之間實在生分。只是雖然覺得不對勁，卻也不曾細想，畢竟有老祖宗的疼愛，於她而言已經足夠。

如今有了不同於尋常七歲小女孩的心性，她再聽著耳邊這對話，不免有所感觸。實在是自己被老祖宗當作了眼珠子一般地疼著，老人家對誰都不放心，便是自己生身母親，也是信不過。須知這世間雖有親恩，卻亦有養恩，母親和自己之間，那養恩太過薄淡，不生嫌隙已是大幸，又何來親熱一說？

一時杜鵑拜別，阿蘿微微垂首，站在暖閣前，也不言語。

寧氏送過了杜鵑，回過身來，便見女兒耷拉著腦袋，削瘦的小肩膀也無精打采地垂著，竟彷彿一株被霜打的小嫩苗，不禁微微蹙眉。「阿蘿，妳這是怎麼了？」

阿蘿抿抿唇，抬起眼來，偷偷看了母親一眼。「母親，剛才可是歇下了？阿蘿可是攪擾了您？」

寧氏只覺得，自家女兒望向自己的那一眼，恍若黑珍珠浸潤在白水銀裡，清澄水亮，幾分委曲求全，幾分小心翼翼。她一時也有些心軟，輕嘆了口氣。

到底是自家女兒，又是個小孩兒家，當下略放軟語氣問道：「可洗漱過了？」

阿蘿忙點頭，小雞啄米一般。「嗯。」

「既如此，早些歇下吧。」寧氏和自家女兒確實也沒什麼話好說的，於是轉首吩咐魯嬤嬤。「這西廂房是久沒人住的，雖也每日打掃，可終究怕些秋後蚊蟲，妳打發人到我房中，找絲珮要些熏香來。」

魯嬤嬤連忙聽令去了，這邊寧氏又是一番調度，底下丫鬟也都井然有序，各司其職。

片刻後，寧氏安靜下來，母女兩人對坐在榻前，一時倒是無言。

最後還是阿蘿自己認命。就她極少的記憶裡，母親是個不多話的人啊，當下只能自己先開口。「母親，您可有請了太醫來過脈？」

提起這事，寧氏面上現出幾分凝重。「今日太過匆忙，反引人懷疑，已經打算明日請王太醫過來。阿蘿，妳如今——」微微停頓了下，寧氏打量著女兒。「如今依然聽到我小腹之處有什麼聲響嗎？」

其實就這件事，寧氏已經前後思量好久，常常摸著自己的小腹，彷彿覺得真有些不對勁，甚至還真腰痠背痛起來。

「是的。」阿蘿目光落在母親小腹處，微微閉上眼，她細細傾聽。「母親，那裡有一種轟隆轟隆的聲音，很是急促，就彷彿……」

她一時不知道該如何向母親形容那種聲音，抬起嫩蔥般的手指比劃了下。「就好像有個人拿著扇子很快地搧著，又好像、好像……」

她睫毛微動，忽然意識到了什麼，睜開眼再次看向母親的小腹。

「母親，那是心跳聲吧？」說出這話，自己也覺得驚詫不已。「可是……母親怎麼會有兩種心跳聲呢？」

想到這裡，她喃喃自語地低頭，看向自己心口，又用手碰了碰。「阿蘿心口的聲音，並不會那麼快啊……」

「阿蘿，妳意思是說，我身上……有兩種心跳聲？」這實是匪夷所思，可是女兒神情認真，並不像說謊，以至於寧氏都不由信了。

「是。」阿蘿猛然間明白了，眼前一亮，忍不住低聲道：「母親，您、您該不會有了小寶寶吧？」

寧氏聞言，臉色頓時變了。

她皺眉，低頭細細思量。

夫君上次歸來是一個多月前，這一個月多裡，她下面偶爾有些見紅，卻量不多，該不會真是有孕了？若是有孕，那腹中胎兒恐怕並不穩……

阿蘿看母親的臉色，心中越發肯定自己的猜測，如今只恨身邊沒個有身子的伺候，好讓她聽聽若是懷了胎兒，那胎兒心跳是不是如自己所聽到的？

「母親，該不會我真要有個小弟弟、小妹妹了吧？」

「不可胡說！」寧氏猛然起身，淡聲斥道。

說完這話，她彷彿又覺得自己對女兒太過嚴厲，神色稍緩。「明日請了太醫來，一切自知分曉，妳一個小姑娘家的，許多話不可亂說。」

「嗯嗯嗯嗯！」阿蘿一口氣回了不知道多少個「嗯」，還一個勁兒地點頭。「我知道的，我知道的！」

了。

這邊魯嬤嬤回來了，寧氏吩咐魯嬤嬤幾句，無非是好生照料阿蘿的，之後便逕自回屋去了。

阿蘿在魯嬤嬤伺候下重新躺回榻上。

或許是母親這邊所用的熏香她更喜歡，也或許是剛才和母親那麼一番話，讓她心裡稍微放鬆了，她很快便覺得眼皮沈重，竟是要睡去。

「嬤嬤，妳說旺財什麼時候生小貓啊？」她在即將沈入夢鄉時，還忍不住這麼問。

魯嬤嬤見自家姑娘含糊其辭彷彿說著夢話，不免好笑。「好生睡吧，這作著夢還在操心旺財生小貓的事。」自家姑娘這小腦袋不知道都想些什麼？

「二哥院子裡的阿景媳婦是不是也要生小寶寶了？」她拚命抵抗著睏意，又問起了阿景媳婦。

在聽到魯嬤嬤肯定的回答後，她不免胡亂想著，明日可以去聽聽阿景媳婦的肚子，若是裡面動靜和母親腹中一樣，那母親便也是要生小寶寶了。

只是，還沒想個明白，她便終於睡去了。

近鄉情更怯，提心吊膽一個夜晚，到了要公布真相的時候，阿蘿反而有些怕了。

若是母親真得了什麼不治之症，那該如何是好？若是母親真懷了身子，這一胎能不能保住？分明記得，在她上輩子的記憶裡，母親只有哥哥和她罷了，並沒有第三個孩兒。

胡思亂想著進了屋，就見母親正安坐在榻旁，纖細柔媚的她，神色間有一絲異樣，聽得珠簾響動，便抬頭看過來。

阿蘿微怔，她感到母親的目光中帶著思量。心微微下沈，她小心挪蹭著來到榻旁，仰起小臉，低聲問道：「母親，您怎麼了？」

寧氏低頭打量女兒，卻見女兒清亮的眼眸中是誠惶誠恐，好像有些害怕，又有些擔憂，這麼多情愫裝在那雙單純稚嫩的眸子裡，讓她看著於心不忍。

她先屏退了左右，待屋裡只剩下自己和女兒，才問道：「阿蘿，告訴母親，妳是從小就能聽到那些聲音嗎？」

阿蘿自然明白寧氏所指為何，老實地道：「並沒有，也是前些日子病了，醒過來後，恰巧旺財丟了，我不知怎的就聽到島上的貓叫聲。加上這次聽到母親腹中聲響，不過第二次而已。」

寧氏神色稍緩，沈默片刻後，終於抬手摸了摸自己的小腹。「我已懷了一個多月身孕，自己卻不知。」

侯府裡，每兩個月都會有太醫過來給各房太太、姑娘過脈，也是巧了，上次太醫來府裡，她恰不在府中，就此錯過了。

阿蘿聽聞，眸中頓時迸發出驚喜。「真的？我要當姊姊了？」

她聽到的，竟然是胎兒在腹中的心跳聲嗎？

寧氏眸中卻無太多喜色，反而帶著淡淡憂慮。「我懷了身孕一事，自然會稟報老祖宗知曉，只是妳聽到胎兒心跳的事，可千萬記得不可外傳。」

阿蘿連連點頭。「母親，這個我自然懂的。」

寧氏望著女兒掩飾不住的驚喜，知道女兒是真心替自己高興，一時也有幾分感動，下意識地抬起手，想摸摸阿蘿的鬢髮，不過伸到一半，又收回去了。

「妳過幾日要參加秋菊宴，可有所準備？」

這可真是哪壺不開提哪壺，阿蘿頓時耷拉下腦袋。「能有什麼準備，論起才情，幾個姊妹中數我最差，又趕上病了一場，我已經不抱什麼希望，只求去了別丟人就是了。」

寧氏淡聲道：「想我當年也是飽讀詩書，不敢說學富五車，卻也是琴棋書畫無一不精，不承想，竟得了妳這麼一個女兒。」

阿蘿聽得臉都紅了。仔細想想，她後來活到十七歲出事前，好像實在沒什麼可稱道的，也不知道永瀚為什麼會把她捧在手心，把她當成寶貝一般疼著、寵著？

她忍不住把腦袋垂得更低了，小小聲地道：「都是女兒給母親丟臉了。」

寧氏見她這羞澀可憐的小模樣，難得竟然笑了。「等用過早膳，我來看看妳的字吧。」

「嗯……」

阿蘿不敢說什麼，低聲答應著。

一會兒之後，葉青川過來給寧氏請安，乍見阿蘿也在，倒是有些詫異，不過也沒說什麼，一家三口難得一起用了個早膳。

早膳過了，葉青川要去讀書，屋裡便只留下阿蘿。

寧氏吩咐底下丫鬟準備了筆墨紙硯，自己寫了一幅字帖，讓阿蘿臨摹試寫。

阿蘿看那筆跡，只覺得清雋舒雅、淡然如蘭，不免心中暗暗驚嘆，想著母親當年才情滿天下，果然不同一般。憾只憾哥哥天生眼盲，恨只恨自己是個不爭氣的，不能給母親臉上爭光。

寧氏低頭望著女兒握筆練字，看了半晌，最後忍不住輕輕蹙眉。「這字綿軟無力，蓋因妳手腕無力，如此下去，便是下再多工夫也是枉然。」

阿蘿臉紅。「那怎麼辦？」

寧氏淡聲問道：「往日練字，妳學了什麼？」

阿蘿只覺得七歲時練字的情境太過遙遠，哪裡還記得當時是學哪套筆法來練？仔細回想一番，才勉強道：「應是《九成宮》，還有碑刻。」

寧氏頓時擰眉。「那《九成宮》於妳而言太過高深，並不適合；至於碑刻，更是揠苗助長、貪功圖進，依妳現在的功底，只能從墨本開始學。」

阿蘿聽得一臉茫然。對她來說，腦中最清晰的記憶其實是那十七年的水牢之苦，這些讀書人的清雅之事，早在那漫長煎熬中褪去顏色。

「母親教誨得是。」

寧氏又道：「墨本者，以隋唐本為多，譬如《大字陰符經》、《文賦》以及智永千字文，若妳能取來勤練，必有所助益。」

阿蘿乖巧點頭。「嗯……」

寧氏又從旁邊的檀木書架上取來幾冊古本。「這幾本妳先拿去，好生練習，每日至少練兩個時辰。」

兩個時辰？

阿蘿心中暗暗叫苦，不過偷偷看母親神情，知道那是半點沒有回轉餘地的，自然只能硬著頭皮應承下來。

第三章

寧氏這身子都已經三個月，自然不好隱瞞，就此稟報了老祖宗。老祖宗聽說二房有喜，也是高興，特特吩咐楓趣苑的丫鬟、嬤嬤們打起精神來，好生照料著，萬萬不能出什麼差池。阿蘿此時對於母親這一胎，其實心中頗有些忐忑，怕出什麼么蛾子，可想到上輩子從未聽說母親在自己七歲時曾有身孕小產過，至少沒傳到老祖宗耳裡來。如今這輩子顯然不同了，想必能有個不同的結果吧？

如此一想，她也就不再擔心了。而前些日子，老祖宗本來說要讓二哥教她練字，誰知道二哥後來卻因公事忙了起來，這事也就放下了。如今她索性留在母親這兒，由母親親自教導習字。

寧氏看似性情輕淡，當起先生來卻是頗為嚴厲，阿蘿但凡有什麼不是，她都會一一指出並加以糾正。如此幾日下來，阿蘿的手掌心都要磨出繭子來了。

這事看在老祖宗眼裡，又是心疼又是好笑，常摟著阿蘿，憐惜地捧著那掌心道：「又不是那小門小戶的人家，非要爭個什麼才名！咱們阿蘿生來命好，哪犯得著受這種罪？」

阿蘿聽著，倒是笑。她知道老祖宗疼自己，可是疼了十幾年，嫁到蕭府也不過是個沒心機的，被人家做下偷梁換柱的把戲，死了個悄無聲息。

這次她心裡多少比以前透亮了，人總不能只會靠別人，還是得自己心裡通透，才能在那後宅護住自己。如今聽母親教誨，不論什麼本領，好歹比上輩子多學點，總沒壞處吧。

當下便故意撒嬌道：「老祖宗，您可不能這麼說，阿蘿還要好生學點本領，好歹去那秋菊宴上落個才名，也能給老祖宗臉上添點光，這樣別人才會說，老祖宗沒白疼阿蘿一場。」

這話說得老祖宗頓時笑出聲來。「自病了這一場，妳這丫頭的嘴，真像是灌了蜜！」

阿蘿見老祖宗高興，有心想為母親爭取些好處，便故意道：「老祖宗，如今我跟著母親練字、讀詩，有所長進，心裡自是高興，只是想想，在母親那院中，卻是有兩樣不好。」

「哦，哪兩樣不好？」

阿蘿扳著纖細白嫩的手指頭，開始認真地數。「第一個不好，是不能日日陪在老祖宗身邊了，好生無趣！」

這話老祖宗聽著自然歡喜，不過她卻笑道：「妳這刁蠻丫頭，既是兩樣，這頭一樣自然是妳的先頭兵，後面那一樣才是正經的吧！」

阿蘿被拆穿小心思，也不臉紅。「第二樣麼，在母親那邊，吃食上真是遠不及老祖宗這兒，想吃個點心都要跑老遠，還未必有。」

阿蘿說得也是實情，老祖宗這邊自是另外有小灶、廚娘精心伺候，一日三餐並日常小零食，樣樣精緻。

可是寧氏那邊，每日膳食卻是由府裡的廚房準備，廚房距離楓趣苑頗有些距離，丫鬟們過去領了飯食，待取回來時都泛涼了，更不要說什麼額外的小零食或者點心，那是想都別想。

阿蘿見此情景，心裡便有些難過，乾脆就藉機幫寧氏多爭取些好處，也好讓她能更順利養胎。

老祖宗聽聞，沈吟片刻，便轉頭吩咐旁邊的杜鵑。「杜鵑，妳過去給大太太提一提，只說我說的，讓廚房派個廚娘過去楓趣苑，專伺候二房膳食。」

阿蘿從旁看著老祖宗吩咐這件事，笑得圓滾滾的眼睛都瞇了起來，響亮地道：「老祖宗真好！」

後來這事傳出去，眾人自然越發覺得老祖宗實在太寵阿蘿了，不過因寧氏確實懷著身子，倒是也沒人多說什麼。

反倒是寧氏自己，瞥了眼阿蘿。「妳小孩兒家的，只操心識字讀書就是。」

阿蘿表現頗為乖巧，歪頭笑道：「母親，我自是知道的。只是我心裡惦記著您肚子裡的小弟弟、小妹妹，不忍心他們受什麼委屈罷了。」

寧氏望著她略帶討好的稚氣笑容，一向涼淡的眸子裡不免泛起些許暖意。「阿蘿，明日就是秋菊宴，妳還是應該好生準備下才是。」

「啊——」阿蘿頓時笑不出來了，她抬起手，撓了撓頭，無奈地道：「怎麼明天就是秋菊宴了啊！」

旁邊魯嬤嬤噗哧笑出來。「姑娘還是好生練字是正經，臨陣磨槍，越磨越光！」

這什麼秋菊宴，其實如今的阿蘿是沒有什麼大興致的。

此刻，隨著老祖宗來到承辦秋菊宴的威遠侯府，看著各府夫人、小姐熱絡寒暄問候，令她不禁回想起往事。

在這秋菊宴上，曾經的葉青蘿眼睜睜地看著姊妹們各展其才，唯獨她，卻沒一樣能拿出手的，只能乖巧地陪在幾個老太太身邊，聽她們圍著自己對自己誇讚不已。

「瞧阿蘿這樣貌，滿燕京城裡打著燈籠都不見一個！」

「我若是能得阿蘿這麼一個仙童樣的寶貝孫女，便是十個臭孫子都不換！」

「不能得這麼個孫女兒，趕緊定下來，娶回家當孫媳婦也是好的！」

當時她幾乎成了各侯府太太們眼裡的香餑餑，虎視眈眈的，都恨不得趕緊把她搶回家當孫媳婦。也就是在這秋菊宴上，蕭永瀚被拉來了，一對小男女，初初見面，彼此投了緣，就此定了她的後半輩子。

想起過往，此時的她頗有些心不在焉，不著痕跡地望向四處。雖說並不想再有什麼牽扯，可她還是想看看那個九歲的蕭永瀚。

自己如今重新成為七歲小娃，不知道他是不是也如自己這般？是不是還記得往日之事？若是記得，真恨不得拉了他問一問，怎麼會有眼無珠，去給那假的葉青蘿彈了〈綺羅香〉？他可知道，當他和那個假阿蘿卿卿我我的時候，她在水牢裡受的又是怎麼樣的罪？

正這麼想著，就聽老祖宗暖聲問道：「阿蘿今日這是怎麼了，倒是看著有些心不在焉？」慈愛的大手疼惜地摸了摸阿蘿頭上戴著的碧玉角。「是覺得悶了嗎？要不然妳過去那邊和幾個姊妹玩耍去？」

老祖宗也是想著，她小孩子家的和自己這群大人沒什麼玩頭，怕悶到她。

阿蘿聽著這話，倒是正中下懷。她並不覺得陪幾位長輩說說話有什麼悶的，可是卻不想像上輩子那般，再和蕭永瀚在此處被當作金童玉女了。

她要知道蕭永瀚現在的情況，還有的是機會。

當下笑道：「老祖宗，阿蘿還真覺得有些氣悶，這裡透不過氣來。」

說著，她還伸出手捂在胸口處，旁邊各府裡幾個老太太見她那麼個小人兒，長得嬌美可人不說，說起話來口齒伶俐，像模像樣，筍尖般的手指捂住胸口，更頗是一副大人樣，不免都笑了。

「說得也是，這邊通著地龍，咱們老骨頭怕冷，不覺得悶；小孩兒家火氣壯，自是拘不住。」

當下老祖宗便打發身邊的魯嬤嬤，讓她陪著阿蘿去園子裡逛逛，又特意囑咐說：「記得，逛一圈便回來。」

阿蘿自是口裡應著，心裡卻是要違背老祖宗的意思了。

她明白，老祖宗這是看中了威遠侯府的長房，那蕭永瀚的母親羅氏，慈愛溫柔，頗具賢名，蕭永瀚七歲的時候更已經是才氣遠播，老祖宗想早早地為自己將來親事做打算呢。

但是她心裡卻是有些怕，自然是躲著才好。

當下離了暖閣，逕自跟著魯嬤嬤出去，四處都是走動的人群，女眷們花枝招展的，也不嫌冷，兀自在那裡賞菊花、盪鞦韆。

阿蘿對這些並無興致，便胡亂沿著小橋流水往前走，她知道走過這處小橋，便會通向一處桃花林。

可魯嬤嬤並不知道啊，她見阿蘿在前面兀自走得歡快，連忙緊緊跟著，口裡喊道：「好姑娘，妳且等等我，仔細丟了！」

阿蘿回頭望望氣喘吁吁的魯嬤嬤，心裡有小小的歉疚，但也不過吐吐舌頭，仍撒丫子繼續往前跑。

跑過那小橋，穿過一片蘆葦叢，便來到了那處記憶中的桃花林。

此時正值深秋，顫巍巍滿枝桃花自是不在，不過是遒勁嶙峋的老樹，乾巴巴地立在那裡罷了。小小的阿蘿仰臉望著那老樹，自是想起，七年後的自己應是站在樹下，聽蕭永瀚奏起那定情之曲。

輕輕咬了下唇，她繼續往前走。桃林深處應有一處木屋，造得匠心獨具，阿蘿很喜歡，後來蕭永瀚便每每陪著她在那春暖花開時，於木屋窗前擺個几案，一邊品著瓜果，一邊賞著屋外桃花。

她想知道，那木屋是否還在？

踩著地上久積的落葉，阿蘿一步步走進林中，終於來到那木屋處。

那木屋果然如她記憶中一般，只是看上去頗新，倒像是新造不久。而就在木屋的一旁，有個男人手裡拿著木刷子樣的用具，正在旁邊的牆上刷著什麼。

那人說來也是奇怪，身穿錦袍，袍角隨意地掖在褲腰帶上，倒是露出下面半截褲腿。他半彎著腰，背對著阿蘿，看不清楚臉面。

阿蘿歪頭，不免疑惑地打量著，心想若說是蕭家哪房的少爺，可她並不記得蕭家有誰會這泥瓦匠的活兒啊，可若說是蕭家的下人，這衣著也不像。

正納悶著，就見那人回過身來。

四目相對間，都是一愣。

阿蘿不由得睜大眼睛，仰著小臉望。

眼前這個人，她是認識的，正是蕭永瀚的叔叔，叔伯輩中排行第七的，她和蕭永瀚得喊他一聲「七叔」。

這位七叔，說起來也是個了不得的人物。他十六歲那年，跟著父親前往邊境雍州鎮守，誰知道恰好遇上狄人犯邊，雍州巨變，父親為守城戰死沙場，他死裡逃生後，便子承父志，率領父親餘部抗擊北狄軍。之後朝廷援軍趕到，他和朝廷援軍會師，大敗北狄，立下汗馬功勞。

後來回到燕京城那年，不過是十七歲罷了，朝廷封賞接踵而至，封侯拜將不在話下。試問燕京城裡，哪個十七歲的少年不是靠著父蔭在過日子，又有幾個有他這般成就？

更何況，他這出身也是一等一的，威遠侯府的嫡子。

阿蘿記得清楚，他是長她一輪的，因她是屬兔的，有一年過生辰時，有人說七叔也是屬兔。

這麼一算，如今七叔應該是十九歲吧，還不到弱冠之年，此時的他倒是不像她後來記憶中那般冷酷嚴厲，只是看著神情涼淡漠然罷了。

此時此刻，這位面無表情、但以後會位高權重的七叔，正左手握著一枝刷子，右手提著一個木桶，半截褲腿露著，一雙靴子上遍布星星點點的泥漿……

他雖然臉上沒什麼表情，不過顯然也沒預料到，會有個小姑娘忽然跑到這隱蔽的桃花林中。

過了半晌，阿蘿才不好意思地低下頭，恭敬而小聲地說：「七叔……」聲音軟糯糯的，嫩得彷彿春天裡初綻蕊絲，甚至還帶著幾分怯意。

蕭敬遠挑眉，淡掃過小姑娘細白泛紅的臉頰。「妳認識我？」

「這……」阿蘿這才有些傻眼。也是見到這位嚴厲的長輩給嚇傻了，她此時應該還不認識他才對啊！

不過阿蘿到底不笨，眼珠一轉，頓時有了主意，低聲道：「剛才聽大人說話，提起七叔，如今在這裡恰好碰到，看著氣度又不是尋常下人，便猜你應該就是了。」

這理由編得略顯牽強，阿蘿只覺得腦袋上方那個男人凌厲的視線盯著自己不放，她感覺自己髮辮上的碧玉角都要著火了。

就在她幾乎背過氣去的時候，終於聽到這人道：「妳是哪家姑娘？」

雖然語氣依然冷淡，不過倒是沒了之前那種嚴厲，阿蘿稍微鬆了口氣，縮著肩膀，小聲回道：「我是晉江侯府家二房的姑娘。」

蕭敬遠聞言點頭。「那應該是葉尚書的姪女了？」

阿蘿的大伯父葉長勤，曾官拜禮部尚書，時人稱葉尚書。

阿蘿輕輕點頭。

蕭敬遠隨手放下提著的木桶，並把刷子收起來，和旁邊的瓦灰麻布等放在一起。「妳怎麼會跑來這邊？」

阿蘿乖巧回道：「原本和姊妹們在橋那邊玩的，哪知我貪捉個蝶兒，走散了，又見這裡一片桃樹，就好奇走了進來。」

蕭敬遠隨手拿過來一條白帕，擦了擦手，淡道：「也虧得是在府裡，總不至於走丟，若是在外面，後果不堪設想。妳小孩兒家，以後總是要仔細。」

阿蘿趕緊小雞啄米一般點頭。

她記得上輩子嫁到蕭家，家中子弟對這位七叔就很是信服，如今自己雖然不會嫁到蕭家，可是那種聆聽長輩教誨的感覺還是刻骨銘心的，此時自然是恭敬小心、不敢有半分言語。

蕭敬遠見她那一臉柔順乖巧，當下也並未多想，只當她是個尋常走失的小孩兒，便道：「妳稍等片刻，我收拾下門前這木屋，便帶妳回去找妳家人，那邊有河，妳萬萬不可亂跑。」

阿蘿其實想趕緊跑，她不喜歡和這種沈悶的長輩相處，實在是拘謹得很，不過聽得這話，也是沒法，只好點點頭。

蕭敬遠見阿蘿不吭聲，只當她沒異議，當下又拿了一把刮刀去修整旁邊牆上一處。

的。

阿蘿順著他的動作看過去，只見木屋旁邊題著十幾行字，墨跡未乾，顯見是新寫上去的吧？

她有些詫異，歪著腦袋、瞪大眼睛，仔細瞅了半天，終於明白了。這是剛才七叔題上去的吧？

明白這個後，她頓時羞愧難當。

她曾經極喜歡這木屋前的題字，甚至曾經拓下來當作範本，自己在那裡一遍一遍練習，不承想，竟然是七叔的手筆？

若是那個時候被他知道，他家姪媳婦拿了他的墨寶來臨摹，她真是沒臉見人了。

阿蘿臉上火燙，情不自禁地抬起手摀住小臉。

「妳怎麼了？」蕭敬遠不經意間看過來，只見她原本細白如玉的小臉，瞬間染上嫣紅的霞，十根筍尖般嬌嫩的手指顫抖著覆在臉上。

在他問出這話後，就看到小女娃拘謹無措地將手放下，露出那雙無奈又水靈的大眼，可憐兮兮地看著自己。

他微怔了片刻，凝視著這小孩兒，半晌後終於皺眉。「到底怎麼了？」

阿蘿有些無精打采，耷拉著腦袋，囁嚅地道：「我、我就是有點冷……」

冷？

蕭敬遠看了眼，只見小姑娘穿著淡粉交領褙子，襯著纖細白嫩的頸子，楚楚可憐，窄細的肩膀彷彿在瑟縮發抖，當下無言，褪下自己的外袍，逕自走過去給她披上。「走，我帶妳尋妳家人去。」

左右眼前小姑娘不過七、八歲年紀，還小，不過是個小孩兒，蕭敬遠倒也沒忌諱那麼許多。

反倒是阿蘿，在這長輩走近時便聞到一股生漆味兒，乍聞起來怪難聞的。

待到那外袍披在身上，她更是心裡發慌。

雖說現在年紀小，可是她下意識總覺得這人就是長輩，是七叔，是自家夫君的親七叔，而自己是姪媳婦輩的。

姪媳婦披上叔叔的外袍……

她細白的手指頭輕輕捏住外袍邊緣，身上暖和了，心裡卻十分不自在。阿蘿小心翼翼看向蕭敬遠，又望望那木屋。

「走？」

蕭敬遠其實對小孩兒一向並無多大耐心，別說是別人家的小姑娘，就是自家親姪子，他也是嚴厲得很，容不得半點不規矩。可是今日對這陌生小姑娘，看她那楚楚可憐的小模樣，倒是生出一些憐惜，連帶著性子都變好了。見她在那裡一臉小糾結，竟然好脾氣地問了。

阿蘿不敢多說什麼，輕輕點頭。

蕭敬遠瞥她一眼，大步流星地往前走。「妳這麼小，家人見不著妳，想是應正到處找著。」

他走出幾大步後，一回頭，只見阿蘿正提著袍子和裙子，艱難地小步往前跑，試著要跟上他的腳步。

閨中女孩兒家的裙子本就窄瘦，加上如今披上他那又長又寬的袍子，她整個人像是戲臺上唱戲的。他難得有些想笑，搖搖頭，腳步停下來等著她。

今日蕭家承辦秋菊宴，來者都是客，蕭敬遠並不想家中出什麼茬子。

阿蘿見他肯等著自己，倒是有些意外，抿抿唇，感激地望他一眼。

翦水雙瞳墨黑瑩潤，清透得彷彿倒映著整片桃花林。

蕭敬遠心底某處被狠狠撞了下。

有風吹過，枯黃的桃葉自眼前飄落，阻隔了他的視線，這整個世間彷彿在那一刻停頓下來。

當黃葉落地時，他定睛，皺眉，面目肅冷，袖底的手輕輕握了下。

小姑娘正懵懂茫然地望著他，眼底些許忐忑。

他轉身，悶聲往前走。

阿蘿連忙追上，緊跟在旁邊，嘰哩咕嚕往前跑，一邊跑，一邊喘著氣仰臉問：「七叔，那座木屋可是你打造的？」

「是。」

「那些詩文，也是你寫的？」

「是。」

得到了蕭敬遠肯定的回答，阿蘿此時已經是兩腳虛軟，心中叫苦。

上輩子的她也太厚臉皮了，竟堂而皇之霸占了長輩的心頭好而不自知？偏生怎麼闔府上下，竟然沒一個人提醒她！

正跑著，忽而聽見一聲響，彷彿身上袍子裡有什麼東西掉地上，她停下來一看，卻見地上躺著一把小紅木錘子。

一見這個，她腦袋都要疼了。

這把小木錘子，她當然是知道的，當年在這小木屋裡一見之下，便覺匠心獨具，真是愛不釋手，於是乾脆地占為己有了。

現在這小紅木錘子竟然從七叔的袍袖裡掉出來，這還有什麼好說的？

「這……這是七叔做的啊？」她愣了半晌後，終於將目光從那小木錘子，移到蕭敬遠臉上。

那是一張猶如木頭一般，沒有任何表情的臉。

她是真不知道，原來這位文韜武略樣樣精通，朝廷炙手可熱的實權人物，威名赫赫功震天下的少年將軍，竟然還有做小木匠活兒的愛好！

「是。」

預料之中的答案，比想像中還要冷幾分。

阿蘿險些眼前發黑，直接栽倒在地。

蕭敬遠看著這小女娃原本嫩生生的臉上一會兒紅、一會兒白的，眸子裡的神情也是瞬息萬變，不免輕輕挑眉。

他年少時便隨父親前往邊疆，之後父母雙雙為國捐軀，他隨當朝大將軍經慘烈之戰，驅逐外敵，年紀輕輕便封侯拜將，至今回到蕭府不過幾個月罷了，家中姪子、姪女無論男女，並沒有像阿蘿這般，一身嬌弱靈氣逼人的小女娃，更不知道，這麼小的女娃兒的神情可以如此豐富多變？

不過他向來性子冷淡，也不是個會哄小孩開心的，當下也沒說什麼，只是彎腰撿起那木錘子。

阿蘿瞪大眼睛，看他大手握著那木錘子。對，就是那個上輩子她隨身放著用來捶背、捶腿的木錘子！

「我、我只是沒想到，這原來是你的……」她喃喃說著，也不知道是對眼前這位蕭敬遠所說，還是對上輩子那個嚴厲肅穆的七叔所說？

如果她早知道這小錘子原來是七叔做的，一定會趕緊扔得遠遠的！

然而這話落在蕭敬遠耳中，卻是別種意思。

他淡瞥阿蘿一眼，看她盯著那木錘子時奇怪的小眼神，不免猜測道：「妳喜歡？」

「是有點……」這把木錘子是花梨木做的，紅漆雕花，看著就討喜，也怪不得上輩子她看了就想要。

「給。」蕭敬遠伸出手，直接將那小紅木錘子遞給阿蘿。

「嗄？」阿蘿詫異地小嘴微張，疑惑地仰臉望著他。

蕭敬遠低首望著眼前一臉懵懂的小女娃兒，一時竟覺幾分有趣。「口水流出來了。」

「啊……」阿蘿聽了，慌忙抬起手來摸嘴巴。上下兩片小嘴濕潤潤的，但是並沒有口水啊！

看著她手忙腳亂、臉紅耳赤的樣子，蕭敬遠竟然破天荒地唇邊也帶了笑，正待要說什麼，卻聽見橋那邊傳來一位婦人焦急的叫聲。

「姑娘，可算是找到您了，剛才一眨眼的工夫，您去了哪裡？」

來人卻是魯嬤嬤，她之前跟丟了阿蘿，自是擔心，又見旁邊有河，唯恐阿蘿年紀小小落進水裡，越發心急如焚，吩咐幾個丫鬟四處尋找，累得團團轉。找了一圈不見人影，正想著要不要趕緊去稟報老祖宗知道，誰承想，便見阿蘿正在這裡和人說話呢。

阿蘿見魯嬤嬤一臉擔憂，心裡自然明白，頗不好意思地吐了吐舌頭。「魯嬤嬤，剛才是我迷路了，多虧七叔送我回來。」

魯嬤嬤這才看到自家姑娘身上披著男子衣袍，又見旁邊的青年雖說臉上冷硬，不過模樣俊俏、穿著講究，一看便知是哪家的貴公子，當下連忙上前道謝，又用手上提著的大氅來給阿蘿裹上，卻把蕭敬遠那件外袍脫下來還給他。

雖說才七歲罷了，還不必講究什麼男女大防，可到底是侯門女兒家，也犯不著用外男的衣袍擋寒。

蕭敬遠眼看著那嬤嬤領了小女娃離開，微微擰眉，忽而想起什麼，忙道：「這個還是給妳吧。」

阿蘿聽聞，回首，見他手裡依然握著那小紅木錘。

她微微抿了下唇，猶豫了番，還是接過來了。

「謝謝七叔。」她低首，規矩又恭敬地道。

蕭敬遠看她之前還一臉無措羞澀，如今倒是變得快，小人兒做出大人情態來，拘謹得很，便微微頷首，沒再說什麼。

回去的路上，阿蘿自是被魯嬤嬤一通數落，及至到了房中，這秋菊宴席其實已經過了一半，正慶幸著能躲過去才好呢，誰知迎頭便看到一位眼熟的，正是蕭家長房的太太羅氏，也就是她上輩子的婆婆，蕭永瀚的母親。

羅氏這人柔順賢慧，見人沒說話呢，那嘴角就已經帶著笑，可以說在蕭家，上自公婆下至子姪，沒有一個不喜歡她的。

阿蘿對這位上輩子的婆婆也是打心眼裡敬重的，只是如今卻沒想和她再攪和，是以下意識要躲。誰承想羅氏眼尖得很，一把握住阿蘿的手。

「這不是阿蘿嗎？剛才瞧著老祖宗和妳一道去花廳，怎麼一會兒工夫不見了？正巧，我還想領著妳和我家永瀚見見，也好讓他知道，天底下女孩兒有妳這等標致人兒，免得他總把一眾姊妹看低了去。」

這可真是怕什麼來什麼，阿蘿簡直想直接鑽進地縫裡躲起來。

「大太太，我還是……」她憋紅小臉想理由。

「阿蘿，妳瞧，這邊正比詩文呢，妳也過來試試。」

阿蘿聽著更加犺頭了。她沒什麼才藝，更不想比拚什麼才藝，她只想躲起來啊！

可是恰此時，老祖宗並其他幾位老太太都看到了，紛紛招呼著讓阿蘿過去，阿蘿就這麼被羅氏領著，走入正廳。

一下子，所有人的視線都落在阿蘿身上，卻見這小姑娘出塵脫俗的身段、精緻秀美的臉龐，小小的一團，雖身量不足，卻已能看出將來必定是傾國傾城的美人胚子。

人群中發出驚豔的讚嘆聲，阿蘿微低著頭走到老祖宗身旁，一臉乖順地坐下。

在場的人們紛紛交頭接耳，打聽這姑娘是葉家的哪個？也有知道的，自是津津有味提及。

阿蘿暗自嘆了口氣。她並不想當那個豔冠燕京城的葉青蘿，可是無奈，這該來的總是逃不掉啊。

她坐在老祖宗身邊，果然如上輩子般引來諸多誇讚，甚至有人當場便問起親事來，半真半假地，說要阿蘿給自己當兒媳婦、孫媳婦的。

因阿蘿是被羅氏領過來的，羅氏又是東道主家長房長媳，此時自然不遑多讓，笑呵呵地上前與自家婆婆蕭老太太道：「母親，您瞧，做媳婦的可把話放這裡，葉家三姑娘，我可是一眼就相中了，您是咱家的頂梁柱主心骨，怎麼也得想方設法把這小仙女給搶過來。」

她這話半真半假的，逗得大家都笑起來，紛紛起鬨。

蕭老太太拉著葉家老祖宗的手，笑得又是無奈，又是歡喜。「妳可聽到了，咱是多少年的好姊妹，如今兒媳婦給我把道道擺了出來，若是我不豁出老臉把阿蘿搶回家當媳婦，怕是兒媳婦要把我這把老骨頭趕出門去了。」

老祖宗其實來之前心裡早就有了盤算，阿蘿雖然年紀小，才七歲，可是這親事也講究個先下手為強，要不然真等到十四、五歲，燕京城裡年紀相當、有出息的好兒郎都被訂了個七七八八，哪裡容得她慢挑細選？

她一要看將來婆家的家風，二要看未來公婆的人品，三還要看這後生樣貌、才情、脾氣，這三項條件缺一不可，當然最重要的是要和她的阿蘿脾性相投，兩個人能合得來。

如此這麼盤算一番，符合她要求的，又能有幾個？

至於蕭家，確實是在她名單上的人家。

蕭家老太太和她是自小的手帕至交，她那大兒媳婦羅氏，人品、性情都是沒話說，對阿蘿也是真心喜歡。如今聽蕭老太太這麼說，她也就順水推舟了，笑道：「這話說得可大了，若是我不允了，豈不是讓妳這老婆婆騎牆頭去？趕緊把妳家孫子一個個都叫過來，看看哪個能對眼是正經。」

雙方老人家都這麼說，周邊人自是越發起鬨。

阿蘿聽得心裡暗暗打鼓，想著才不要啊，上輩子的她不就是這麼嫁到蕭家去的嗎？接下來必然是蕭老太太把那群孫子叫過來，她和蕭永瀚玩得好，就此注定了她後面那般命運。

她眼珠一轉，故作懵懂地倚靠在老祖宗懷裡，一臉天真地問：「老祖宗，妳們這是在說什麼，敢情是不想要我了，倒是要把我送人？」

其實七、八歲小姑娘這麼說，未免裝嫩之嫌，畢竟本朝七、八歲就先訂親的也不是沒有，可是阿蘿相貌姣美，眼眸清純，怎麼看怎麼是個不懂世事的玉娃娃，這話說出來不但不會突兀，反而越發惹人憐愛。

眾人噗哧笑出來。「瞧咱阿蘿，模樣好、性情也純，可真真是生了一副晶瑩剔透的心肝兒！」

「可不是嘛，也不知她這素來糊塗的，怎地就養出這麼一個惹人愛的寶貝孫女兒？」——說這話的自然是素來和老祖宗要好，平時打趣慣了的。

就在老太太們半真半假的說笑間，旁邊陪著的邱氏，面上雖然依然帶著笑，可是那笑裡，多少有些僵。

阿蘿早不是懵懂無知的七歲孩兒心性，察覺到邱氏的異樣，悄悄抬起頭往不遠處看，卻見自己幾個姊妹正在旁邊參加詩文小會，看樣子這詩文會已經接近尾聲。葉青蓉往日總是略顯倨傲的臉上此時帶著淡淡笑意，顯然是成績斐然；至於旁邊的葉青蓮，卻是有些分心，此時正轉首向自己這邊看過來。

小姊妹兩個四目相對間，阿蘿清清楚楚地讀出了這位堂姊的心思。

葉青蓮比起葉青蓉來，詩文略遜一籌，這種場合，自然是得不了便宜。若是阿蘿在，還有個墊底的，現在阿蘿跑到老人堆裡被寵著、誇著，她就顯得落了下乘，兩邊都不討好。

阿蘿收回目光，不好意思地笑道：「如今被各位奶奶們誇，阿蘿倒是好生羞愧，其實若論起來，阿蘿比起諸位姊妹們不知差了多少。不說其他，只說我青蓉姊姊的詩文，我便是學一輩子都望塵莫及。」

旁邊邱氏萬不承想，阿蘿竟然說出這番話來，略有些不可思議地望向阿蘿。

那蕭老太太也是滿心喜歡著阿蘿，一時不覺其他，打從心底笑道：「阿蘿小小年紀，倒是個能謙會讓的，我就愛阿蘿這樣的女孩，乖巧規矩，看著就喜歡，哪還需要會作什麼詩詞文章？」

誰知道蕭老太太這話落時，恰好那邊詩文比賽也結束了，一群小姑娘紛紛過來這邊，也有耳朵尖的，聽到了這話，彼此對視一眼，顯見的都略顯尷尬。

羅氏眼尖，自是看到了，本待要提醒，誰知已經來不及了。

蕭老太太此時也看到一群姑娘們趕過來，想起剛才自己所說，倒是也略覺得不妥，正待要圓回來，卻聽阿蘿率先開口——

「這都是蕭奶奶偏愛我才這麼說。昨日我娘還教我呢，說是人生而不同，同為走獸，白兔嬌小而青牛高大；同是飛禽，雄鷹高飛而紫燕低迴，卻也不好說定是孰優孰劣，萬物皆為生靈，皆有獨到之處。我聽了後，頗覺得有道理，自知才情不如姊妹們，我也只有陪著各位奶奶說說閒話、盡個孝心的能耐，若是讓我學諸位姊妹們去賽詩賽畫，恐怕得丟盡我家老祖宗的臉了。」

說完這個，她還不好意思地吐了吐粉潤的小舌頭。

她這小人兒聲音軟糯稚嫩，卻脆生生說出這麼一番大道理來，一時倒是讓人聽著有些吃驚，幾位在座的紛紛刮目相看。蕭老太太更是喜得攬住她道：「說得有理、說得有理，早聽聞妳娘是江南書香門第出身，如今看來果然不假，才養出妳這般心思剔透的女孩兒。」

而阿蘿這番話，聽在其他姊妹們耳中，自是有些詫異，葉青蓉是微微蹙眉，葉青蓮是不敢相信。不承想，阿蘿有一日竟也懂顧全她們的體面？

一時姊妹們都湊過來，恰好蕭家幾個小孩也來了，場面頓時熱鬧起來，各家老太太紛紛解囊，這個命人拿來香囊，那個命人取來狀元及第的金錁子，還有上等的紅麝香珠、從宮裡得來的宮扇新花樣，還有誰家從海外運來的鳳尾羅等，統統分了起來。一時之間場面極熱鬧，這個拜見、那個謝賞的，奶奶、孫子、孫女亂叫做一團。

就在這片熱鬧中，蕭家幾個兒郎也都出現了，阿蘿趁亂打量過去，卻見幾個兒郎中果然有蕭永瀚的身影。

如今他也不過才八、九歲年紀，卻已經是面如白玉、劍眉入鬢，在那小孩稚氣中，已經隱隱能看出將來風流俊美之態。

阿蘿初見這上輩子的夫君，也是心裡一擰，暗自觀察，想著他是否記得前塵往事，還是一無所知？正想著，卻見蕭永瀚也感覺到她的目光，朝她這邊看過來。

他初見阿蘿，面上陡然一怔，倒是略多打量幾分。

旁邊羅氏恰好看到這番情景，自是歡喜。「永瀚，快過來瞧瞧，這是葉家三妹妹。」羅氏這麼一說，其他老太太也注意到了，紛紛湊趣。「瞧永瀚，看到天仙般的妹妹，都挪不開眼了！」

阿蘿見此情景，不免狐疑，想著難不成他真記得前塵往事？正疑惑，要仔細打量的時候，誰知道小小的蕭永瀚眼眸中卻透出一絲厭煩，之後便別過臉去。

啊？

阿蘿歪頭，幾乎有些不敢相信。

若說他不記得上輩子情景，見了自己這麼一個小妹妹，總不該是這種反應；若說他記得，可以是激動，也可以是歉疚，更可以是逃避，怎麼也不該是——厭煩？

正想著，恰好聽到幾位老太太已另行提議，讓他們一群孩子去菊園裡玩，於是嬤嬤們便一同帶著小孩兒出去。

阿蘿自是連忙跟上。

她原是想躲著蕭永瀚，並不想再嫁入蕭家，可是如今，那個厭煩的眼神實在讓她納罕，倒是想弄個明白。

蕭家的菊花園由來已久，還是前幾代先人慢慢打造的，園子裡的菊花匠都頗有名氣，養出的菊花更是不乏當代名種，這也是五年裡有那麼兩年，這秋菊宴開在蕭家的緣由。

此時秋風微微吹拂而過，園中菊花或白或黃，婀娜搖曳，鼻翼有清淡的菊香縈繞，倒是使人心曠神怡。

阿蘿不動聲色，暗中觀察蕭永瀚種種舉動，誰知道蕭永瀚卻根本沒再看她一眼，這讓她越發疑惑，不知道這人到底怎麼回事？

正想著，突然聽到一個爽朗的聲音道：「三姑娘，可曉得這是什麼品種？」

阿蘿忙收斂心神看過去，卻見眼前少年濃眉大眼，頗為英挺，頓時認出，這是蕭家三房的兒子，在永字輩排行第二，叫蕭永澤。曾經未嫁時，對她也頗照料，只是後來她嫁給蕭永瀚，弟媳婦和大伯要顧忌著，到底是生分了許多。

她輕笑了下，低頭一看，這才發現自己正站在一株菊花前。細細打量，那花說是菊花，反而外型有些像芍藥，且花色碧綠如玉，晶瑩欲滴，秋日的陽光映照下，綠中又透著金黃，實在是光彩奪目。

她前世嫁入蕭家數年，自是知道，這是綠牡丹。

綠牡丹者，菊花中之絕品，既取牡丹芍藥之嬌豔容姿，又有菊花之婀娜，可謂集芍藥、牡丹、菊花之美於一身，有「菊花絕王」之美譽。

不過此時的阿蘿，也只能故作不知了，輕笑著問道：「二少爺，這是什麼花啊？阿蘿倒是委實不知。」

蕭永澤雖然不過十歲年紀，不過到底懂事了，見到這麼惹人憐愛的妹妹，眼睛已經挪移不開，有心討好，連忙對阿蘿說起這綠牡丹來。

阿蘿一邊陪蕭永澤說話，一邊暗暗地注意蕭永瀚，想著機會難得，總該找個時候用個什麼話來試探他，好歹知道，他這到底是怎麼回事？

正想著，一群姑娘、少爺嘰嘰喳喳地恰好來到一處菊花亭旁，便聽見旁邊葉青萱道：「咦，那邊涼亭上的大哥哥是哪位？」

阿蘿下意識抬頭看過去，卻見涼亭上，兩個少年正在對弈，其中一個，便是剛才自己見過的七叔了。

蕭敬遠已經換上一身寶藍色錦袍，早沒了之前泥瓦匠的味，看著實實在在是個大家少爺模樣。且因他和其他少爺們不同，年不足弱冠已經在沙場上經歷過一番生死，又是年紀輕輕被封為定北侯的，眉眼間自有一股燕京城裡侯門少爺所沒有的英武肅厲之氣。

因葉青萱提起，旁邊的蕭永澤看了眼，笑道：「這可不是大哥哥，這是我家七叔。」

葉青萱一聽，倒是有些意外，不由再多看了蕭敬遠一眼，不知怎的，小臉紅了。

隨行的還有其他蕭家子弟，見了這位全家引以為傲的七叔，也都湊過去，紛紛見禮。阿蘿沒承想這麼快就又碰上，不著痕跡地摸了摸藏在袖子裡的小紅木錘子。

不過好在，七叔彷彿並沒有注意到在人群中的她，只是和蕭家幾位姪子說話，又一本正經地叮囑他們好生照料今日前來的客人，蕭永瀚、蕭永澤等都紛紛應著，絲毫不敢怠慢。

過了一會兒，一行人等離開涼亭，卻是玩起了捉人的遊戲，歡聲笑語分外熱鬧，阿蘿乘機隱在人群中低著頭躲開，不著痕跡地擺脫蕭永澤，來到蕭永瀚身邊。

眼下的蕭永瀚和阿蘿記憶中頗不同。

她記得，蕭永瀚是個文弱秀美的男孩，自小愛讀書，詩文才情出眾，性情恬淡，待人十分溫柔，在兄弟間人緣頗好，初見自己時，便對自己頗為照料。

可是現在呢，蕭永瀚看上去卻有些孤僻，不要說和前來的其他家姑娘搭話，就是和自家兄弟，彷彿也隔了一層，在這花開滿園的熱鬧中，他孤零零地站在人旁，沈默的目光落在不知名的花叢中，也不知道在想什麼？

阿蘿走近，對蕭永瀚輕笑了下，小聲搭話說：「三少爺，怎麼不見和大家一起玩？」

蕭永瀚微微擰眉，低頭盯著眼底下那株菊花，根本不理她。

阿蘿越發起了疑心，想著依他這個年紀的性情，本不該如此啊。

於是她湊上前，歪頭笑了笑，覥著臉繼續討好道：「三少爺，這又是什麼花，你給我講講好不好？」

蕭永瀚抬起頭，木然地看了她一眼。「我不知，不要問我。」

阿蘿看著那目光中的疏離，微怔了下，幾乎不敢相信。這人怎麼變成這模樣了？

她心念一動，有了主意，微一咬唇，做出委屈的樣子。「三少爺，你好凶……剛才二少爺就跟我講了綠牡丹的來歷，還說了什麼綺羅香的故事，你……」

她故意的。

綺羅香，也是一種菊花，是一種當世不曾得見的罕見品種。

但是對於阿蘿和上輩子的蕭永瀚來說，綺羅香這個名字，更多的是他們的定情曲，是他們在桃花林中甜美青澀的回憶。

只要他對上輩子有些許印象，綺羅香三個字一定會引起他的注意，而只要他神情有所異動，她就能知曉，他根本也記得前塵往事。

她不動聲色地觀察著蕭永瀚的反應。

誰承想，蕭永瀚在聽到綺羅香三個字後，竟是絲毫不為所動，皺眉，厭煩地道：「我又不是他，為何要對個陌生人那般殷勤？妳既想知道，去問他！」

阿蘿聽得目瞪口呆。這話如此失禮，這真是上輩子那個蕭永瀚嗎？便是個尋常人家少爺，也不至於對客人說出這番話啊！

就在這個時候，蕭永澤忽而冒出來，上前把阿蘿拉開，不悅地道：「永瀚，你這是在做什麼？這是葉家的三姑娘，是咱家的貴客，哪裡有你這般待客之道！」

蕭永瀚卻是毫不在意地瞥了蕭永澤一眼，嘲諷道：「既是要討好人家姑娘，少拿我開刀！」

說完，一甩袖子，漠然離去。

阿蘿望著男孩絕情的背影，怔了半晌，卻實在不知這是怎麼了？

旁邊的蕭永澤看她那白淨小臉上滿是失落，實在不忍心，只好勸道：「三姑娘莫要和他一般見識，我這三弟，自前些日子落水後，性情大變，遇到哪個都毫不客氣，倒不是獨獨對著三姑娘來的。我在這裡，替他給妳賠不是了。」

「落水？」阿蘿疑惑地望向蕭永澤。「不知道三少爺是什麼時候落水的？」

蕭永澤撓撓頭，想了想。「也就十幾日前吧。」

十幾日前……阿蘿想起自己也遭逢落水意外，落水被救起後，原本那個死去的葉青蘿，就變成了小孩兒阿蘿。

而蕭永瀚變成這般模樣，竟然也和落水有關係？

第四章

秋菊宴後，葉家幾位姊妹同乘一輛馬車，不免紛紛回味起在蕭家的種種。葉青蓉這次秋菊宴上表現不俗，燕京城才女之名已經傳出，她自己是頗為滿意的，而其他幾位姊妹，也是各有所得。

唯獨葉青萱，彷彿一心只記掛著那位「七叔」，在馬車上喃喃自語道：「七叔和那些小孩不同，可是個大英雄呢！」

說話間，臉上是一派崇敬之色。

這話倒是把其他幾個姊妹給逗樂了，葉青蓮本來有些鬱鬱寡歡的，如今也忍不住笑道：「可算了吧，年紀大不說，還長我們一輩呢，要說我，蕭家二少爺、三少爺，都是極好的。」

旁邊馮秀雅聽聞，卻是撇撇嘴。「我瞧著那幾位少爺是好，可是那又如何？人家眼珠子一直盯著阿蘿轉呢。」

葉青蓮想想也是，頓時覺得有些沒趣。她在諸多姊妹中，是最不出挑的，若是真要有什麼適合的，小小年紀就做親，自然是相中姊姊青蓉或是受寵的阿蘿，斷斷輪不上自己的。

葉青萱聽聞這話，嘛了嘛嘴，看看阿蘿，顯然也是想到這一節，頓時覺得沒什麼意思了，扭過頭去，看向馬車窗外，托著腮幫子，兀自在那裡出神。

阿蘿自是知道姊妹們的心思。這幾個姊妹，大的十歲，小的和自己一般，也有七歲了，再過幾年，便要漸漸尋摸著親事。雖年紀小，可是看到個出挑兒郎，多少會想想將來的。回憶上輩子，稍出眾的少年，可不是任憑自己挑嗎，別人也只有眼饞的分兒，譬如馮秀雅，怕是看上了蕭永瀚，可是最後也只能失望罷了，那不是她能攀上的。

只不過自己呢，看似挑了個好的，誰承想卻掉進坑裡去，落得那般下場……

這麼想著，難免再次憶起今日的蕭永瀚，當下皺眉沈思，揣度著種種可能，但無論哪一種，都不該是現在這番情景。

就算往最差裡想，或許蕭永瀚上輩子根本和那個假冒的阿蘿串通一氣，但依他的性情，多少對她也該有些歉疚吧，絕不可能如現在這般……唉，想來想去沒個結論，也只能從長計議，或許得再見一次蕭永瀚，仔細探聽，看看能不能有點眉目？

正這麼想著，馬車已經回到葉府大門口，姊妹幾個在嬤嬤陪同下進門，誰知道剛一進二門，就見寧氏身邊的絲珮急匆匆地往外走，正要送個大夫模樣的人出去。

阿蘿見此，不免疑惑，連忙跑上前問道：「絲珮姊姊，可是我母親怎麼了？」

絲珮看自家姑娘小小年紀，仰著臉巴巴問著，好生替母親擔心的樣子，不免感嘆她一番孝心，嘆道：「其實也沒什麼，只是有些不適罷了。」

可阿蘿哪裡是那麼好糊弄的，擰眉道：「絲珮姊姊，我雖年紀小，可是不許瞞我，到底怎麼了？」

絲珮輕嘆，神色隱約有些為難。「這……我也不知詳情，只知今日太太讓我去請大夫過來。」

阿蘿仰著小臉，望她半晌，也就不再問了，當下默不作聲，直接隨著絲珮一起回寧氏房中，卻見寧氏面色略顯蒼白，不過神情倒是和往日無異，見她回來，問起她秋菊宴上種種。

阿蘿一五一十地都說了，末了卻道：「這些日子白白練字了，也沒個機會讓人看看。」

寧氏聽聞，輕笑了下。「這倒是沒什麼，練好了字，是自己的，原也不是在人前賣弄。其實妳今日做得極好，妳雖然生來樣貌好，又得老祖宗寵愛，可是……」

寧氏說到這裡，秀美的眉眼間現出一絲無奈。「可是妳父親不在身邊，哥哥又是眼上有疾，那絕世姿容，我倒是怕為妳招來禍端……總之，平日處事，還是謹慎為好。」

阿蘿聽得這話，心中咯噔一聲。這些事，她上輩子從未想到過，母親也未對自己說過……也許說過，只是自己年紀小，並未記在心裡吧？抑或者，自己和母親疏遠，根本聽不進去那些話？

如今經歷了那般苦難，再聽母親之言，不免猶如醍醐灌頂，激靈地渾身一抖。

上輩子的災禍從何而來，她根本無從得知，安知不是自己往日太過招搖，才惹下他人嫉恨？

一直以來，她依仗的無非只是老祖宗的疼愛罷了，可是一旦老祖宗走了，沒有父兄幫持，母親早逝，她葉青蘿又算得了什麼？

她垂下腦袋，抿抿唇，鼻間不免酸澀。

「母親，如今想來，是我往日不懂事，以後、以後我……」說到這裡，竟有些哽咽。

寧氏嘆了口氣，抬手輕輕撫摸阿蘿的髮辮，柔聲道：「母親也只是隨意和妳提提，以後自己多小心就是，何必哭鼻子？」

寧氏身上有種淡淡清香，說不上來是什麼味道，不過阿蘿聞得分明，心裡覺得喜歡，又覺得那香味蕩在胸口，又酸又漲的，不知怎的，嘴巴癟了幾下，想忍，沒忍住，最後哇地一下，哭了起來。

她這一哭，倒是把寧氏嚇了一跳，忙拉過來，仔細哄了一番。

阿蘿被寧氏摟在懷裡，只覺得母親懷中馨香溫軟，舒服至極，渾身都洋溢著幸福，幾乎不忍離開，後來還是魯嬤嬤送來茶點，寧氏陪著她吃了。

用膳後，她卻是不捨得離開，賴在那裡不走，寧氏沒法，只得讓她歇在自己房中暖閣裡。

這邊寧氏守了她半晌，看她睡著後才靜靜離去，而就在寧氏離開後，阿蘿悄悄地睜開眼。

其實，她今天賴在母親房中，根本是故意的。

今日母親叫大夫的事，必然事出有因，可是以她七歲孩童的年紀，真有什麼事，也斷然不會和她提起，所以她想留在母親房中，暗自竊聽一番，好知道到底發生了什麼事？

她早就盤算好了，自己有那別人聽不到的細微聲響的聽力，既如此，乾脆安靜地躺在床上，平心靜氣，仔細地辨別房間裡外的一切動靜。

屋外廊簷下，有小丫鬟們竊竊私語的聲音；隔壁外間，有魯嬤嬤悄無聲息放下簾子的聲音；隔壁耳房裡，有開水燒得咕嚕咕嚕的聲音……

所有的聲音，在這靜謐的夜裡，清晰地傳入她耳中，不曾有任何遺漏。

可是這其中唯獨沒有母親的聲音。

她不由得皺了皺眉，深吸一口氣，越發仔細地用心搜集這屋子內外的所有聲響，忽而一個聲音就這麼傳入阿蘿耳中——

「蘭蘊，妳以為這麼倔著，真能討得了好嗎？」

這個聲音一出，阿蘿頓時驚了。

這是誰的聲音她自是能聽得出，這是葉家這一代的當家、現襲的晉江侯，她家大伯葉長勤的聲音！

而蘭蘊，這是自家母親的閨名！

母親和大伯……

阿蘿聽著這話，心中已經浮現出萬般猜測，她在黑暗中攥住拳頭，努力壓抑下心頭的種種情緒，繼續聽下去。

「大伯，請自重。」阿蘿聽到的，是寧氏壓抑而苦澀的聲響。

「自重？蘭蘊，妳自己看吧，長勳心裡根本沒有妳，他雖娶了妳，其實心裡根本沒把妳當作結髮之妻看待，要不然也不至於這些年一直離家在外。他既無情拋妻棄子，妳又何必非要為他守著？更何況——」

「不管如何，當初我落得那般境地，若不是長勳娶我，我怕是早已經不在人世。這份恩情我自是記得，今生嫁他為妻，便會為他守著這份清白，斷斷不會做出辱沒他聲名的醜事。大伯，如今求你看在青川和青蘿的分上，也看在長勳的分上，好歹放我一馬，莫要讓我淪落為背德喪禮之人！」

「蘭蘊，萬不必說當年，當年我本先得消息，矢志要納妳進我家門的，怎奈到底晚了一步，若不是，若不是——」葉長勤的聲音中帶著憤慨。「若不是讓長勳先得了消息趕過去，我怎至於眼睜睜看著妳入了我葉家門，卻生生成了我弟媳婦！若這些年妳和他琴瑟和鳴，夫妻恩愛，我也就斷了這條心，可是如今，我看著妳孤身一人，恍若守活寡一般，這讓我怎麼看得下去？我、我——」

接下來的聲音中，竟隱約帶著幾分拉扯和掙扎，還有男女的喘息之聲。阿蘿在黑暗中瞪大眼睛，屏住呼吸，渾身僵硬，一時不知道如何是好？

怎麼辦，怎麼辦，她竟聽到了這種聲音！

一種布料被撕開的聲響重重地傳入耳中，阿蘿氣血上湧，再也忍不住，直接從榻上蹦了起來。

不行，她不能讓自己的母親遭人凌辱！她必須阻止這一切！

誰知道就在她兩腳剛剛碰地的時候，就聽見一個氣喘吁吁的女聲狠厲地道：「不要再過來！」

這聲音傳來，那撕扯聲頓時停了，只剩下男人粗重的呼氣聲。

「葉長勤，不管以前如何，自我嫁入蕭家，我便是葉長勳的妻，夫唱婦隨，他無論待我如何，我都萬萬不會做出這等亂倫苟且之事！今日你若非要逼我，我一個手無寸鐵的婦人，也奈何不得你，大不了一把剪刀割破喉嚨，以我這條賤命，來還長勳一個清白！」

「妳瘋了！」男人咬牙切齒起來。

「呵呵，我腹中已經有了葉家的骨肉，是幾個月前長勳留給我的。葉長勤，你今日喪心病狂，意欲強我，我便來個一屍兩命！九泉之下，我和腹中孩兒，便是做鬼也斷斷不會放過你的！」

寧氏這話說完，那葉長勤陷入久久的沈默中。

半晌後，他嘶啞地恨道：「一個多月前，長勳不過在家中停留兩日，妳竟又懷下他的孩兒！你們可真是如膠似漆啊，倒是我想錯了！」

那話語中的嫉恨，濃重而氣憤。

寧氏輕輕一笑，嘲諷道：「大伯，我夫妻房中之事，你這做大伯的，管得著嗎？」

「妳、妳！寧蘭蘊，妳怎可如此待我！妳可知，今日妳所言，於我，簡直是挖心之痛！」

「大伯的心，還是留給大嫂吧。」

寧氏語音輕淡。

「好、好，我算知道，寧蘭蘊妳就沒心，枉費我當初、我當初……」

說完此言，男人再無言語，頹然離去。

而默然立在榻前的阿蘿，也終於鬆了口氣。

微微閉上眸子，她攥著榻上錦被，這才感覺到後背陣陣發涼，摸過去時，竟已經是汗涔涔了。

兩腿虛軟地重新爬上床，她抱著錦被，茫然地坐在那裡，回想著剛才聽到的一切，再聯想起上輩子母親的遭遇。

上輩子，母親應是不曾察覺自己懷有胎兒的，這個時候，大伯前來發難，兩人之間發生了什麼？

三年之後，母親驟然離世，原因不清不楚，是否與這一切有關？

心中湧起種種猜測，而每一種可能，都讓她心痛不已。想到母親白日所說的話，此時她才心痛地醒悟，那些話，母親是在點醒自己，同時也是在說她自個兒。

她是那般絕世姿容，父親不在身邊，只有一個眼盲的兒子，娘家又沒個幫扶，自是引來旁人虎視眈眈。

想到這裡，嬌小的身子不可自抑地顫抖著，心中一股子恨湧出來，無法抑止。

大伯……大伯是吧……她總有一日，要為母親出這口惡氣！

也不知道過了多久，寧氏走進暖閣，輕嘆了口氣，低頭凝視著榻上依然睡得恬靜安詳的阿蘿。女兒不過七歲罷了，嬌小秀美，模樣像極了小時候的自己。

她是個命好的，也是個命不好的，好的是有老祖宗那般疼愛，從不知愁滋味；不好的是，到底生在二房，又有自己這般懦弱無能的母親，還不知以後會如何？

寧氏怔怔地站著，想著那遠在邊疆和自己關係疏冷的夫君，想著那眼盲的兒子，還有宅子裡覬覦自己美色、虎視眈眈的目光，不免從心底泛起涼意。

她只是個尋常女人家，孤身一人，幾乎沒什麼依仗，將來的日子，還不知道走向何方。年輕那會兒，她是個美人兒，世間罕見的美人兒，又素有才名，別人都說，她這樣才貌雙全的女兒家，肯定會嫁到一個好人家。

可是邯山寺裡老和尚看她的面相卻說，紅顏薄命，怕是這輩子不得安生。

那時她還不信的，可是誰知道，身上彷彿綁了一條看不到的繩子，那根繩子的名字叫命，命運把她一步步地推到這步田地。

再次凝視著這個和自己太過相似的女兒，她忍不住伸出手指，輕輕觸碰上女兒精緻的眉眼。

阿蘿自然是根本沒睡的，她聽見外面動靜，知道母親要進來，便先裝睡。只聽見母親又是嘆息，又是發愣，最後竟伸出手來摸自己的面容。

母親的手修長清涼，指尖觸碰到自己眉眼時，竟帶著些許顫抖。她鼻頭發酸，有些想哭，又覺得萬分心痛。

她想，便是這雙手，剛才握了剪刀，險些刺傷了自己吧？

恨只恨自己年幼，這嬌弱的身子做不得什麼，更恨自己上輩子懵懂無知，完全不曾體會母親當時的種種困境。

就在這極度自責中，阿蘿拚命壓抑下憤慨得幾乎要蹦跳而出的心，依然做出熟睡的模樣。

不知道過了多久，寧氏終於離開床畔，轉身走到窗前，凝望著窗外清冷泛白的月色，不知道在想著什麼？

阿蘿到了這個時候才悄悄地睜開眼。

月華如水，朦朧柔美，窗外的風吹過樹葉沙沙作響，屋內彷彿有一種微潮的淡香，而那站在窗櫺前的女人身影縹緲，渾身籠罩著一層如煙似霧的愁緒。

阿蘿望著寧氏，眸底漸漸被一股酸澀潮意占領，淚水溢出，順著玉白的臉頰滑落，身子不自覺地輕顫。

這一刻，母親彷彿一團霧，待到明日朝陽昇起，月華散落，她也會隨之消逝……

這一夜，阿蘿根本未曾睡去，不斷地回想這一切。此時的她覺得腦中前所未有的清晰，哪怕十七年水牢之苦，也從未如此清醒過。

她前所未有地意識到，為什麼她會帶著記憶回到這七歲之年，回到這幼小的身子裡。

因為她要改變那些曾經發生在暗處她不曾知曉的齷齪，改變母親的命運，改變哥哥的命運，也改變自己的命運。

一大早，不曾貪睡，爬起來，先支開旁邊伺候的丫鬟，獨獨留下魯嬤嬤。

「嬤嬤，昨日母親到底怎麼了，為何忽然叫來大夫？」

「這……」

「嬤嬤，那是我娘親，不要因為我小便瞞著我，我要知道。」

這話一出，魯嬤嬤微詫，不免驚訝地望向自家姑娘。

姑娘今日不知道怎麼了，看著和平時有點不一樣，眼神坦然明亮，帶著些許不符合年紀的冷靜銳利，倒像是要看透人心。

「原本也沒什麼，只是這些日子，夫人一直淋漓不盡，偶有腹中疼痛，便說請大夫看看。」

「哦，那大夫說什麼啊？」

「這……」魯嬤嬤實在不知道這些大人間的話好不好對個小孩子說，可是姑娘這麼盯著自己，她只好硬著頭皮道：「大夫說，胎象不穩，要好好護著。」

魯嬤嬤這話剛落，便見一個抱枕被狠狠地扔在地上，阿蘿氣得小臉脹紅、胸脯起伏。

「既是胎象不穩，為何還要叨擾她？為何不能讓她清靜一下，讓她好生休養？」

「這……」任憑是自己從小帶到大的姑娘，魯嬤嬤也被嚇到了。「姑娘，我等從來不敢叨擾太太的，這話從何說起？」

阿蘿也知道自己的怒氣來得莫名，她氣的是那無恥大伯，不料反嚇到身邊人，偏偏又不好實話實說。

「哎，算了，不說了，嬤嬤，妳先讓我靜一靜想些事，別吵我了。」一邊說著，她把魯嬤嬤推出房外，關上門。

就在剛剛，她已想到一個好辦法。

她決定寫信給爹，求爹回來看一看。哪怕爹娘關係疏冷，哪怕她根本和爹不親近，這也是目前最可行的辦法。

阿蘿扳著手指頭數，仔細地想了一遍自己身邊的局勢，看清了上輩子自以為的錦繡富貴鄉，其實如同元宵節紙糊的燈籠，五彩繽紛，看似耀眼，但不過是表面上風光罷了，別人拿針一戳就洩了氣——

母親體弱，娘家沒有依仗，哥哥天生眼疾，祖母雖然疼愛自己，可是到底年邁，平日小疼小愛是沒問題，婚姻大事上，祖母作主找個好人家也行，但是遇上這大伯意圖欺凌母親的醜事，她怎能找祖母作主？那還不是活生生把祖母氣死！

抬眼望去，竟是一片空茫茫，除了爹，她還能求助誰？

到底是親爹，到底是娘的夫君，如今娘為他守貞險些喪命，他怎麼也該回來吧！

想明白這個，阿蘿立即跑到書房，準備好筆墨紙硯，一把鋪開宣紙，開始下筆寫信。

要寫什麼呢？

阿蘿嘆了口氣。爹娘之間互動冷淡，若說娘思念爹爹，實在不可信，如今只好仗著自己年紀小，厚著臉皮說是自己想念爹了。

她稍稍想了一會兒措辭，便開始一筆一畫地寫下去，諸如昨夜裡女兒夢見爹爹，甚是思念，女兒最近落水體弱，幾乎以為今生今世與爹爹再不能得見，懇求爹爹告假歸來……

寫完後，她自己讀了一遍，簡直是小女孩絮絮叨叨的懇求撒嬌，當下頗有些臉紅，不過想想，自己如今活生生變成個七歲小兒，許多事情都是身不由己，凡事作不得主，唯一的好處也就是可以厚著臉皮撒嬌了。
想明白這個，她認真地把信摺好封起，藏在身上，決定待會兒再想方設法出門，偷偷地送到驛站去。
她先洗漱了，再去老祖宗處請安，卻見老祖宗正靠在富貴花開背墊上，抱著個銅手爐暖手，腳底下杜鵑拿了個美人拳正小心伺候著。
昨日參加那秋菊宴，老祖宗對自己這心愛小孫女自是十分滿意，見了她，連忙招呼過來，讓她脫了鞋子到軟榻上來坐著。
「昨日和蕭家的幾個兄弟都見過了，哪個更談得來？」
阿蘿一聽這話，便故意道：「蕭家幾位少爺自是好的，可是阿蘿不喜歡同男孩玩，反倒是蕭家幾位姊姊，模樣長得好，說話也合得來。」
老祖宗聽聞，只以為阿蘿沒懂，不禁噗哧笑出聲。「妳啊，還真是個孩子！」但隨即不免長嘆了口氣。「現在提這事，確實過早了，可我就怕我這身子，不知道能活到什麼時候，總想著要早點替妳把一切都定下來。」
阿蘿聽了這話，望著滿頭銀絲的老祖母，自是明白她的心事，不禁感到悵然。
只可惜祖母哪裡知道，便是生前安排得再周到，她也敵不過那命運，如今從頭來過，總是要自己設法逃脫，再不能像上輩子那般坐以待斃。
阿蘿當下只裝作不知這其中意思，反而故意拿話岔開。「老祖宗，說起來，昨兒個蕭家四姊姊提起，城南開了個新緞莊，裡面有許多新鮮花樣呢！」

老祖宗見這小孫女一心只想著布料衣物，女孩兒家的東西，根本沒想那男人的事，也只好道：「既如此，便讓嬤嬤過來，吩咐管家去採買來就是。」

阿蘿卻軟聲哀求道：「老祖宗，管家哪裡知道哪些花樣好看、哪些不好看，阿蘿想自己去看。這幾日姊妹們都去女學，唯獨阿蘿要養身子不能去，可否讓魯嬤嬤陪著，親自過去挑挑？」

老祖宗一聽，原要一口拒絕，不過看著阿蘿那充滿渴盼的小眼神，再想想她因大病初癒沒有去女學，悶在家裡實在無趣，反而於身子不利，最後也就應了。

「也好，只是應該多叫幾個丫頭陪著；還有，只能去那緞莊，不可貪玩。」

見老祖宗答應，阿蘿哪裡還有什麼不應的，連忙小雞啄米一般地點頭。

當馬車出了大門，阿蘿頓時猶如離開籠子的小鳥般，一路上透過車窗東張望西看看的，內心盤算著待會兒的計劃。

魯嬤嬤看她如此興奮樣，內心隱約不安起來。她本來還吩咐雨春、翠夏一同跟著，哪知老祖宗沒盯著，姑娘就不聽話了，不讓太多人跟出門，待到完全離開晉江侯府那條巷子，甚至就開始自作主張了。

「去那家緞莊會經過如意樓吧，咱們到了如意樓停一停，姑娘我要去買點好吃的。」這時，阿蘿發話了。

魯嬤嬤一聽，頓時搖頭反對。「姑娘，萬萬不可啊，您若想吃，讓底下人去買些就是了。」

阿蘿主意早就定了，自然不聽。「魯嬤嬤，將在外，君命有所不受，如今已經出了府，老祖宗的話妳就不要放在心上了，我們見機行事就是。」

這話說得魯嬤嬤簡直哭笑不得，又是無奈，又是嘆息。「姑娘，您到底年紀小，這可使不得，店裡人多易走散，要不然我過去——」

阿蘿一擺手。「魯嬤嬤，下車，我們去如意樓。」

她這話說得斬釘截鐵，根本沒有給魯嬤嬤反對的餘地。

魯嬤嬤頓時愣住，她只見姑娘白淨小臉上是前所未有的堅定，根本不容反駁的。

這邊阿蘿命人停下馬車，來到如意樓。

如意樓是燕京城頗具盛名的糕點鋪子，上自宮廷點心，下至日常糕餅，可以說是無所不有。阿蘿進了那如意樓，四處看看，隨意買了一些糕點，魯嬤嬤在後面緊緊跟著，手裡拿著大包小包的，想勸她早點上馬車，可是又不敢多言。

阿蘿在如意樓流留半晌，終於出來，卻不上馬車，而是直奔另一頭的人潮而去。魯嬤嬤連忙想跟上，誰知道一眨眼工夫，阿蘿就不見了人影。

「我的好姑娘，這可不是在家裡，哪裡能亂跑，萬一出了什麼事，我便是把命賠進去都不夠啊！」這下子可把魯嬤嬤嚇壞了，忍不住急得跺腳，連忙衝回馬車旁，叫車夫也一同去找人。

阿蘿甩掉了魯嬤嬤，終於鬆了口氣。

其實魯嬤嬤自然是能信得過的，自小待她猶如親女一般，直到她嫁人生子，始終悉心周到地在她身邊伺候著。可是大伯和娘的事魯嬤嬤應是不知情，她也不想讓更多外人知道，而自己寫信希望爹早日歸來，事情要是沒成，更是不想讓人知道。

畢竟在魯嬤嬤心裡，自己只是個小孩罷了，怕有個什麼事，魯嬤嬤還是會告訴娘的。

左右看看，確定自己身邊沒有其他人跟著，阿蘿摸了摸揣在懷裡的那封信函，混在人群中，匆忙前往驛站。驛站其實就在如意樓斜對面，過去把那信交了，過不了多久，爹就能收到信了吧！

上輩子她年紀稍長時，也曾經執筆給爹寫過信，只不過那時信裡都是一些冠冕堂皇之言，疏遠冷淡得很，不像如今這般撒嬌賣乖，求爹回來。

如今她別無他法，也只能賭一把了，賭那個自娘離世後，一夜白髮，從此再也不回燕京城的爹心中有情，如今能回來看一眼，挽回今日這番局面。

正這麼想著，忽然她面前就出現一堵牆，冷不防地，她來不及停下腳步就這麼撞上去，撞得小鼻子發酸，眼淚嘩啦啦地往下流，她抬頭一看，頓時瞪大淚眼。

原來站在眼前的不是別人，正是昨日才見過的蕭家七叔！

她這小身量，剛才一個走神，正撞在他腰上，那硬實的腰桿啊，還佩了劍，磕得她鼻子怕是要歪了。

「七、七叔……你……」怎麼這麼巧？

蕭敬遠低頭，皺眉望著眼前這個眼淚、鼻涕一把的小姑娘。「怎麼又是一個人？妳家中人呢？」

「這……」阿蘿心虛地低著頭。「我剛才和家人走散了。」

蕭敬遠挑起英氣的眉，審視著小姑娘，淡聲道：「三姑娘，這好像是妳第二次和家人走散了？」

阿蘿想想，越發耷拉著腦袋。「我……是我不好……」

她直覺認錯，但一說完隨即意識到什麼。不對啊！上輩子她是他的姪媳婦，面對他自是該小心謹慎，不敢有任何違背，可是現在她和他什麼關係都沒有，憑什麼她得聽他說教？

想明白了這一點，她頓時來了點底氣，仰起臉，不馴地回嘴。「走散就走散，我認得回家的路，等下自會回府。」

見她神情有絲小小的不甘願，讓他不知怎的有些想笑，唇邊不自覺泛起一點弧度。「三姑娘，妳年紀小小，膽子倒是大得很，仔細在外面遇了拐子。」

他倒不是故意要嚇唬她，像她這樣一個可人的小姑娘，在街上遇到個拍花子的直接拍了去，拐到異國他鄉，必然是奇貨可居，能賣個大價錢。

可阿蘿卻是涉世未深，根本不懂這些。

「光天化日之下，哪裡來的什麼拐子？七叔你也真是的，站在中間擋路，害我撞疼了鼻子，如今又故意嚇我！」

小姑娘那軟軟的抱怨語氣，讓人實在心硬不起來——哪怕她言語間對自己有幾分不敬。

他今日來茶樓訪友品茗，結束後正要離開，不料才出大門口就看到人群中的她，跟個小仙童一般白淨可人，想不注意到都難。只是沒想到自己陡然出現，嚇了她一跳，倒是撞得她七葷八素。

「算了，走吧，我送妳回府。」

「不必！」阿蘿一口回絕。才不要呢！她好不容易才能出府，眼看著驛站就近在眼前了，怎能讓這個機會被他破壞？

看他表情一凝，她擦擦眼淚和鼻涕，繼而正經解釋道：「呃，我的意思是……七叔不必客氣，我剛剛……剛剛是跟七叔開玩笑的，我沒有和家人走散，他們去如意樓買糕點了，因為如意樓人多，他們怕我被擠著，所以要我在這裡等。七叔是大忙人，請自便，不必親自送我回府，也不必擔心我的安危，他們很快就回來了。」

這番話乍聽是合情合理，她的態度亦頗為得體，和之前哭鼻子、耍賴埋怨的小樣子大相逕庭，但蕭敬遠一點都不信，她急著想趕他走的意圖太明顯，他倒是想看看她在搞什麼鬼？

他負手而立，挑眉笑道：「既是家人很快回來，左右今日我也無事，不如就好人做到底，陪妳一起等家人來接妳，要不然——」他幽深的眼眸中有些許玩味的笑意。「要不然，我終究是不放心。」

他分明是故意的！

阿蘿幾乎氣得想跺腳了，但此時形勢比人強，他不走，她也拿他沒辦法，只能壓抑下心頭的不滿，隨機應變，硬著頭皮道：「也好，那就煩請七叔陪我稍等片刻吧。」

蕭敬遠頷首，便不再言語。

阿蘿站在旁邊，悄悄地觀察他，只見他定定站著，面無表情，整個人看上去分外嚴肅——這也是上輩子她一直有點怕他的原因。

其實若論起來，他和蕭永瀚長相是有些相似的，畢竟都是蕭家人嘛，只不過龍生九子，各有不同，五官相似，氣勢卻截然不同。

蕭永瀚是俊美雅致、不食人間煙火的文弱貴公子；而蕭敬遠，卻因從小隨著父親戍守邊關之故，有著文人所無的剛猛氣勢，不怒自威。

街道上熙熙攘攘，人來人往，各種叫賣聲此起彼伏，恰這時，一個賣花的婦人提著花籃湊過來，討好地道：「這位爺，給家裡閨女買朵花兒戴吧，瞧，這都是今早才摘的鮮花，還帶著露珠呢。」

聽得此言，蕭敬遠頓時一個皺眉，冷眼掃過去。

那婦人原只是看這小姑娘和旁邊的男子都衣著華麗，像是有錢人家的模樣，便上前招攬生意，誰承想被這男人如此一瞧，倒是嚇得魂都要飛了。「對、對不住，這位爺，是我、我……我打擾了……」

阿蘿在旁看得險些笑出來。其實她自然明白，這位蕭七爺本就不是好相與的，輕易能把人嚇個半死，也是這婦人沒長眼，才會跑來搭訕這惹不起的瘟神。

「這位嬸嬸，您先別走啊，花是怎麼賣？」她叫住了提著花籃就想跑的婦人。

婦人被叫住，看看笑得甜美的阿蘿，再看看旁邊的瘟神，頓時有些猶豫不決，不知道是該走還是留？

阿蘿故意上前道：「這位嬸嬸不必害怕，我爹天生一張冷臉，其實他是沒有惡意的。」說著，隨意挑了幾朵花兒，回頭對蕭敬遠道：「爹，我想要這幾朵，可以嗎？」

小小的眉眼間帶著些許調皮和挑釁。

蕭敬遠黑著臉，背著手不言語。

這小丫頭根本是故意的。他就算年紀比她大，可也不過長她一輪罷了，怎麼可能當得了她爹？如今不過是順著那鄉下婦人的話，故意埋汰他顯老罷了。

阿蘿見他不回話，更加故意噘嘴，一臉委屈地道：「爹，您這是捨不得拿銀子給阿蘿買花嗎？」

蕭敬遠聽著那聲響亮清脆的「爹」，臉上越發泛黑，冷冷地瞥了阿蘿一眼，終於抬起手，從袖子裡掏出一塊碎銀子扔到那婦人籃子裡。「拿去吧。」

婦人見了碎銀子，驚喜不已。要知道，這山上野花不值什麼銀子的，便是一籃子花都送了，也賣不了這麼多錢啊！當下捧在手心裡，千恩萬謝，隨即像怕蕭敬遠反悔似的，抱著籃子匆忙跑了。

阿蘿小小計謀得逞，口頭上占了蕭敬遠的便宜，心裡舒服多了，立即開心地擺弄著幾朵花，想插在頭上。只是平時這些事都是丫鬟、嬤嬤來做的，她插了半晌，花幾乎要蔫了，就是插不好。

蕭敬遠冷眼旁觀半晌，終於忍不住伸手從她手裡拿過花，輕輕地替她插好，甚至……帶著一點溫柔。

阿蘿有一瞬間的愣怔，頭一次發現嚴厲的七叔手上竟然有這般巧勁，不過當他收回手，她再次抬頭看向他時，映入眼簾的依然是那張萬年不變的木頭臉，阿蘿便覺得剛才的一切似都是錯覺罷了。

上輩子七叔就一直是個性情冷漠的人，所以年近而立仍未娶妻，曾定過幾樁親事，但終究沒有順利成親，坊間也有傳言說他命硬、剋妻，索性就不再訂親，以免連累別人。

她抿抿唇，忽而憑空生出許多不自在，眼珠轉了轉，倒是想起一件事來，好歹也是個話題。

「七叔，聽說府上三少爺前些日子落水生病了？」她小聲打探。

「是。」蕭敬遠瞥了她一眼。

「也是巧了，我前段時間也意外落水，生了場病，聽嬤嬤說，還是昏迷好幾日才醒來。不知道三少爺的情況如何？是哪一日落的水？病得嚴重嗎？」都因為落水生了場大病，跟他打聽這事，他應該不會覺得奇怪吧？

「他是上個月二十落的水，病重，高熱。」蕭敬遠言簡意賅。

當時蕭永瀚連續幾日高燒不退，病得幾乎已經不省人事，還說起了胡話，家裡人幾乎以為他活不成了。

阿蘿一驚。這落水的日子怎麼和自己差不多啊？

她疑惑地望向蕭敬遠，又打探道：「聽說他病好了後，性情和以前有所不同，可是落下什麼病症了？」

蕭敬遠聞言，擰眉，沈吟片刻，想起了前幾日偶然聽說，母親極喜歡這位蕭家三姑娘，大嫂也十分中意，所以早說定了，想讓這位小姑娘以後進蕭家門當蕭家的孫媳婦。而和這小姑娘最般配的，自然是三姪子永瀚了。

如今小姑娘跟他打探永瀚的事，是什麼意思，自然再明顯不過了。

況且——蕭敬遠又想起那一日，他在園子裡看到的景象，一群小丫頭、小男孩的，這小姑娘唯獨追著永瀚問東問西，根本不顧永瀚的一臉冷淡。

這顯然是小姑娘也對永瀚頗有好感了。

他沈默半晌，低頭看向阿蘿，只見那雙靈透含水的眸子正巴巴地望著他。

「他身子還好，醫治得當，雖近來性子有些奇怪，不過總不至於落下什麼病症。」他斬釘截鐵地回答，特意想讓小姑娘放心。

「喔，那就好……」阿蘿逕自琢磨著其中的古怪。看來蕭永瀚的落水，和自己的落水是有關聯的，按理來說兩個人都落水，所以蕭永瀚必定跟她一樣也存有上輩子的記憶。

可是，他為何對她這麼厭惡冷淡的樣子？實在是百思不得其解，就算再不喜自己吧，為何聽到綺羅香三個字竟是無動於衷？

蕭敬遠聽她心不在焉的話語，低頭看過去，卻見她擰緊了秀氣精緻的小眉頭正苦惱地在沈思什麼，忽然有種衝動，想伸手拍拍她的小臉，替她拂去那苦惱。

蕭家子嗣眾多，他有許多姪子、姪女，年紀參差不齊，也有一些跟著他習武練字的，可是卻沒有一個讓他有這種感覺。

沒什麼緣由，就是想幫她，不想讓她有一絲一毫煩惱。也許……是她長得實在太精緻了吧，這樣瓷娃娃一般的小姑娘，合該每日眼裡帶著笑的。

正想得入神，忽而聽見耳邊傳來一陣喧囂。「讓開、讓開！抓賊啊！」

話音落時，便見一個粗布漢子左右衝撞著往前奔，人群被紛紛撞開，而後面有幾個夥計正氣急敗壞地追著。「攔住那人，那人是賊！」

可是粗布漢子身形頗靈活，一會兒踢翻路邊攤子來擋路，一會兒搶過路人手中的乾貨撒向身後，弄得街上竟是雞飛狗跳，亂作一團。就在這混亂中，蕭敬遠忽覺得哪裡不對，猛地低頭一看，只見原本站在腳邊的小姑娘已經沒了蹤跡！

他心猛地往下一沈，萬不曾想到，自己竟如此疏忽，當下不敢多想，連忙往人群中尋去。

蕭敬遠離開去找人，但其實阿蘿根本沒跑遠，她是趁亂躲到茶樓柱子另一邊，偷看外面動靜，知道蕭敬遠已經在到處尋找自己了，她才溜出來，懷裡揣著那封信，往旁邊的驛站跑去。

也沒指望能瞞蕭敬遠多久，好歹先送了信，再被送回家。

誰知道她剛走到驛站前，就碰到了適才賣花的婦人，卻見那婦人正笑嘻嘻地望著自己。

「小妹妹，妳爹呢？」

阿蘿假意笑道：「我爹啊，就在茶樓前站著呢。」

那賣花婦人噗哧笑出聲。「小丫頭，別裝了，剛才那人根本不是妳爹吧，我瞧著那位公子還算年輕，哪可能有妳這麼大的閨女，怕不是拐來的？妳別怕，大嬸我現在就帶妳回家找妳家人去。」說著伸出手就想拉她。

阿蘿朝後一閃，笑道：「大嬸，不用了，我自己回去就可以了。」說完轉身就跑，誰知道剛跑出幾步，就聽那婦人喊道：「一、二、三，倒！」

說來也是邪門了，阿蘿聽得那聲響，也不知怎的，眼前一陣發黑，整個人突然身子虛軟，就這麼哐噹一聲倒在地上，腦袋變得暈沈沈的，而就在徹底陷入昏迷之前，她聽到那個婦人焦急擔憂地道：「乖閨女，妳這是怎麼了，可是餓壞了？走，娘帶妳回家去。」

壞了，還真被蕭敬遠說中，她被拐了……

第五章

阿蘿醒來的時候，率先聞到的是一陣陣讓人作嘔的腥味，耳邊傳來的是男女肆無忌憚的談話聲。

「這小丫頭模樣好，年紀也還小，若是賣出去，怕是幾百兩銀子都是有的。」

「怕只怕她有些來歷，妳我偷雞不著蝕把米，我瞧著當時陪在她身邊的那個少年，並不是好相與的。」

「呿，那又如何，還不是著了妳我的道！依我看，便是再有能耐，也不過是官家不懂事的少爺，這點把戲就把他糊弄過去了。」

阿蘿無奈地睜開眼，初時並不能適應這略顯昏暗的光線，待到慢慢看清楚，這才看出，此時自己處於一座破廟中，身邊是掉了胳膊的佛像，還有三條腿的供桌，而就在靠窗的草墊子上，有對男女一邊煮著剛宰殺的雞，一邊討論著要把自己賣個大價錢的事。

女的便是那賣花的婦人，男的就是那在市集上引起一陣混亂的粗布漢子。

看來，這是拐子設下的一個局，怕是早盯上了自己。

她暗暗嘆了口氣，抬起手，悄無聲息地摸了摸身上。身上衣衫還算整齊，也沒有丟什麼，只有自小就用紅線繫在腳踝處的長命鎖已經不知所蹤，看來是被拿走了。

她今日出門並沒有帶什麼金貴物，只有那塊長命鎖是隨身的……突地想起自己寫給爹爹的信，忙在胸口處摸索一番。果然不見了，想必也被拿走了，幸好那信中並沒有什麼關鍵字句，應不至於讓那拐子知道什麼府裡的秘密。

暗暗嘆了口氣，回憶著今天發生的一切，心中不免充滿自責。不聽好人言，吃虧在眼前，沒想到自己會遭遇這等現世報。阿蘿望著那透過破敗窗櫺射進來的些許光線。她現在該怎麼辦？

老祖宗、母親或哥哥知道了，必然十分焦急，萬一年邁的老祖宗、懷有身孕的母親因此有個什麼三長兩短，那該如何是好？

都怪她不好……事到如今，誰會來救她？是居心叵測的大伯，還是遠在天邊的爹？阿蘿苦澀地笑了下，她知道這些人都指望不得的。至於報官？等官府尋到自己，她可能已經被高價不知道賣到哪裡去了。

就在這番絕望中，她腦中突然浮現出一張面無表情的木頭臉——

七叔……他會來救她嗎？

因為她不聽話才會惹禍上身，在他看來，她被綁走根本就是咎由自取吧，他還會幫她嗎？

她努力回想上輩子自己對這位七叔的認知，最後稍鬆了口氣。他一定會來的，他那人雖然對家中子姪十分嚴厲，可在朝堂中處事公允、為人正直，斷然做不出見死不救的事來。這回她可是在他眼皮子底下失蹤的，他一定會找到她。

這麼一想，她頓時放心許多，悄悄轉頭偷看那兩個賊男女，推測他們要的是銀子，應該不想出人命，只要她不哭不鬧，料他們也不會太為難她，她只要靜靜地等待七叔來就行了。

正想著，那個粗布漢子恰好轉身，注意到阿蘿已經醒來。

他忙起身過來查看，凶狠地道：「妳這丫頭可別想逃！告訴妳，爺這是帶著妳去享福，妳可要知道好歹，若是膽敢不聽，仔細爺一巴掌搧死妳！」

那婦人見了，也湊過來，笑嘻嘻道：「你這賊漢子，仔細嚇壞了小姑娘。」說著，她放軟語調對阿蘿說：「小姑娘，妳叫什麼名字呀？肚子餓了嗎？若是餓了，娘這裡有烤雞給妳吃。」

阿蘿故作懵懂茫然地問：「妳……妳是誰？為什麼說妳是我娘？我這是在哪裡？」

婦人看她年紀小，傻乎乎的天真可愛模樣，討喜得很，語氣更溫柔了。「妳之前在街上摔倒，是我把妳救回來的，妳爹娘不要妳了，沒辦法，我把妳接回我家，以後妳做我女兒，我就是妳娘了呀。」

阿蘿怯生生地看著她，內心卻腹誹不已。竟然一本正經地胡說八道，鬼才信呢，不過現在她也只能假裝信了。

「妳……妳要當我娘？可是……我肚子餓了……」說著，還委屈地摸了摸肚子。

這下子可把那婦人逗笑了。

「瞧妳這可憐小模樣，乖乖，來這兒坐著，等會兒烤雞就可以吃了，正香著呢！」

於是阿蘿乖巧地隨婦人過去圍坐在火堆旁，這時候粗布漢子也過來了，一雙眼猛盯著阿蘿看。

阿蘿小心翼翼地坐著，看了看四周帶血的雞毛以及內臟，不免心中犯噁，一旁那婦人仍說得口沫橫飛，說起以後要帶她如何如何享福。

阿蘿不經意地對上那粗布漢子上下打量的視線，心裡咯噔一聲。她又不是真的七歲孩童，自然能看出，粗布漢子的眼神並不是看個孩子，倒像是看個女人！

心裡有種不祥的預感，她的手不由自主地攥緊。

原以為自己只要拖時間等人來救就可以了，誰承想還有這粗布漢子要應付？萬一他對自己做出什麼齷齪事，那倒是她始料未及的。不行，得防著點才好。

想到此，她便抬頭對婦人笑了下，小聲道：「娘，您對我真好！當時您賣花給我，我就覺得您面目慈善，如今聽著您說話，我更覺得您人極好，像是比我以前那個娘還要好呢。」

婦人原本唾沫橫飛的嘴巴頓時僵在那裡，她愣了下，便噗哧笑出來。「說得是，我是真心把妳當女兒看待的，那妳可要乖乖聽娘的話，知道嗎？」

阿蘿一邊乖巧地點頭，一邊小心翼翼地挪蹭了下，刻意更靠近婦人一些。

婦人感覺到阿蘿對自己的依賴，不免多看了阿蘿幾眼，卻見她秀眉明眸的，小嘴像個殷紅的櫻桃，可真真是畫上畫的一般！加上這絕世小美人一副乖巧柔順模樣，分外惹人憐惜，任憑她做壞事無數，多少也被激起一些天生的母性。「過來娘懷裡，娘攬著妳。」

阿蘿心裡是百般不情願，但為防那粗布漢子的虎視眈眈，只能按捺下心中厭惡，乖巧地窩在婦人懷中。

不一會兒，火堆上的烤雞已經冒出香氣，婦人用刀子切了一塊肉，用紙包著給阿蘿。阿蘿倒是真有些餓了，感激地接過來，小聲說了謝謝，之後便慢條斯理地吃起來。

婦人看著她的吃相，滿意地點頭。「到底是好人家出身，便是餓極了，吃起飯來也這麼文雅。」越發有指望賣個好價了。

待吃過飯後，粗布漢子看看外面，便道：「看樣子快要下雨了，天色晚了，我們早些休息吧，明日還要早起趕路呢。」

婦人聽言，當下隨意收拾了角落一處略微乾淨的地方，用稻草鋪著，好讓三人歇息。

躺下的時候，那粗布漢子瞅了阿蘿一眼。阿蘿頓時一個激靈，小心翼翼地挪蹭到靠著婦人的一邊，遠離那漢子。婦人取來一條繩子，一頭綁在自己腳上，另一頭綁在阿蘿的腰上，以免阿蘿趁她睡著時逃跑。阿蘿沒說什麼，乖巧地任憑她綁。

片刻後，婦人已鼾聲如雷，阿蘿卻根本睡不著，她直挺挺地躺著，仔細聽著粗布漢子的動靜，粗布漢子倒彷彿很安分的樣子，也發出了鼾聲。好一會兒後，她才稍微放鬆，閉上眸子，試圖感受外面的動靜。

外面果真下雨了，且雨勢來得極猛，雨點粗暴地砸在破廟屋簷上，發出啪啪啪的聲響，狂猛的雨聲攪擾了阿蘿敏銳的耳力，她竟無法從中分辨出更遠一些的聲音。

潮氣自破廟的窗戶襲進來，阿蘿身上陣陣泛冷，她小心翼翼地裹緊身上衣服，擔憂地想著，那蕭敬遠真能找到這兒嗎？便是這對拐子留下什麼線索，怕是也被這場大雨給掩蓋了。她當下心裡真是抓心撓肺般難受。若是自己就此遭遇不測，娘親怎麼辦？傷心欲絕之下，再受那虎狼大伯的欺凌嗎？

一時不知多少自責，也是恨自己，身子嬌弱、無權無勢，不能孝敬老祖宗，也不能庇護母親，反而自作自受讓自己落入拐子之手！

正這麼想著，忽而聽到一陣窸窸窣窣的動靜，阿蘿的心頓時提了起來，一雙粗糙而散發著腥味的手摸上她的腳踝，身子頓時僵在那裡。

粗布漢子摸索著爬過來，壓低聲音哄道：「小丫頭，別害怕，我就摸摸。」

阿蘿嚇得渾身發抖，戰戰兢兢地道：「大、大叔，我年紀還小，求你饒了我，要不然驚醒了娘，娘會生氣的。」

看得出這粗布漢子和婦人是一對夫婦，想必他還是怕被夫人知曉這等勾當。

粗布漢子卻咧嘴一笑。「妳這小丫頭，花樣倒是挺多的，不過妳也別指望她了，我已經給她下了蒙汗藥，便是天打雷劈她也醒不了，自然不會壞我好事……」

說著說著，他已經開始解她腰間的繩子，阿蘿簡直想哭，她小聲哀求道：「叔叔，你碰我沒有好處的，我年紀這麼小，你若欺凌我，怕是我命不久矣，你也會惹上大麻煩！不如你先忍耐，留下我，將來自能用我換得大筆銀子。叔叔好歹想想，到底是那金燦燦之物來得好，還是一時痛快好？」

粗布漢子有些意外地瞅她一眼。「沒想到妳竟是個懂事的，說得有些道理。」

阿蘿連忙點頭。「是了是了，我這細胳膊、細腿的，哪有什麼樂趣可言，叔叔還是先忍耐，等把我賣了，換來銀兩上酒樓去痛快痛快才值得。」

粗布漢子顯然有些心動，低頭想了想，阿蘿小心地往婦人位置縮去，不敢有絲毫動靜，生怕粗布漢子改變主意。

可誰知道粗布漢子看了看婦人，又看看惹人憐愛的阿蘿，竟忽然「呸」了一聲，猛地撲過來，一把將她摟住。「我胡老三這輩子還沒嘗過侯門貴女是什麼滋味！便是來十個青樓婦又如何，還不是萬人嘗的貨色，今夜能嘗嘗妳這小鮮娃的滋味，這輩子算是沒白活！狗屁的金子銀子，我胡老三豁出去不要了！」

一股臭烘烘、腥餿餿的味道直衝阿蘿的鼻子，嗆得她幾乎快喘不過氣來，更可怕的是，那雙粗糙大手開始撕扯她身上的衣衫，阿蘿絕望地發出尖叫。「放開我！你放開我！你若放了我尚可活命，若是膽敢欺我，我父兄定不會饒過你的！」

「我他媽的今天就是不要命了！」色慾衝腦的胡老三顯然根本聽不進任何勸告。

「啊——救命——救命！」阿蘿再也顧不得其他，連忙大聲尖叫起來。

雷聲轟鳴，大雨傾盆，她的聲音震得這破廟幾乎都在顫動，一道閃電劃過夜空，忽而間，破廟的大門被踢開，一個披著雨笠的男子猛然闖了進來——

當閃電還未消失，藉著那點亮光，蕭敬遠恰好看到了破廟中觸目驚心的一幕。

一個粗鄙的漢子正掐住嬌弱的葉青蘿，試圖撕扯去她單薄的裙子！

從未有過的滔天怒火自心底猛然竄起，他一步上前，將那粗鄙漢子踢飛，一把將小姑娘撈進懷裡。胡老三被這麼兜頭一踢，也是懵了，待捂著流血的腦袋翻身而起，看向眼前人時，立時認出他就是白天陪在小姑娘身邊的少年，連忙抄起旁邊的傢伙劈過去。

蕭敬遠征戰西北時，手底下不知了結過多少人命，哪裡會怕這麼個不入流的角色，當下一手抱著阿蘿，一手往前攻，沒幾下就把他制伏了，帶著鐵釘子的馬靴一把踩住他的胸口，只見胡老三的落腮鬍沾滿猩紅的鮮血，腰間有個小藥瓶掉了出來。

蕭敬遠彎腰拾起那瓶子，認出這是蒙汗藥，當下冷笑一聲，直接強行餵到胡老三嘴裡。胡老三慘叫著，蕭敬遠索性用靴尖給他下巴一磕，胡老三便直接暈死過去，之後他又把剩餘的蒙汗藥全餵進婦人嘴裡，最後才抱著阿蘿大步離開破廟。

直到上了馬，阿蘿還處於剛才的驚嚇中，猶如遭受暴風驟雨的小雀兒一般，縮在蕭敬遠懷裡，不自覺地打著寒顫。

感受到懷裡那冰冷嬌怯的小身子，彷彿一隻受驚的小兔子般，蕭敬遠不由自主地出口安撫。「別怕，已經沒事了。」

他並非一個細心的人，平時外出打獵，對那山林裡的弱小動物也沒什麼惻隱之心，素日來往的人也是鐵血漢子居多，便是自家姪子、姪女，一個個也瞧著皮實得緊，從不知道這麼個小東西在人懷裡時是如此惹人憐惜。

一路騎著馬，他強悍有力的臂膀環繞著她，將她小小的身子藏在自己的斗篷之下，緊緊護著。

阿蘿沒有說話，只覺得怕，心裡委實怕。剛才將要發生什麼事，她是知道的，因為知道，更是不寒而慄，若不是蕭敬遠及時趕到，後果如何，她幾乎不敢想……

她全身止不住地顫抖著，那齷齪可怕的一幕不斷在腦中閃現，就在這極端恐懼中，一道閃電陡然在天際閃過，自那嚴密的斗篷縫隙閃入她的眼中，轟隆的雷聲及急促豆大的雨點啪啪聲緊接而來，她下意識地更緊靠著他健壯溫熱的胸膛，緊緊攥住他的衣服，宛如落水的人抓住浮木般，不敢輕放。

耳邊傳來他的聲音，夾雜著風雨，時斷時續。

「忘記剛才的事，什麼都沒發生……我不會放過那個畜生的，我會保護妳，不會放開妳的……」

他並不慣於說這些哄人的話，是以語氣格外生硬，可聽在阿蘿耳中卻十分溫暖，讓她想起了那個陰暗潮濕的夢裡、無數個不知日夜的昏暗中，角落裡的那盞燈。

小小的一盞，在那十七年的漫長黑暗中，卻是她唯一的一點光亮和溫暖……

淚水忽然間就洶湧而下，她忍不住哭出聲，不由得越發抱緊了他，幾乎要鑽進他那熱燙堅實的胸膛裡去。「不要丟下我，我好怕……好怕沒有人幫我……我這麼笨、這麼小，什麼都做不好，連送個信都做不好……」

小姑娘脆弱稚嫩的聲音，支離破碎地說著心中的恐懼，一字字、一句句，好比針一般，扎到蕭敬遠的心裡。

暴風驟雨的夜裡，天地之間彷彿只有一匹馬、一個人的距離，馬蹄飛揚，豆大的雨點落在他剛硬的臉上，他上半身緊緊覆下，抿著唇，瞇起眸子，大手緊緊地攥住韁繩，黑色的斗篷恰似一張帆，在風中發出撲簌的聲響。

他沒有再說什麼，只是用自己的身體護住她，不讓她沾染一點點的風雨。

這是一處位於燕京城官道旁的客棧，並不大，但是五臟俱全。

一整夜阿蘿根本睡不安穩，一直蹙著纖細的眉，時不時發出破碎充滿恐懼的囈語。蕭敬遠試圖去聽，可是她聲音微弱，他只隱約聽出她說怕黑、怕冷，更怕一輩子永遠出不去……像是作了什麼噩夢，一個無助黑暗冰冷的噩夢。

她的手自始至終緊緊地攥著他的衣服不放，沒辦法，他只好一直坐在床榻旁陪她，用手輕輕拍撫著她的背，哄她慢慢安穩下來。

當阿蘿醒來的時候，天色已經大亮，略顯刺眼的陽光映照在床榻前，她懶懶地睜開紅腫的眼睛，迷茫地對著眼前那個嚴肅的面孔看了半晌，才猛地想起昨晚發生的一切。

於是蕭敬遠便看到，一臉嬌態的女孩，原本澄清分明一派無邪的眼眸，瞬間飄來一絲烏雲，小臉也瞬間耷拉下來。

她咬著唇，帶著歉疚，小心翼翼地打量著他。「七叔，昨日是我不好，我若是聽你的話，就不會發生這等事了。」

若是之前，蕭敬遠自然難免板起臉來，狠狠地教訓這不聽話的小孩一番——他一向都是這麼處事的。可如今，看著她怯生生的小模樣，教訓的話竟是有些說不出來。

她又不是他軍中的下屬，更不是家裡那些頑劣的子姪，怎麼可以隨意訓斥呢？

「罷了，沒真出事就好。如今妳也得了教訓，以後行事萬萬謹慎小心，不可大意。」他黑著臉說道：「昨日好在我——」

說是不說，還是忍不住說起來……

誰知道話剛說到這裡，阿蘿便激靈地打了一個寒顫，他的聲音戛然而止。
「咳，妳別怕，以後小心些，不會出什麼事的。」他的聲音頓時不自覺放柔了……
阿蘿連忙小雞啄米一般點頭。「我知道我知道，以後再也不敢了。」
蕭敬遠看著她乖巧的模樣，也是點頭。「這裡有掌櫃娘子準備的衣衫，妳自己換了，等下洗漱過後，先下樓用些膳食，回頭我派人送妳回家。」
阿蘿低頭看過去，只見床榻旁果然放著新的衣衫，感激地看他一眼，她小聲說：「謝謝七叔。」
蕭敬遠頷首，沒再說什麼，逕自往外走去，誰知道剛走到門口，就聽到身後傳來「啊」一聲。
他蹙眉，回首，看到小姑娘正一臉沮喪地摸著自己的腳踝。
「怎麼了？」
「我……」阿蘿耷拉著腦袋，沮喪地道：「我的信沒拿回來，還有我繫在腳上的長命鎖也不見了……」
蕭敬遠想起昨日遇到她時的如意樓，對面恰好是一家驛站，當下便明白過來，揚眉道：「信？妳昨天是想去驛站送信？」
事情到了這個地步，阿蘿只好坦承一切。「是，我給我爹寫了一封信。」
「既是給妳爹寫的，為何要自己偷偷送信？」
「我……」阿蘿一臉為難，吞吞吐吐的。「我是想求我爹回家，可是不想讓家裡人知道。」

蕭敬遠擰眉，盯著那白淨小臉上的無奈，半晌後，生硬地拋出一句：「換衣服，先下樓用膳再說，我出去辦點事，馬上回來。」

「喔，我知道了。」

一盞茶工夫後，蕭敬遠再次走進客棧，隨手扔下披風，旁邊掌櫃連忙迎上來。

「那位姑娘可用膳了？」

掌櫃搖頭。「回七爺，還沒有，那位小姑娘一直在房裡，未曾出來。」

蕭敬遠腳步一頓。「怎麼回事？」

見他那嚴肅的臉上現出疑惑之色，掌櫃也是不明所以。「這就不知道了，小姑娘關著門，一直不見出來，我、我也不好進去問。」

那位姑娘年紀小小，可看著就知道一派貴氣，不是尋常人，更何況又是七爺親自帶回來的，他自然不敢有絲毫冒犯。

蕭敬遠頷首，不再問什麼，逕自上樓。

木梯子和走道隨著他的腳步發出吱吱嘎嘎的聲響，蕭敬遠負手來到門前，聽著裡面並無動靜，便出聲問道：「三姑娘？」

「七叔……」裡面的聲音滿是挫敗感。

「怎麼了？」

「七叔……我、我不會……」聲音帶著羞澀和無奈。
「不會什麼？」蕭敬遠實在不懂。
「……不會穿衣服……」阿蘿的聲音，此時比蚊子哼哼還要小。
這種事情，怎麼好意思在一個長輩面前提起呢？可是此時此刻，她面臨如此尷尬情形，再不想說也得說了。
其實這事也實在不能怪她。
她上輩子雖然活到那麼大年紀，可是無論出嫁前還是出嫁後，隨身都有嬤嬤、丫鬟伺候著，她什麼事都不用自己動手，家中姊姊、妹妹們也都如此啊。至於後來懷了身子，有什麼事旁邊丫鬟更是事無巨細地伺候妥當。
再後來，她便被人囚禁起來了，又哪有機會再穿這種侯門閨中小姐繫帶繁瑣的衣裙，也就更不可能學會了。
可是蕭敬遠不懂，他也更不可能知道他家姪子、姪女平日是怎麼被人伺候，以及他們會不會自己穿衣服？聽到這話，他只是面無表情地怔了半晌，之後終於輕輕地「喔」了一聲。
阿蘿聽得那聲許久後才有的「喔」一聲，幾乎想把腦袋鑽到床底下去。
如果她真是一個七歲小娃兒，或許還可以勉強告訴自己，自己年紀還小，沒什麼。可是腦中的記憶提醒她，她好像多少還有些上輩子殘存的成年人的羞恥心，她怎麼可以讓一個長輩知道這麼難以啟齒的事啊？
她臉上火燙火燙的，想哭，卻又哭不出來。門外再度響起嘎吱嘎吱木板的聲響，她知道這是蕭敬遠離開的聲音。

他是怎麼想的？該不會皺著眉頭，一路鄙視地搖頭，打算不管她了吧？嗚，怎麼辦⋯⋯再次拿起那堆繁瑣繫帶的衣裙往身上一套，可是怎麼看怎麼不對勁，就在此時，外面再次傳來腳步聲，還有敲門聲。

「姑娘，我是掌櫃娘子，是七爺讓我過來的。」

阿蘿頓時眼前一亮。

「請進。」

門開了，進來的是個四十多歲略顯富態的娘子，她笑容和善，也不多話，兩三下就幫阿蘿穿戴整齊了。

「好啦，姑娘還有什麼吩咐，儘管開口就是。」

「沒別的事了。」阿蘿坐在炕沿，不好意思地望著掌櫃娘子，感激地道：「謝謝掌櫃娘子。」

「這都是七爺吩咐的，小事一樁，姑娘別客氣了。」

說話間，就聽得外面再次響起敲門聲，掌櫃娘子過去打開門，原來是蕭敬遠。

「七爺，這位姑娘我已經伺候好了，容小的先行告退，若是還有什麼吩咐，您儘管叫我啊。」

「多謝。」

蕭敬遠頷首示意，待到掌櫃娘子離開後，才關上門。

一時之間，房裡只有他們一大一小，阿蘿沒敢看站在門口的蕭敬遠，無地自容地坐在床榻邊，手腳都不知道往哪裡擺了。

從未有哪一刻，她為自己的嬌氣和無能笨拙感到如此羞愧，低垂著頭，小手輕輕絞著粗布被子的邊角，她咬著唇，臉上火燙火燙的。

不知道過了多久，蕭敬遠走上前，撩起黑袍，半蹲下來握住她的腳踝。

「啊——」她微驚，叫了一聲，透過整齊的劉海看到蕭敬遠一手握住她的腳，一手正拿著一塊納吉祈祥長命鎖。

那是她的長命鎖，上頭還有條細紅線拴著，看來原本的紅線應該是斷了，才會換一條新紅線，比原來的略粗一些。

蕭敬遠沒看她，逕自幫她將長命鎖重新戴上，之後站起來，又從懷裡掏出一物。

「給妳爹寫的信是這封？」

阿蘿眼睛一亮，立時認出他手裡那封信上頭略顯笨拙稚嫩的筆跡，正是自己的。

「對！你剛剛去找回來的嗎？」

蕭敬遠沒回她的話，而是盯著她，探究地問道：「為何要瞞著家人給妳爹寫信？」

問到這個，她又開始吞吞吐吐了。「我……想我爹。」想了半天，她低低軟軟地道。

蕭敬遠望著她，抿唇默了片刻，把信直接扔到榻上，淡淡道：「罷了，我和妳非親非故，妳不想說，我也勉強不得。」

這話聽在阿蘿耳中，頓時有如炸雷一般。

經過了昨晚，她已經下意識對他有了依賴之心，可如今他這麼說，分明是與她撇清關係，疏遠得很。她有些慌了，仰臉望著他，眼神中不自覺流露出祈求之色。

「七叔，我不是故意要瞞你，實在是……」家中那些齷齪事，她真不好對外人提及。咬著唇，她澄清的眸子溢出些許濕潤。「我、我——」

「妳不說真的沒關係，這封信，我會託人送到妳爹手裡的。」蕭敬遠語氣雖疏淡，但已略微和緩了些。

阿蘿愣了下，望著眼前那高高大大的男人，忽而間，萬般滋味上心頭。她「哇」的一聲哭了出來，將拳頭緊緊攥起，搗住嘴巴。「七叔！七叔你真好！你如果是我爹就好了！」

如果爹像七叔這樣厲害，那麼一切是不是就會不一樣了？娘就不用怕被大伯欺凌，哥哥的眼睛也許就有救了，她說不定也能避免以後那可怕的命運……

蕭敬遠擰眉，俯視著她委屈到哇哇哭鼻子的樣子，無奈地道：「我們蕭家的女孩，從未有像妳這般愛哭的。」

誰敢隨意哭泣，直接被提到牆角罰站。

說著，他不知從哪裡取出一條乾淨的白帕子，扔到阿蘿手裡。

阿蘿自然聽出那言語中的嫌棄，不過她並沒有在意，一邊吸著鼻子，一邊抓起白帕子，胡亂擦了一把臉。「我以後再也不哭了……」一邊說著，一邊眼淚還是啪嗒啪嗒往下掉。

「再說，我還真生不出妳這麼大的女兒。」蕭敬遠只覺得太陽穴突突地疼。他還沒成親呢好不好……

阿蘿擦去眼淚，睜著紅彤彤的眼睛跳下床，仰臉道：「七叔，我把事情跟你說，但是你萬萬不可告訴別人。」

蕭敬遠看著這小孩一本正經的樣子，挑眉。「妳可以不說。」他並不是個非要知道別人秘密不可的人。

「可是——」阿蘿揉了揉鼻子，帶著鼻音道：「我就是想說嘛！」

蕭敬遠揚揚劍眉，沒說話。

「其實是有一天，我娘——」誰知道剛說到這裡，就聽得一陣咕嚕咕嚕的聲響傳來。

她低頭一看，是自己的肚子。

蕭敬遠無奈道：「都什麼時候了，走，先出去用膳吧。」

「好吧。」她摸摸肚子，確實挺餓的。

下了樓，來到客棧飯廳處。飯廳頗為簡陋，不過是兩張桌子、幾把椅子罷了，此時也無別人，唯獨她和蕭敬遠。

客棧夥計恭敬地奉上飯食，頗為簡便，就是包子、稀飯，不過看著倒還算乾淨。

阿蘿盯著那熱騰騰的包子，仔細看，也是薄皮大餡，分外誘人，當下肚子越發咕嚕起來，不自覺地嚥了下口水，悄悄地看看旁邊的蕭敬遠，正想禮讓一下，好歹讓他先動筷子，誰知卻聽到他淡聲道——

「該不是不會用筷子吧？」

蕭敬遠對此毫不抱希望。他已經看出來了，這小姑娘就是嬌生慣養的侯門小姐，素來十指不沾陽春水，便是連自己吃個飯、穿個衣怕都有問題。

她也是講究禮數的好孩子好不好，長輩在前，她是不會擅自動筷的。

「我會啊！」阿蘿白淨的小臉微微泛紅，連忙為自己辯解。「我是想，請七叔先用。」

蕭敬遠看著她刻意討好的小模樣，淡道：「不必，我已經吃過了。」

「啊？」阿蘿歪頭，望著那香噴噴的大包子。「那我就不客氣了？」

「嗯。」

蕭敬遠一邊應著，一邊把包子挪到她面前，又取來羹勺，給她放到稀粥中。

阿蘿感動莫名，迫不及待地吃起來。

她餓極了，開始時吃得很快，但是依然動作優雅，後來一個大包子下肚，不那麼餓了，她也就慢下來，一邊細嚼慢嚥，一邊小心觀察周圍，這時才發現客棧外面竟然站了整整兩排的黑衣男丁，一個個身強體壯、精神抖擻的，排列整齊，面無表情地立在那裡。

「那些是什麼人呀？」她不解。

又是什麼時候來的？怎麼一點都沒聽到動靜？

夥計這時上了一盤瓜果並煮毛豆，蕭敬遠一邊取了毛豆隨手剝著，一邊不經意地回道：「驍騎營的人。」

「嗄？」阿蘿疑惑地想了想。她是知道他剛從北疆回來便被封了定北侯，還任了一個什麼官職……對了，好像是京城驍騎營總兵！驍騎營，也就是燕京城的衛戌隊，統一由天子調派，權力頗大，尋常官員遇到驍騎營也要禮讓三分。
這麼說來，外面站著的這兩排將士就是驍騎營的人馬了？

阿蘿自然聽過驍騎營的鼎鼎大名，如今知道是他們，便有些好奇，忍不住探頭看過去。

外面秋風蕭瑟，更何況是下了一夜的雨，空氣中瀰漫著濕氣，地上一層層的敗葉，可是那些驍騎營的人馬始終站在原地，猶如挺拔的松柏般，屹立不搖，分外強悍。

蕭敬遠以為閨閣裡嬌生慣養的姑娘家不知道驍騎營，又淡聲解釋：「就是些我以前在北疆時的親信，後來跟著回了燕京城，現在編制在驍騎營，平日只聽我號令，昨日因妳的事，我才派人手來追蹤妳的下落。」

昨夜因城門已關，阿蘿又飽受驚嚇，這才暫在郊外客棧休息一夜。今日凌晨時分，他的屬下已經給葉府送去消息，想必阿蘿的家人應該快到了。

說著，他看了她一眼，解釋道：「妳不必擔心，這些人嘴巴比蚌殼還嚴實，不該說的，一個字都不會多說。」

雖然阿蘿年紀還小，還沒那麼多講究，可到底是侯門貴小姐，昨晚的事若是讓人知曉，終究有損名聲。

「嗯，我知道了，謝謝七叔。」

阿蘿自然聽明白他話中意思，意外地看了他一眼，不免感念他的細心。

「那個男人，我已經處置了。」他一邊輕描淡寫地這麼說著，一邊將剛才剝好的一小碟毛豆放在阿蘿面前。

光。

「啊？」阿蘿望著那剝得乾乾淨淨的毛豆，聽著他剛才那話，澄清的眸子閃著疑惑的光。

「回頭只把那個女拐子遞交給衙門，好生審理這個案子。」他依舊淡淡地解釋。至於那個男人他是怎麼處置的，就沒有必要讓她知道了。

他手底下的人出手本就狠厲，何況這次是他親自動手，那人自是求生不得、求死不能。想想昨晚小姑娘受的驚嚇，他的拇指便輕動了下，手癢。沒把那人抽筋扒皮、挫骨揚灰，也實在是他仁慈。

阿蘿聽著蕭敬遠這解釋，頓時明白了。她雖年紀小，這事傳出去卻是不好聽的，是以把那個男拐子暗暗處理了，只留下女拐子為人證，逮進衙門去審理。

仰臉怔怔地看著眼前這人，卻見他那剛硬的面龐依然沒什麼神情，彷彿是刻出來的木頭人一般。任誰都想不到，這樣的男子竟然處事如此周到體貼，真是把一切都照顧到了。

莫名地鼻子一酸，她竟然又有些想哭。「七叔，謝謝你，你真好……」

蕭敬遠聽她那嬌軟拖著哭腔的音調，頓時頭疼不已，皺眉道：「罷了，吃點毛豆。」

阿蘿低頭，透過朦朧淚眼看看毛豆，再看看蕭敬遠，終於忍不住，癟了癟小嘴，真情實意地來了一句：「你比我爹、我娘對我都好！」

蕭敬遠聽聞這話，默了半晌，抬起手，摸了摸自己突突泛疼的太陽穴。

阿蘿耷拉著腦袋，終於把自己之所以急著要找爹回來的原因，告訴了蕭敬遠。

當然了，大伯和娘的事她不好細說，只是含糊其辭，說起大伯不是好人，有意要欺負娘。精明如蕭敬遠，自然瞬間明白了其中意思。

他沒見過阿蘿的母親，不過聽家人說閒話時提過，葉家二房那位夫人曾有傾國傾城之名——其實也約莫能猜到，眼前的小姑娘年紀雖小，但已可想見長大後的美貌，她的母親，相貌自然不會差。夫君在外駐守，家中只留這麼個婦人，又有驚世美貌，受人覬覦倒也常見。

蕭敬遠沈思半晌，才道：「妳爹駐守南疆，便是得了妳的信，沒有調令，怕也是輕易不能回的。」

邊關駐防不是兒戲，軍門之人，凡事並不能自己作主。

「是，我也知道，沒有調令他怕是回不來，可如今我家中情形……我也不知該如何是好……」阿蘿眼中泛起擔憂。聽娘提起，爹一個多月前才回來過一次，若是有假，也是早已經用光了。

蕭敬遠低頭望著她眼眸中的淡淡愁緒，忽然便覺得十分礙眼，彷彿澄澈的天空一望千里，忽而有了絲絲淡薄陰影，讓人不由得想伸手抹去那陰影。

「妳小孩兒家的不用操心這個，這都是大人該幹的事。」

「我家哪有大人給我作主啊！」阿蘿無奈地咬咬唇。

她唯一能依仗的就是老祖宗了，可是老祖宗身體不好，也已年邁，她不敢輕易拿這種事去煩她。

蕭敬遠略猶豫了下，終於還是伸出手，輕輕摸了下她的細髮。「我會想辦法讓妳爹調回來的。」

「啊？真的？」

阿蘿猛然抬起頭，不敢相信地望向蕭敬遠。

蕭敬遠只覺得，她眸中迸射出的驚喜，彷彿寶石經受陽光後反射出來的彩芒，又彷彿煙花綻放在夜空時最絢麗的那一刻。

他頷首，淡聲道：「這個，其實也不難。」

南疆官兵的調派，恰好是每年秋冬相接之季，由兵部擬定，之後遞交天子批閱。他雖直屬天子調派，並不隸屬兵部，可現如今兵部尚書是當年他爹的至交好友，而阿蘿的爹若只是個偏將，區區一個偏將的調動並不影響大局，這般小事，他請兵部尚書幫個忙，也不過是隨筆一畫罷了。

「謝謝你，七叔！」阿蘿的神情滿是感激和憧憬，掩蓋不住的喜悅從聲音裡透出來。

蕭敬遠看著這小人兒，再想起之前她哭鼻子的樣子，嘴唇不自覺抿出一個弧度。

她可真是三月天，說哭就哭，說笑就笑。

「我已經命人通知妳家人，他們很快就會到了。記住，昨天的事妳家人若問起來，不必提到我，妳便說被女拐子拐了後，很快就被驍騎營救出來。因為昨晚城門已經關閉，驍騎營暫把妳安置在客棧裡，由客棧的掌櫃娘子陪著，至於其他的事，妳一概不知，懂了嗎？」蕭敬遠終究不太放心，一字一句斬釘截鐵地叮囑道。

「嗯嗯，我知道，我會照著七叔的話說，其他的我全不知道，我嚇傻了，早忘記了！」她點點頭。

蕭敬遠看著，唇角弧度更明顯了。現在看她真是一副機靈樣，不知道的還以為這小姑娘多聰穎，其實骨子裡就是個糊塗蛋。

就在此時，阿蘿恰好仰起小臉來看他，一眼就看到他臉上似有若無的笑意。

「哦，怎麼了？」難得看到蕭敬遠竟然笑了，那笑裡帶著幾分嘲笑和無奈。他在笑什麼，笑她嗎？

蕭敬遠唇角馬上收斂起來，臉上頓時恢復一貫的冷靜嚴肅。

「沒什麼。」他望著小姑娘，繼續囑咐道：「還有，以後不可調皮亂跑，乖乖在家，別四處惹是生非。」

阿蘿自知理虧，點頭心虛地道：「嗯嗯……」

「還有——」他又要開始說了。

阿蘿心中暗暗叫苦，心道怎麼還有？不禁想起昔日蕭永瀚對這位七叔是又敬又畏，平時見到都是恭恭敬敬的，她那個時候不懂，自然也跟著見了七叔就戰戰兢兢。

現在想想，看來這都是有緣由的，這位七叔還真是管教嚴格……

「還有什麼啊？」她忐忑地等著他繼續說。

蕭敬遠自然看到了她一臉怕怕的小模樣，不過他絲毫沒有心軟，繼續道：「妳年紀也不小了，該是進學的年紀了吧，為何還遊手好閒，不曾進學？」

阿蘿聽到這話，真是又委屈，又驚訝，又有幾分哭笑不得，最後才解釋道：「七叔，我說過的，前些日子我落水生病，因為身子一直不見好，便在家中好生調養。我往日是有去女學，並沒有遊手好閒。」

蕭敬遠聽得「落水生病」之言，皺了下眉，伸出手握住她的手腕。

阿蘿微驚，低頭一看，便見他修長乾淨頗有力道的手指搭上自己的手腕。

原來他還會給人把脈啊……

半晌後，蕭敬遠放開她的手，淡道：「還好，只是體虛罷了，回去好生調養就是。」

「嗯嗯，我知道了。」阿蘿在這位七叔面前，真是沒有搖頭的分，只有點頭的分了。

她收回手，下意識地輕輕搓了下手腕，不知為何，那種被他手指搭上的觸感，彷彿有些殘留，久久揮之不去。

第六章

阿蘿是被葉青琮帶人接回去的。

葉青琮穿著一身規規矩矩的墨青色長袍，頭髮也是梳得一絲不苟，抵達客棧的時候，蕭敬遠已離開，他只見到驍騎營的一位參將霍景雲。霍景雲簡單說明，表示驍騎營是在執行公務時碰上這專綁童男童女的拐子，才正好救了葉三姑娘，目前人犯已送交衙門處置。

葉青琮連忙恭敬地謝過參將，此時客棧的掌櫃娘子陪著阿蘿出來，阿蘿見了自家大堂兄，顯得拘謹不多話。

在她記憶中，這位大堂兄是個老實性子，處事謹慎到被大伯父稱之為懦弱，是以並不得大伯父喜愛。她自己倒是頗信任這位大堂兄的，以前有什麼事也會和大堂兄說起，只是如今因大伯父意欲欺凌娘的事，她多少也對大堂兄起了防備之心。

葉青琮倒是沒看出阿蘿的轉變，只是看她並沒有事，稍微鬆了口氣，卻也忍不住責備道：「阿蘿，妳這次實在是過了，老祖宗擔心妳得緊，一家子都不得安生。」

阿蘿自知有錯，低著頭。「大堂兄教訓得是，阿蘿以後再也不敢了。」

葉青琮見她這樣倒是有些意外，總覺得她應該是嘻皮笑臉地給你來個歪理的，當下怔了怔，便也心軟了，嘆道：「該不會是被那拐子嚇到了吧？別怕，沒事了，等回去再好生給老祖宗認個錯就是了。」

「嗯，阿蘿知道。」她明白，回去後等著她的肯定不是好事。

葉青琮領著她上了自家馬車，這邊魯嬤嬤並丫鬟也都在，一個個圍著她噓寒問暖，魯嬤嬤更是摟著她險些哭了。

就這麼一路被圍著，總算回到家裡，老祖宗親自出來接，見了她後，先是睜著淚眼攬住她，上下仔細地看，確定沒半點事才放心，放心後，便是怒了，斥道：「妳這丫頭，往日縱著妳、慣著妳，如今卻惹出這麼大事來！妳可知道，若是真被拐賣走了，從今以後妳便見不得爹娘，也見不得老祖宗了！」

阿蘿跪著伏首認錯，周圍人等紛紛來勸。老祖宗罵了半晌，終於消氣，又吩咐人趕緊給阿蘿端來茶水伺候著，這下子總算消停下來。

當晚阿蘿自然是留在暖閣陪老祖宗，噓寒問暖、甜言蜜語地哄老祖宗高興，老人家後來終於被逗笑，打著哈欠睡去了。阿蘿被魯嬤嬤服侍著躺在榻上，卻怎麼也睡不著。

昨天發生的一切對她來說著實震撼不小，之前太過忙亂不及細想，如今安然回府，躺在床上，聽著外面的秋風之聲，便猛地想起在破廟裡的種種。

這事想來實在驚險，若不是蕭敬遠出現得及時，後果如何，她想想都忍不住打寒顫，由此不免想到蕭敬遠的種種、想著他這個人，最後忽然想起一事。

她猛地坐起來問道：「我的小紅木錘子呢？」

魯嬤嬤剛剛躺下，本來都要睡了的，聽得此言，也是微詫。「什麼錘子？」說話間，她也是心疼又無奈。「姑娘，鬧騰了一天，您怎麼不累？還是早些歇息吧，瞧瞧，眼睛都還紅著，早點睡才能好得快。」

「就是之前我放在案頭上的。」阿蘿輕輕踢了下被子。「從秋菊宴回來後，我隨手扔案頭上的那個。」

魯嬤嬤聽到這個，才恍然記起。「您當時隨手一扔，我以為您不喜歡，早吩咐雨春收進箱子底下了。」

阿蘿哀求地望著魯嬤嬤。「嬤嬤，我要那個，不然我睡不著。」

魯嬤嬤往日最疼阿蘿的，哪裡受得了她這般祈求的小眼神？當下少不得起身去尋。片刻後，終於尋得了，阿蘿像得了寶貝般，抱著那小紅木錘子，喜孜孜地鑽進被子裡睡去了。

這一夜，阿蘿作了一個夢，有點可怕。

夢中，蕭敬遠來到她榻前，手裡便拿著那把小紅木錘子，一臉嚴肅正經，抬起手用小紅木錘子敲了下她的腦袋，敲一下，問一句。

「妳還調皮不調皮？」

「以後還敢不敢亂跑？」

「不聽話，就打！」

「還不趕緊去女學！」

「妳會彈琴嗎？會寫詩嗎？」

「昨日學的詩文會背了嗎？」

「今天的字練過了嗎？」

阿蘿捂著悶疼的腦袋，猛地從夢中驚醒。

「哎……七叔好可怕啊！怪不得永瀚他們都怕他。」

她揉著惺松睡眼，摸索著將小紅木錘子拿到眼前，歪頭仔細看了半晌，最後又隨手把小紅木錘子扔到旁邊几案上。

可憐的小紅木錘子被無情拋棄，投擲在几案上時發出鏗鏘一聲。

此時，遠在蕭家的蕭敬遠也已經躺下準備入睡，卻在這一刻，不知怎的，他想起了白日的種種，想起那嬌滴滴的小姑娘，他不由得搖頭嘆息。

「這小姑娘，以後哪個娶了，怕是不知得操多少心。」

這一早起來，阿蘿先陪老祖宗用膳，之後便告辭，前往寧氏所在的楓趣苑。昨日回來的時候，一眾人圍在老祖宗身邊，這其中自然有寧氏，阿蘿當時偷偷瞅過去，只見她神情雖看似淡然，但其實眸子裡也透著擔憂，便頗有些心疼。

來到楓趣苑，剛進院子便聞到熬藥的香氣，待看到絲珮捧著個藥碗，她便明白了。「娘可是哪裡不好？」

絲珮忙道：「就是胎象不穩罷了，這是安胎的。」

阿蘿點頭，心裡想著，上輩子娘後來終究沒保下這胎的事，便道：「絲珮姊姊，這藥讓我端過去。」

絲珮哪裡敢啊，連忙道：「姑娘，您可別鬧了，這是熱騰騰的藥碗，若是灑了，白糟蹋這藥也就罷了，萬一燙到姑娘，哪個擔當得起？」

阿蘿見此，想想也是，便沒再說什麼，當下隨著絲珮一起進屋。

寧氏見女兒蹦蹦跳跳地進來，看著倒是歡快，也是多少放了心，不過想起昨日事，還是有些不悅。「阿蘿，妳也太過荒唐了，若是有個萬一，後果不堪設想。」

阿蘿笑嘻嘻地上前。「娘，我知道錯了，以後再不敢，如今得了這教訓，也沒出什麼事，也算是因禍得福。」

這話說得寧氏倒是無言以對，嘆了口氣。她也是不明白了，自己生性淡泊，也不喜言笑，怎麼生了個女兒竟是個說不通道理的。

阿蘿見寧氏面上的不悅散去，趕緊得寸進尺，故意委屈地道：「今日外面冷得厲害，我這一路過來，還打了個噴嚏。」

寧氏看她那耍賴的小模樣，也懶得拆穿她，還是吩咐絲珮把個秋香繡金絲大條褥鋪在矮榻上，塞了個銅暖爐在她懷裡，又讓小丫鬟搬過來一對梅花描金小几，上面放了些許茶飲。

「我瞧著妳這幾日身子大好，若是無事，趕明兒也該去女學了。」寧氏淡聲道。

「嗄？嗯……娘說得是。」阿蘿沒想到娘親迎頭就是這句話，一時想起昨晚七叔敲腦袋的噩夢來，不免打了個寒顫，小小聲地說：「其實女學中的先生，未必比得上娘，我跟著娘學學練字，如今倒是自覺長進不少。」

寧氏無奈，淡聲道：「我不過只能教妳一些皮毛罷了，若是真要長進，未必能教妳。」

「為什麼？」

「嚴師出高徒，我自問做不來嚴師。」

阿蘿想想，也有道理，便點頭道：「娘說得是，人說嚴父慈母，娘性情溫柔，待阿蘿好，自然不捨得對阿蘿多加苛責。這麼一說——」她故意嘆道：「若是爹能回來教我，那該多好啊！」

誰知道阿蘿這邊剛一談到爹，那邊寧氏的眼中頓時浮上一層黯淡之色。

她勉強笑了下。「妳爹在外駐守，輕易不得回，一年能回來那麼兩次，已經是天恩浩蕩了。」

阿蘿仔細瞅著寧氏的神色，不著痕跡地繼續試探。「為什麼爹要駐守在南疆啊？我聽哥哥說，爹已經在外十年，按理也該調回來了吧？」

寧氏默然無言。

阿蘿暗暗納悶，又故意道：「要不這樣吧，趕明兒我就給老祖宗說，請她把爹叫回來，到時候爹既可以上孝老祖宗，又可以對我嚴加督導，豈不是兩全其美？」

寧氏聽著女兒這天真的話語，苦笑了聲，卻是喃喃道：「妳爹那人性子倔強，便是老祖宗親自召他，他也未見得回來。」

「為什麼啊？難道爹不喜歡燕京城，不喜歡咱府裡？還是說——」她歪頭，故意亂猜。「還是說，不喜歡我和哥哥？」

寧氏聽女兒這麼說，搖頭道：「胡說八道，你們是妳爹的兒女，他怎麼會不喜歡？若說真不喜，那也該是——」

阿蘿見娘親話到半截，又給嚥了下去，真是急得額頭都要冒汗。「那也該是如何？」

寧氏猶豫了下，雙眸半含憂傷，望著雕花窗櫺，喃喃道：「他或許是不喜看到我吧……」

「啊？為什麼啊？」阿蘿忽然意識到什麼，繼續追問：「娘這般樣貌，爹怎會不喜？」

寧氏原本被女兒戳中心中痛處，才略顯失態，說出原本不該說的話來，如今瞬間清醒過來，望向她。「妳小孩兒家的，又哪裡懂得這個？我和妳爹之間的事，妳不許再問了。」

阿蘿哪裡能不問呢？這對她來說才是最關鍵的事！若是爹娘之間存著隔閡，只怕即使爹歸來，這家也終究不成個家！

她小心翼翼地瞅著寧氏，故作懵懂無辜地道：「可是女兒想要爹回來嘛……」

寧氏咬了咬略顯顫抖的唇，語氣卻分外堅定。「妳年紀小，許多事並不懂，如今只記得，不許在老祖宗面前提起要妳爹回來的事。」

阿蘿看娘神態嚴厲，當下心中暗驚，不敢再說什麼，只乖巧點頭。

到了用過午膳，阿蘿稍微消食後，便躺在矮榻上歇息。但她自然睡不著，試圖平心靜氣聽周圍的聲響。開始的時候聽不見什麼，只有隔壁耳房裡丫鬟拿著扇子熬藥的聲響，可是隨著她越發沈浸其中，漸漸地，能聽到的聲音範圍便擴大許多。

她能聽到院子裡隱約的蟲鳴聲，還有院子外面老嬤嬤拿著掃把清掃落葉的聲音，再然後，更遠一些，風吹樹葉沙沙聲、隔壁別院丫鬟們竊竊私語的聲音，都一一傳入了。

她心中暗喜，明白自己這耳力比以前又精進了許多，大半個院落的聲響都在自己的掌控中，當下連忙更加凝神專注，仔細地在那嗡嗡嗡的雜亂聲響中，試圖尋到自己想要的。很快地，她終於捕捉到一個聲響，那個聲響應是距離自己不遠，只是因為刻意壓低而容易被忽略。

她擰眉，將所有注意力集中在此處。終於辨別清晰了，是娘和魯嬤嬤在談話——

「阿蘿今日提到了老爺，看那樣子，倒很是想念。」

「太太，姑娘說的話，我也聽到了，要我說，也實在是因為少爺和姑娘受了委屈。大老爺如今襲著爵位，大房自然凡事順遂；三房雖說不起眼，可好歹三老爺也在朝為官。獨獨咱們二房，老爺長年不在京中，姑娘年紀還小，頂不得事，少爺又是這般情景。這偌大的府裡，就數二房勢弱，大事上，其他人自然不敢如何，可是在那看不到的地方，給咱下個絆子、使個白眼，這都是有的。若說只是這些，原也不是受不得，可再過幾年少爺就該訂親了，沒有老爺在京中幫著張羅，少爺又是天生眼盲，還不知道能談得什麼樣的親事呢！」

阿蘿聽得魯嬤嬤這麼說，可真是正好說到心坎去了。她輕輕攥住小拳頭，擰眉繼續聽娘如何回應。

誰知寧氏卻是默了半晌，輕嘆一口氣。「若是非要老爺回來，也不是不可，只是他便是回來了，看著我，還不知道心裡多少不自在，我又怎好讓他為難？」

魯嬤嬤跺腳。「我的姑娘啊！」

她是寧氏的陪嫁，寧氏嫁過來後，她才改口稱呼昔日的小姐為「太太」，如今叫出「姑娘」來，是以昔日寧氏未嫁時的說法來叫了。

「依我瞧，老爺是個倔的，您又何嘗不是？便是當年您和老爺有什麼彆扭，這都過去多少年了，難道他還能一直記著不成？他不回來，你們不如尋常夫妻一般過日子，又怎麼知道過不到一處去？」

「魯嬤嬤，妳終究是不懂他，他當年願意娶我，我自是心中感激不盡，視他如同恩人。可是於他而言，怕是娶我進門，已仁至義盡。他是眼裡容不下沙子的性子，嘴上雖不說，也許心裡終究嫌棄，我……我原本也配不上他。」寧氏說到這裡，言語間已經隱約哽咽。

魯嬤嬤大嘆。「姑娘此言差矣，我瞧著可不是這樣。雖說老爺長年不在燕京城，你們二人形同陌路，可是好歹給姑娘留下了少爺、阿蘿姑娘兩個血脈。您瞧，前些日子老爺不過是回京待了兩日，姑娘這不是又懷上了？」

這話說得寧氏大窘，面上泛起薄紅，扭過臉去，低聲道：「魯嬤嬤，這個算不得的。」

「怎麼就算不得？姑娘別嫌我說話粗，俗語說，夫妻床頭打架床尾和，老爺既然願意上姑娘的床，也肯讓姑娘留下血脈，便沒有什麼過不去的坎兒！過日子麼，不過，怎成日子？還是得夫妻兩個在一處，吵吵鬧鬧，在炕頭上撲騰過了，方能過到一起。」

阿蘿聽到這裡已經是一頭霧水，不說其他，只說娘那句「眼裡容不下沙子」以及「我原本配不上他」，這到底是什麼意思？娘的容貌、才情都是一等一的，便是家世略遜一籌，可是當朝講究「抬頭嫁女，低頭娶婦」，是以這家世本不是什麼大問題。

那麼，娘到底指的是什麼？

百思不解之下，她再聽，卻是沒什麼動靜了。

她翻來覆去的，自是睡不著，想著該如何才能知道爹娘早年的事？瞧著魯嬤嬤倒是個明白的，可惜，魯嬤嬤對娘頗為忠心，也是個守口如瓶的，怕是很難從她嘴裡挖出什麼消息。

正想著，又聽到一個聲音傳入耳中——

「這是威遠侯府老祖宗命小人送過來的，還特意吩咐要給府上的三姑娘補身子用，叫五色扶正補虛丸，小女孩兒家也能吃，滋陰補腎、扶正固本的。」

「實在是難為她了，竟記得那小丫頭！趕明兒我可得帶著阿蘿親自登門謝過……」

「老祖宗您這就客氣了，我們老太太自從見了府上三姑娘，就真心實意把她當孫女般疼著，常說怎麼自家沒一個這麼標致的寶貝丫頭？如今得了這個，想著三姑娘曾經落水，終究體寒體虛，便正好遣小人送過來。」

阿蘿聽著這話竟是和自己有關，應是蕭府的人送來什麼丸藥，老祖宗正陪著說話。至於什麼五色扶正補虛丸，怎麼覺得這名字分外耳熟？再仔細一想，她才隱約記起，這玩意兒應是蕭敬遠所有吧？

上輩子蕭家奶奶病重時，她見過蕭敬遠拿出這丸藥來，據說是他那位遊走四方的神醫友人所贈，就叫五色扶正補虛丸，有扶正固本、起死回生之效。

什麼起死回生，估計是以訛傳訛，但是頗為金貴，輕易不給人用，那自然是真的。

所以……這是蕭敬遠拿給了蕭家老祖宗，特意送過來的嗎？

阿蘿有些不敢相信。

她擰眉琢磨一番，連忙起身叫丫鬟，準備下榻去老祖宗那邊看看。

匆忙趕過去時，蕭家的客人已經離開，獨剩下幾個姑娘正圍著老祖宗說話。

老祖宗見阿蘿過來，連忙招呼她。「瞧，這寶貝是蕭家奶奶特意送來給妳補身子的，妳萬萬不可如往日一般頑皮，定要老老實實吃了才好。」

阿蘿望向老祖宗跟前紅木小茶几上裝著丸藥的描金小盒，一眼就認出。這果然是蕭敬遠所有！

沒想到他這麼好，竟捨得把這麼珍貴的藥拿出來給她一個外人用？

阿蘿覺得自己有些受不起，靠在老祖宗身邊，不安地道：「老祖宗，這藥看起來頗為金貴，阿蘿年紀小，還是別輕易動用了，或者送還給人家，或者留下來給老祖宗補身子吧？」

老祖宗卻笑著戳她腦門。「妳前些日子落水，昨日又受了驚，人家蕭家說得明明白白，這是給妳用的，妳這丫頭是真捨不得，還是怕吃丸藥苦，才故意推託？」

這時旁邊的馮秀雅上前打趣笑道：「阿蘿，快收下，這是人家送給未來孫媳婦的。」

馮秀雅這一說，其他幾個姊妹臉色微變，其中葉青萱勉強笑了笑。「秀雅姊姊說得是，三姊，這是什麼時候的事，怎麼都沒有和姊妹們說過？」

阿蘿頓時尷尬又無奈，跺腳道：「這話別亂說，別讓人有什麼大誤會！」

她當然明白，這是蕭敬遠那天替她診脈後知道她體虛，之後可能因為憐憫還是怎麼著，便把他的好東西拿出來送給自己了。可能他不方便直接送過來，所以又借了他家老太太的名義，可是這件事，怎麼也和蕭家幾個孫輩沒關係，如今倒是憑空落人口實。

「這哪有什麼誤會？」葉青蓮半笑不笑地來了一句。

須知道，在葉家，阿蘿上面還有個葉青蓮和葉青蓉呢，別說現在年紀小，不急著訂親，便是要訂，阿蘿按理也不該越過這兩位，如今這情景，葉青蓮心裡是分外不喜的；再說秋菊宴那日阿蘿在蕭家出的風頭，怕是夠說一陣子了，硬生生把她和姊姊的才氣之名給壓下。

阿蘿打死都不想嫁給蕭永瀚，此時聽得這個，唯恐埋下禍根，連忙向老祖宗解釋道：「老祖宗您可要為阿蘿作主，阿蘿才不要像她們說的一般和蕭家定下親事，阿蘿是要在家裡一輩子陪著老祖宗的！」

千穿萬穿，馬屁不穿。

老祖宗連忙大笑著安撫說：「阿蘿別怕，阿蘿別怕，妳年紀還小，祖母哪裡捨得妳。」只是嘴上說著這個，老祖宗的笑意竟是更濃了，以至於老祖宗身後的嬤嬤和丫鬟們也跟著笑起來。

阿蘿真是百口莫辯，最後只好佯作生氣，委屈地噘嘴道：「我不管，反正我不要和蕭家訂親，才不要！」

可憐她小小年紀，哪能一本正經地表示自己不愛那蕭永瀚，少不得只好發個小孩子脾氣了。

老祖宗看阿蘿臉色泛紅，倒像是真著急了，也是嘆息搖頭。「阿蘿到底年紀小，不懂事呢，這些自然是以後再提。至於蕭家送的這丸藥，改明兒，讓嬤嬤從我私房裡取點好玩意兒，給他們送回去當回禮，左右不欠這個情就是。」

阿蘿聽到，這才破涕為笑，撲過去抱著老祖宗好一番親暱。

待到從老祖宗處出來，姊妹幾個各自散去，唯獨葉青萱一直隨著阿蘿，欲言又止的模樣。

阿蘿自然是看出她有話說，便故意問道：「阿萱，妳今日這是怎麼了，可是要跟著我回去楓趣苑？」

葉青萱聽了，頓時有些不好意思，對她笑道：「三姊，我問妳個事兒。」

「什麼事啊？妳說就是。」

葉青萱羞澀地低著頭，捏了捏小手指頭，才猶豫著道：「我就想知道，妳為什麼不想和蕭家訂親啊？」

「啊？」

阿蘿聽得詫異，不免上下打量葉青萱一番。

這個四堂妹比自己小半歲，因為年紀接近，小時候常一起玩耍，奈何同年不同命，自己雖出在二房，卻是被老祖宗百般寵愛的，要風得風，要雨得雨；而葉青萱呢，則是毫不引人注意。偶爾一起陪在老祖宗身邊時，有客人來訪，會在誇她的時候，順便誇一下葉青萱可愛，但只是順便而已，誰都能聽出其中的言不由衷。

她是個沒心沒肺的，在七、八歲年紀時可從來沒想過什麼婚事，便是和蕭永瀚一起玩耍，也只是覺得這個哥哥勉強看著順眼，且對她分外寵愛忍讓，壓根兒聯想不到訂親一事上。

不承想，這個小她半歲的妹子，竟然這麼一點年紀就開始盤算自己的婚事了。

葉青萱被阿蘿看得有些不好意思，嬌憨地吐了吐舌頭。「好姊姊，我只是問問妳，妳可別多心。」

阿蘿忙搖頭道：「都是好姊妹，我沒多什麼心，我跟老祖宗說不想和蕭家訂親，那自然是真心不想的，至於為什麼——」她停頓了下，扳著手指頭道：「一是因為蕭家那些人，我看著沒一個喜歡的。」

說到這個，她腦中浮現出蕭敬遠的身影……嗯，其實七叔待她不錯，那就先排除他吧。

「二麼，我還小呢，未來的事誰知道，做什麼急巴巴地要訂親？年紀小小的，一門心思想著嫁出去，羞不羞！」

這話說得葉青萱真恨不得把腦袋埋到裙子裡去，阿蘿看她這可憐小樣子，一時不由得噗哧笑起來，上前牽住她的手，親暱地道：「好妹妹，我逗妳呢，妳別往心裡去。咱們是一家子好姊妹，又是自小一塊兒玩的，妳到底在煩心什麼事，可以和我說啊！」

葉青萱咬咬唇，雙頰泛起紅暈，小小聲地說：「也沒什麼，就是、就是……我娘說了，蕭家是極好的人家，若是我將來能攀上這門親事，她便算是放心了。」

阿蘿聽聞，頓時恍然大悟，敢情是三太太那邊盯著這事呢。

「妳既有心，那便要想法子啊！」她出謀劃策。

「我該怎麼想法子啊？」到底年紀小呢，葉青萱別看已經知道操心婚姻大事，其實腦袋也簡單得很。

「這樣子吧，過幾日老祖宗要帶我親自去蕭家回禮，我就把妳帶上，咱們一起去，妳不就有機會和蕭家幾位少爺說說話了？」

葉青萱聽聞，眸中頓時綻放出驚喜。「三姊，妳真好！」

一時和葉青萱告別，阿蘿心情愉快，一路蹦跳著回去找寧氏，惹得丫鬟在後面追趕不已，誰知道經過花園時，忽而便聽到一個聲音傳入耳中——

「這可真是上梁不正下梁歪，當娘的是個不知廉恥、不清白的，所生的閨女也是年紀小小就知道勾搭男人了！」

「啪」的一聲，倒像是有人打了一巴掌，緊接著，就聽到一個隱忍著怒氣的聲音斥道：「妳這是在說誰！」

那女人忽而被打，便嗚嗚咽咽地哭起來，一邊哭，一邊罵道：「葉長勤，她當年的事，不要以為我不知道，我全都心知肚明，只是不願意說破罷了！她算是哪門子的江南才女，其實不過是別人不要的破鞋罷了，和人幹出不知廉恥的事來，險些落得名聲掃地，就你們兄弟倆當寶貝一樣爭著，你爭不過長勳，這些年一直壓著一口氣呢！」

「妳這個賤人！是誰容許妳這麼說她的，妳也配！」

「我說錯了嗎，我哪裡說錯了？難道不是嗎？她當初——」

可是女人的話再也說不下去了，男人衝過去，好似掐住她哪裡，之後便聽到嗆咳聲、痛哭聲，亂作一團，沒多久便有丫鬟、婆子衝進去。

深秋的風吹過，有枯黃落葉飄下，阿蘿呆呆站在青石板小徑上，整個人傻成了一塊石頭。

旁邊的丫頭雨春見之前還滿心歡喜的姑娘忽而傻著不動，也是嚇到了，連忙上前。「姑娘、姑娘，您這是怎麼了？」

阿蘿半晌後才漸漸回過神，恍惚地看看身旁兩個丫鬟，知道她們根本沒聽到剛才的話，轉過頭，看向旁邊的籬笆，知道此時行經之處正是距離大房不遠的小花園，是以藉著剛才那陣風，她才聽到了大房裡的動靜。

「姑娘、姑娘，您別嚇我。快，翠夏，妳快去叫人！」

雨春簡直要哭出來了，姑娘的眼神空洞遙遠，彷彿變了個人一樣，根本不像是她往日熟悉的姑娘。

阿蘿深吸了口氣，扶住旁邊乾枯的柳樹，勉強站定。

「我沒事，就是剛才有些累了。」聲音中帶著疲憊。「不要聲張，仔細老祖宗知道了，怕又得折騰一番。」

雨春和翠夏自然是知道的，當下不敢多言，彼此面面相覷後，只好小心翼翼道：「那現在怎麼辦？」

阿蘿此時精神慢慢緩過來了，搖頭道：「不怎麼辦，咱們回去吧。」

回到了楓趣苑，寧氏在房中歇息，阿蘿也就沒敢驚擾，自己默默地回到暖閣裡，躺在榻上，胡亂地想著今日無意中聽到的言語。

大伯父對娘有覬覦之心，這個她是知道的，且多少猜得到，大伯父在娘尚未嫁給爹之前，怕是已經認識娘了，今日這話，顯然是大伯母也知道這事，且因此對娘暗中有了嫉恨之心。

只是，今日大伯母說什麼「破鞋」、「不知廉恥」，大伯父雖然氣怒，也只是責罵大伯母沒有資格說，卻沒有辯駁，這是何緣故？

阿蘿頭疼地嘆了口氣，翻個身，又想起之前娘和魯嬤嬤說的話，說她原本配不上爹，還覺得爹根本不喜看到她，所以才不願意回家。

上輩子的葉青蘿心思單純，根本不知道爹娘和大伯父之間還有這麼一齣暗潮洶湧。如今她仗著這諦聽的本領，不承想竟然無意中得知了這般秘密。

她苦著臉，無精打采地起身。

現在該怎麼辦？

就在這無可奈何之際，她想起了蕭敬遠。

其實蕭敬遠真是好心人，竟然還送那珍稀的五色扶正補虛丸給她，光憑這事，她就應感念他一輩子——雖然她覺得自己並不需要。

眼前彷彿一個謎局，依她如今的能耐，是跳不出去的，如果蕭敬遠肯幫她一把，那該多好啊！如果有機會，她不如再開口請他幫忙？

想到這裡，她翻身起來。「嬤嬤、嬤嬤！」

魯嬤嬤今日也察覺自家姑娘不對勁，從老祖宗那裡回來便是一股蔫勁，彷彿霜打了的芭蕉，渾身沒精氣神，如今猛地聽到她喊自己，自是連忙過去應著：「姑娘怎麼了？小心起來，仔細晃了神！」

「嬤嬤，我那把小紅木錘子呢，妳還記得嗎？」

「記得啊！」

魯嬤嬤怎能不記得，昨天晚上，姑娘明明躺下要睡了，死活非要小紅木錘子不可，她只好翻箱倒櫃找出來。誰知道今早一看，姑娘又把那錘子扔在几案上。

她當時還問起來說這個小紅木錘子怎麼眨眼就又不稀罕了，誰知道姑娘撇撇嘴，不高興地瞅著那小紅木錘子，咕噥道：「才不稀罕呢！」

她沒法子，只好又收進櫃子裡。這才一會兒啊，怎麼又開始問了？

「嬤嬤、嬤嬤，妳快給我拿來啊，那是我最心愛的小紅木錘子。沒有這小紅木錘子，我就睡不著覺！」阿蘿拉著嬤嬤的胳膊拜託道。

魯嬤嬤望著自家姑娘誠懇的小模樣，嘴角抽搐了下，無言半晌，才道：「姑娘，您是非要不可嗎？我都已經收拾到箱子底下去了。」

阿蘿重重點頭，可憐兮兮道：「我想我的小木錘子了！」

魯嬤嬤重重地嘆了口氣。「罷了，姑娘您先躺著，我這就去找。」

哎……苦命啊，跟了個這麼沒定性的姑娘，實在是苦命！明明和夫人長得簡直是一個模子刻出來的，怎麼這性子，就差這麼遠呢！

半晌後，阿蘿終於從嬤嬤手裡接過小紅木錘子。

她捏著那小錘子打量一番後，牢牢地抱在懷裡，鑽進被窩。

「七叔，你可要幫我啊……我得搞清楚我爹娘到底怎麼了？凡事總是要對症方能下藥，我若是不知道他們之間到底有什麼誤會，我爹我娘這輩子怕是沒機會一起過日子了。」她緊閉著眼睛，摟著小紅木錘子，念念有詞、絮絮叨叨，終於慢慢睡去了。

伺候在旁的魯嬤嬤，一會兒瞅瞅自家姑娘，過一會兒再瞅瞅，仔細想聽姑娘嘴裡在叨咕什麼，又實在聽不清，也不知道過了多久，她再次長長嘆了口氣。「這可真是個不讓人省心的！」

在老祖宗的堅持下，阿蘿終究吃了那五色扶正補虛丸來補身子。

她知道這玩意兒多珍貴，因此吃的時候有點戰戰兢兢，總覺得自己在吞金丸子、玉珠子，只是待到吞下去後，彷彿也沒什麼特別感覺。

但如此吃了幾次，她倒是真覺得身子彷彿比以前輕盈，精氣神好了，就連老祖宗都說她臉上紅潤，越發看著惹人喜愛。大房、三房的伯母、嬸嬸並姊妹自然看著眼熱，偶爾打趣阿蘿幾句，阿蘿也沒在意。

老祖宗因此命人遞了帖子，要過去蕭家回禮，謝人家這補藥的情。

阿蘿自然求之不得，雖說不喜去蕭家吧，可是那裡終究有個蕭敬遠。其實她對蕭敬遠總是有些怯意，怕他如夢裡般拿了小錘子敲打自己腦袋，可是……她畢竟有求於人。

這一日，她自然沒忘記對葉青萱的承諾，說要帶著葉青萱一起，老祖宗自然沒什麼不答應的。

葉青萱見阿蘿果然遵守之前的承諾，暗地裡歡喜異常，就連三太太在言語間對阿蘿也頗為和善，直誇阿蘿如今大了，懂事了。

阿蘿心裡自是明白，三太太這是指望著葉青萱和蕭家結親，這她倒是樂見其成。這個四堂妹，上輩子後來嫁去遙遠的並州，那可不是什麼好地方，聽說日子也過得不好，想起來她也心疼。這次如果嫁到蕭家，只要躲開蕭永瀚，總不至於差到哪兒去，是以她親熱地挽了葉青萱，姊妹兩個陪著老祖宗一起前往蕭家。

蕭家這次倒是清靜許多，不像上次秋菊宴那般熱鬧，蕭老太太親自把葉家老太太迎進正堂，老姊妹兩個進了屋，坐在暖榻上說話。

屋子裡燒著地龍，老太太所住的屋子，總是燒得格外熱。阿蘿和葉青萱乖巧有禮地拜見後，便頗為本分地守在旁邊。

蕭老太太樂呵呵地把屋裡圍著的幾個孫女一一介紹過，其他人也就罷了，唯獨一位，倒是讓阿蘿有些意外，那便是蕭永瀚母親羅氏的外甥女——柯容。

羅氏也是出身大家，她姊姊嫁的是洛陽柯家嫡系，只是到底時運不濟，她那夫君早早地亡故，她守了幾年寡後便改嫁他人。柯容就是羅氏之姊留在柯家的女兒，只比阿蘿大一歲，因為在柯家無所依靠，索性前來投奔姨母。

柯容的身形及面容頗有些和阿蘿巧合地相似，因此上輩子亦有人曾誤認過兩人，只是在阿蘿的記憶中，兩人應該是在幾年後才會相見，如今怎麼竟早了幾年？

阿蘿心覺有異，越發疑惑，便多打量了柯容一眼。柯容是個聰慧的，幾下子便看出，這位眾星捧月一般的妹妹在看自己。

兩個形容相似的小姑娘彼此這麼對視，其他人也都發現了。

「昨日阿容過來，我只說阿容這相貌看著眼熟，竟沒想起像哪個，如今才知我老糊塗了，可不就是像阿蘿嘛！」蕭老太太頓時發現她們的相似。

其他人自然也看出來了，只等著蕭老太太第一個說呢，此時蕭老太太一出口，紛紛附和。「可不是嘛，若不是老太太說，我們還真看不出，老太太這一提，怎麼看怎麼像親姊妹呢！」

當下便有人湊趣地把她們拉到一處，仔細打量。其實阿蘿樣貌到底比柯容精緻細白幾分，也看著多了幾分嬌態，只是眾人不好說破，都一個勁兒說真像，簡直是一個模子刻出來的。

阿蘿聽著這湊趣的話，看著眼前那同自己般一臉稚氣的柯容，面上帶著笑，可是心裡卻已經是一片涼意。

難道……竟是她？

她腦中不斷回想著被囚禁在水牢中那漫長的十七年，那十七年裡，黑衣女子出現過數次，每一次都是蒙面而來，她除了那一片黑，找不到其他線索來推斷這個人的身分。

直到最後，當那個女人露出真面目時，她才發現此人竟有一張和她十分相像的臉，也因此才會頂替她的身分，沒有人發現有異。

這些時日她曾一一設想身邊熟悉的人，誰有可能暗中圖謀不軌？她懷疑過姨家表姊啟月，可是又覺得不像，畢竟除了和她相似之外，那名黑衣女子對蕭家地形顯然瞭若指掌。

至於這位柯容，她確實不曾想過，因為上輩子柯容在她有孕之後，因事回鄉，沒多久便傳來急病而亡的消息，一個已經過世的人如何計劃這一切呢？再說了，她一直覺得柯容和自己並沒有那麼相似。

但是今日當她和柯容面對面站著的時候，她的後背開始泛冷，一個從來沒想過的可能性浮現在腦海。

容貌是可以改變的，更會隨著每個人的記憶有所不同，柯容急病而亡的消息，有沒有可能根本就是假的呢？沒有了原先的身分，豈不是更可以理所當然地頂替別人，活在這人世間？

阿蘿想到這裡，已經震驚不已，再看看身旁那歪頭好奇地打量著自己的柯容，不免毛骨悚然。明明是在燒了地龍的暖和房間，明明是和自己頗為相似的清澈天真眼眸對視，可是她卻覺得這周圍彷彿地獄的森羅殿。

就在此時，蕭家其他幾個孫輩恰好過來拜見，老祖宗見了自然開心，忙命人取了狀元及第的金錁子來，各自發了。當下一屋子裡裡外外都是人，蕭家孫子孫女一邊一排，花團錦簇地圍著，好不熱鬧。

老祖宗看得眼饞，不免羨慕道：「還是妳有福氣，兒孫滿堂，我幾個孫子孫女原也不覺得少，可是如今總瞧著不如妳這邊熱鬧。」

蕭老太太自是歡喜，不過嘴上卻還是道：「我還羨慕妳呢，幾個孫女一個個如花似玉，別的不說，我若能得阿蘿一個，只恨不得把家裡這些臭小子都送出去來換！」

這話引得周圍伺候的太太都不由抿唇笑起來，老祖宗也跟著笑，拍著蕭老太太的手道：「這可是妳說的，別到時候捨不得，給我耍賴。」

這邊兩位老人家說這話時，阿蘿安靜地坐在一邊，只見柯容正坐在蕭永瀚身邊。蕭永瀚顯然和家中其他幾個兄弟也不怎麼說話，不過當柯容靠近他，他看著倒是平和。柯容笑著湊近他耳邊也不知道說了什麼，便見蕭永瀚拿過旁邊盆子裡的炒栗子，一個個剝給柯容吃，旁邊幾個蕭家姊妹也湊過去打趣，可是蕭永瀚並沒搭理，依然只把剝好的栗子給柯容。

阿蘿見此情景，心裡暗暗地打了個突，藏在袖子下的小拳頭止不住地顫抖，上輩子的種種情景，此時歷歷在目。

那個帶著溫柔笑意剝著栗子的男孩，應該是把栗子送到她手裡來的啊！

變了，真的變了，一切都變了！

不光是自己變了，連蕭永瀚和柯容都變了。

她怔怔地盯著不遠處那兩個人，只覺得天旋地轉，這一刻，她甚至有點分不清，自己是那個被關押在水牢中十七年的葉青蘿，還是那個備受嬌寵的七歲阿蘿……

「三姊，咱們也過去看看好不好？」

耳邊傳來葉青萱略帶哀求的聲調，阿蘿微驚，不解地看向她。

葉青萱眨眨眼，頗有些無辜地道：「我也想看看鹿。」

鹿？

阿蘿稍一想，這才記起，蕭家的後院是養著一對白鹿，是外人送蕭敬遠的，那可是稀罕物，過去她偶爾也會去後院看看那兩個小東西，看牠們產下的幾隻小白鹿。

「好，我們也過去看看吧。」

葉青萱見阿蘿願意去，頓時笑逐顏開，她是怕阿蘿不去，自己便也不能去。小孩子家，雖說因為娘的諄諄教導而早早地想著結親的事，可到底還是個七歲小孩，一聽有什麼稀罕的白鹿，自然忍不住想去看看。再說了，蕭家幾個少爺也都過去了，正好藉機說說話。

當下阿蘿和葉青萱手牽著手，兩人一起隨著蕭家少爺、姑娘們過去，浩浩蕩蕩一大群。阿蘿心裡有事，特意多看了幾眼蕭永瀚和柯容那裡，只見蕭永瀚在前面走，柯容蹦跳著跟在後頭，時不時叫著永瀚哥哥，互動頗為親暱。

她輕輕擰眉。上輩子可沒見柯容這麼親近蕭永瀚啊，但轉念一想，或許是親近了，她沒注意罷了？畢竟她不常見到柯容，而且，只要自己在時，蕭永瀚總是一心圍著自己轉，她又如何得知柯容平日和蕭永瀚相處的模樣？

想到此，阿蘿又忽然意識到一件事。

假如柯容喜歡蕭永瀚，平日兩個人關係也好，可是只要她來了，蕭永瀚便和她好，那豈不是令柯容嫉恨在心，認定是她搶走了蕭永瀚？這麼一琢磨，柯容就有報復她的動機了。

那……蕭永瀚呢，對於這一切他是否知情？是明知是假而順水推舟，還是真的被欺瞞了？

阿蘿心裡此時亂作一團，想著想著，已經到了蕭家後院的白鹿苑。這邊地處開闊，入眼是一片蘆葦叢草地，雖看著沒什麼景致，不如別處園林精緻，可是明白的自然知道，在這寸土寸金的燕京城，這種看似荒涼的院子，是多麼奢靡。

葉青萱顯然有些震撼了，要知道，她長這麼大還沒怎麼出過燕京城，便是偶爾隨著娘去別院小住幾日，那也是一、兩年才有那麼一次，平日哪裡見過這種。

「三姊妳瞧，白鹿在那邊，還有白馬！」

葉青萱有些少見多怪了，不過好在蕭家的女兒並沒有笑，反而親熱地拉著她們兩個，要陪她們走進去看。

蕭永澤這個時候走過來，手裡提著一個籮筐，裡面是青草。「等下幾個妹妹可以拿這個去餵馬和鹿，牠們喜歡吃這個。」

蕭家四姑娘蕭懷錦噗哧一聲笑出來，故意道：「二哥想的真是好主意，那你乾脆就給我們提著吧，我們女孩兒家哪裡拿得動這個，好不容易得個你這麼殷勤的勞力。」

蕭永澤偷偷地看了眼阿蘿，不好意思地抬手撓了撓頭髮。「也好，那我就替各位妹妹拿著吧。」

蕭懷錦和葉青萱見此，一下子都笑出來；阿蘿心裡有事，想笑都笑不出，勉強跟著抿抿唇。

就在這個時候，忽而聽到身旁幾個蕭家子弟喊著「七叔」，阿蘿一聽，忙轉身瞧過去，卻見蕭敬遠正偕同一個四十模樣的男子往這邊走來。

她雖是小孩兒，可是經歷了那場似真非真的夢之後，到底見識經歷非尋常人能比，她乍一看那位客人有些眼熟，仔細想了想才記起，他是如今的兵部尚書孫永哲。

蕭敬遠領著自己的客人走近，見一群少年、姑娘紛紛行禮，於是順道向客人介紹了自己一群姪子、姪女，知道這也是要去看鹿，於是乾脆一群人同去。

葉青萱到底是個小姑娘家，沒見過世面，見了外人，不免忐忑，抓著阿蘿的手便緊了幾分。

阿蘿一邊隨著人群往前走，一邊若有所思地偷偷向蕭敬遠那邊看去。她相信蕭敬遠這個人是靠得住的，此番和兵部尚書會面，一定是為了把她爹調回來的事，她迫不及待地想知道結果。

而且，她還有其他事想求他幫忙。

他為人正直、處事公允，若是他願意幫忙，那自然是極好；便是不幫，他也斷斷不至於做出落井下石的事。不管如何，她都想提看看。

想到這裡，阿蘿忍不住再次偷偷瞅了眼他們的方向，只見蕭敬遠正和那兵部尚書在說著什麼，並沒有朝她這裡看一眼的意思。

她眼珠轉了轉，開始琢磨著怎麼找機會上前和他單獨說話？

第七章

蕭敬遠今日恰巧請了兵部尚書孫大人過來家裡作客，順便看看這白鹿苑裡養著的兩隻白鹿，誰承想一過來便見一群嘰嘰喳喳的小姑娘和小少年。

他自然也看到了其中的阿蘿，她正像隻小貓一般，睜著一雙清澈的眸子，賊溜溜地往這邊瞅過來，當下不免覺得好笑，想著這小孩兒必然是操心她爹能不能調回來的事。說來也巧，他才和孫大人提了葉長勳的事，調回燕京城的事已經定下來了，正要找個機會告訴她，不承想就這麼遇到了。

不過看她這賊兮兮的小模樣，他也不打算馬上告訴她了，且先讓她操心片刻吧。

於是可憐的阿蘿，就這麼仰著臉，對人群中的蕭敬遠使勁地使眼色，就差沒把鬼臉都做出來，誰知道最後眼睛都要抽筋了，蕭敬遠根本沒有要搭理她的意思。

這麼一來，她不免有些沮喪，想著該不會事情有變，或者蕭敬遠根本把答應她的事忘得一乾二淨？

就這麼忐忑不安間，眾人來到樹下，兩隻白鹿正臥在樹根旁，只是看上去竟然有些無精打采的，兩個伺鹿僕人看上去也頗有些不安，見自家七爺也隨著少爺、姑娘們過來了，忙上前請安。

蕭敬遠見那兩隻白鹿精神委頓，彎著脖子，蔫蔫地坐在那裡，也頗吃了一驚，連忙問起來。兩個伺鹿僕人知道事關重大，不敢隱瞞，將白鹿的情形一一告知。

原來是昨日還好好的，今日一早便見兩隻白鹿不似往日活力充沛，只是這白鹿送來得匆忙，照料白鹿的獸醫因病耽擱，未曾一起進京，因此如今卻是沒人幫著這兩隻白鹿看病。他們也想著要不要去請個大夫，可是燕京城的大夫專為獸類看病的也有，專看白鹿的卻是不多見，去了獸醫館後，人家大夫知道這白鹿金貴，竟然不敢下藥。

蕭敬遠聽聞，當下皺眉，過去輕輕摸了摸兩隻鹿角。眾位少爺、姑娘聽了也頗擔憂，都把希望寄託於七叔身上。

然而蕭敬遠是沙場征戰的將軍，是朝堂倚重的棟梁，可不是個獸醫，就算會給人把脈，也不會給白鹿把脈。當下他擰眉望著兩隻鹿，最後終於開口：「好歹把那獸醫請來，幫著看看。」

阿蘿站在一旁望著那兩隻鹿，瞅著也算是老相識了。她曾經和這兩隻鹿頗為相熟，還曾經親眼看著牠們的小鹿崽出生呢。

這兩隻鹿依然如記憶中那般，修長的四肢，優雅的鹿角，通體白雪般的鹿毛，秀美而溫順，只是那雙猶如黑寶石一般的眼睛透著憔悴。

阿蘿有些心疼，仔細觀察一番後，便微微合上眸子，側耳傾聽，果然就聽到兩隻白鹿肚子裡發出呼嚕呼嚕的聲響，彷彿有氣流在裡面湧動。

她心中有了譜，便提議道：「該不會是這兩隻鹿吃了什麼東西，有了積食吧？」

可是那兩個僕人聽了，頓時急了，分辯道：「姑娘，話不能這麼說，我們一直都是這麼餵養兩隻白鹿的，從來不曾有過差池，怎麼好好地就積食了？」

阿蘿自然明白，這兩個僕人生怕被責罰，才不會認呢，當下微微噘嘴，淡聲道：「我又不是獸醫，哪裡知道這些，只是看著牠們肚子鼓脹才猜測一番而已。到底如何，自然是請獸醫來了再決斷。」

可問題是，哪裡來的獸醫啊？專給白鹿看病的獸醫，怕還在幾百里之外呢！

一時眾人無言，兩個僕人也是面面相覷，其他小少爺、小姑娘，都憐憫而無奈地望著那兩隻白鹿。

他們尋常所見的鹿沒有這種通體泛白的皮毛，也沒有這兩隻鹿那般優雅修長的四肢，和那好看的黑寶石眼眸。老太太也說了，這兩隻鹿是有靈性的，要好好養著，不承想，這才來了蕭家多久，竟然病成了這般模樣？

小姑娘、小夥子難免沮喪起來，他們還挺喜歡這兩隻白鹿的。

此時的蕭敬遠，目光從那兩隻白鹿身上，緩慢地移到阿蘿身上。

「三姑娘，妳為什麼覺得是積食？」

阿蘿可以感覺到，他望向她的目光充滿期待。想起剛才他根本連看都不看自己的樣子，她心裡有種說不出來的得意，一絲絲得逞，一絲絲驕傲，還有一絲絲你終於看到我的喜悅！

當下她抿抿唇，淡定地抬起小臉，裝作若無其事地道：「我看牠們肚子鼓鼓的啊，看著就像是脹氣。」

「脹氣？」蕭敬遠再次看向那兩隻鹿，他真看不出脹氣來。

「要不然你輕輕拍一拍，或者摸一摸牠們的肚子，或者乾脆聽一聽吧？」

阿蘿想著，自己都能聽到那肚子裡的咕嚕聲，蕭敬遠這練武的耳力必然也好，仔細聽，也應該能聽到吧？

那兩名飼養的僕人見此，上前道：「七爺，還是小心為好，這兩隻鹿今日忽然病了，緣由未明，小心牠們——」

然而話剛說到這裡，便見蕭敬遠直接一個冷冷的眼神掃過來，兩人頓時噤聲。

蕭敬遠單腿微屈，蹲在那兩隻鹿旁邊，仔細地觸碰了下牠們的肚皮，果然見那肚皮略顯鼓脹，又靠近了側耳傾聽，確實裡面彷彿有所異響。

默了片刻，他望向旁邊的阿蘿，卻見阿蘿故作一副無所謂的樣子，抬著眼兒看天，根本沒看這個方向。

他輕咳了聲，淡聲道：「三姑娘，看起來這兩隻鹿確實是脹氣了，妳有什麼好辦法嗎？」

阿蘿輕輕咬了下唇，故意道：「七爺，我不過是個小孩子家，哪裡懂得這些，不過我家旺財若是脹氣了，我就給牠喝點鹽水，再幫著牠揉揉肚子通通氣，這樣就會好多了。」

「旺財？」蕭敬遠頷首。「原來三姑娘還養狗。」

阿蘿搖頭，脆生生地道：「不不不，那是我和我家老祖宗一起養的貓。」

貓？貓叫旺財？

人群中有小少爺憋不住噗笑出聲，估計是因為忍得太難受了，以至於那聲「噗」頗為壓抑，倒像是放了一個悶屁。

圍繞一旁的人你看看我、我看看你，嘴角都要抽搐了，想笑，卻又不得不忍住。七叔可是家裡得罪不起的長輩，他們不敢在七叔面前造次。

蕭敬遠卻是一臉嚴肅。「三姑娘說得對，這兩隻鹿或許真是脹氣了。」說著，他望向那兩個僕人。「就聽三姑娘的意思，試試看。」

兩個僕人自然萬分不情願，不過此時蕭敬遠下令，少不得硬著頭皮做了。

一時兩個僕人自去忙著照料白鹿，兵部尚書先行離開拜見蕭大老爺，而其他眾人兀自站在那裡，都頗覺得不安，只因剛才那個彷彿是屁又彷彿不是的響動，實在失禮，總覺得七叔那雙銳利的眼睛彷彿盯著他們，當下紛紛各自找個理由，腳底抹油，溜之大吉了。

葉青萱也跟著蕭家的姊妹跑了，唯獨阿蘿被蕭敬遠留下來。

一大一小，一高一矮，站在松樹下的草地上，一個別過臉去故意望天，一個擰眉審視，相對兩無言。

過了好半晌後，蕭敬遠望著這小孩微微噘起的小嘴，很無奈地笑了下。

「三姑娘，有什麼事妳儘管說就是了。」

「我才沒有什麼事呢！」阿蘿馬上乾脆索利地道。

「哦，妳沒有什麼要問的？」

「——沒有！」阿蘿嘴硬。

她就不信了，他本來就答應過幫忙的，如今自己又幫了他的忙，難道他還能不主動說結果？

「妳知道剛才和我一起過來的那位大人是誰嗎？」

「不知道。」

她當然知道了，又不是七歲小孩！不過就算知道，也得裝作不知道。

蕭敬遠挑眉，無奈地笑了笑。「那可是當今兵部尚書孫大人，邊關將士調動，都得由他批准。」

廢話，她當然知道了，可是她爹到底如何了，能不能調回來？他本來是要約這位大人一起賞鹿，然後說說她爹的事吧？現在鹿沒賞成，不知道該說的話說了嗎？

阿蘿終於按捺不住，偷偷瞥了蕭敬遠一眼，想看看他到底是什麼意思？

蕭敬遠自然將她暗暗瞅過來的小眼神盡收眼底，那賊兮兮的小神情，讓他更想吊她胃口了。

壓抑下想哈哈大笑的衝動，他挑眉從容地道：「三姑娘，今日多謝妳提醒，若是這兩隻鹿無大礙，蕭某定然會親自登門道謝。」

說著，他抬頭看了看天。

「既然三姑娘沒別的事要說，這天色也不早了，三姑娘一個姑娘家，總不好遲遲留在這裡，蕭某這就命人送三姑娘回去找老祖宗，免得兩位老人家擔憂。」

哎哎哎……阿蘿一聽傻眼了。這怎麼可以！她還有一堆事要找他辦呢！

蕭敬遠何等人也，便是阿蘿活兩輩子都未必有他一根手指頭的精明，當下還抬起手。

「三姑娘，請吧。」

這下子阿蘿真是急了，也顧不得裝腔作勢，更顧不得什麼面子、裡子，跺腳道：「七叔，你當初答應我的事呢！」

蕭敬遠面上適當地泛起些許疑惑。「答應妳什麼事？」

阿蘿看他那副毫不上心的樣子，驚訝得瞪大眼睛。想不到、想不到七叔會是這種言而無信之徒！虧得自己那麼信任他……

她雖打心眼裡覺得蕭敬遠應該不是這種人，但此時猛地被這麼一嚇，再想起那讓人毛骨悚然的柯容，還有那和上輩子迥然不同的蕭永瀚，頓時覺得自己重生而來真是步步艱難、四面楚歌，還不知道最後會落得什麼結局……

這麼一想，不免悲從中來。

蕭敬遠看著面前的小娃兒臉色一會兒紅、一會兒白，還有那雙靈動清澈的眸子，一會兒失望、一會兒沮喪，一會兒又迅速氤氳出一片濕潤，很快那濕潤凝結成了水氣，啪嗒啪嗒豆大的淚珠子就像斷線的珍珠往下落。

任憑他經過多少風浪，一時也有點怔住。

這……這小姑娘怎麼說哭就哭啊？

阿蘿卻是氣苦到不行，她搗著嘴巴，用悲憤含淚的眼神望著他。「七爺，虧我這麼信你，原來你都在逗著我玩！便是不說以前，今日好歹我也幫你出了個主意，你、你怎可如此待我！」

蕭敬遠是真傻眼了，下意識地想抬起手去哄哄她，可是他沒有哄過小孩呢，當下也只能語氣生硬地道：「妳、妳、妳別哭啊……」

阿蘿越想越委屈。「你、你太壞了……沒想到你竟然是這種人……」

他壞，他竟然是這種人？

蕭敬遠皺眉，張嘴想說點什麼，可是他該說什麼呢？

恰在這個時候，孫永哲拜見過蕭大老爺後又轉回來了，想看看蕭敬遠這邊的白鹿醫治得如何？誰知道一走過來，便見個精緻白嫩的小女孩哇啦啦地在哭鼻子，而蕭敬遠則手足無措地站在旁邊。

這下子，他可是看樂了。

要知道，蕭敬遠也算是他從小看著長大的，這孩子自小頗有主心骨，性格剛毅堅韌，遇事沈著冷靜，又是天生少言寡語且頗嚴肅的主，從四、五歲懂事後，他還沒見過這孩子這麼手足無措呢。

當下他捋著自己的山羊鬍，笑呵呵道：「敬遠，這是怎麼了？你這麼大的人了怎麼在這裡欺負一個小孩子？」

說著，他看向阿蘿，這一看，不免有些意外。

這小女娃肌膚細潤如脂，粉光若膩，堪為絕色，雖說如今哭得梨花帶雨，可是那眉眼似是籠罩著一層薄淡霧氣的青峰，秀雅玲瓏，且頗有風骨。

這還是年紀小，待到稍長，還不知道會是何等絕色？他當下不免詫異，這麼好看的小孩兒，讓人看了總是忍不住多偏疼幾分。

他已經有兩個孫女、一個孫子了，卻沒一個像眼前小姑娘這般惹人喜歡。

於是這位兵部尚書和藹地笑著，彎腰問道：「小姑娘，妳幾歲了，怎麼哭成這樣？」說著，故意看了看旁邊的蕭敬遠。「該不會是他欺負妳吧？別害怕，只管告訴爺爺，爺爺會給妳作主的。」

阿蘿沒想到正哭著，猛然間不知從哪裡出來這麼一位。她抹抹眼淚看去，卻見這不是那位兵部尚書孫大人嗎？

阿蘿頓時眼淚止住了，巴巴地望著孫永哲，小聲叫道：「孫爺爺。」

孫永哲一聽，頓時樂了。「妳知道我姓孫？」

阿蘿連忙點頭。「當然知道了，您可是兵部的孫大人，我以前聽我爹提起過您，他說他平生最佩服的幾個英雄人物，孫大人當數第一個！」

這個馬屁拍得其實有點不夠真實，至少七歲的阿蘿不應該知道這個，不過此時她也顧不上了。

孫永哲驚喜得瞪大眼睛，不可思議地望著阿蘿。「妳小小孩兒家的，竟然知道我，這是妳爹教妳的吧！」

阿蘿點頭。「是啊，我爹跟我提過這事，只可惜他在外駐守多年，平日與家人聚少離多，能跟我說話的時候並不多。」

可憐清廉又剛正不阿的葉長勳，還不知道自己已經莫名被女兒拉著一起拍了馬屁。

孫永哲原還以為她是蕭家的女兒呢，如今聽她一說，倒是不記得蕭家有誰也一直駐守在外，不免疑惑地看向蕭敬遠。

蕭敬遠何等人也，自然看出了阿蘿那點小心思，想來是決定靠自己了。

原本小姑娘還眼巴巴地瞅著自己，失望又難受，轉眼間人家多雲轉晴破涕為笑，然後連看都不看他一眼。自作自受，就是他這樣了。

見孫永哲詢問地望向自己，他微斂起心神，淡淡道：「這位是晉江侯府葉家二房的姑娘，排行第三的。」

女孩兒家的閨名不輕易給人知道，是以他只說了家門和排行。

孫永哲一聽，自然馬上就知道她爹是誰了，不就是蕭敬遠特意跟他提到的葉長勳嗎？可怪了，他都同意葉長勳的調派令，她爹的事已解決，小姑娘還哭什麼呀？

他看了蕭敬遠一眼，這才彎下腰，一臉親切地問阿蘿。「原來是葉家三姑娘，那妳想不想妳爹回來啊？」

阿蘿聽聞這話，眸中頓時迸發出驚喜。

一根竹竿伸到你面前，端看你爬不爬！

她馬上順著竿子往上爬。「想，當然想！小女子日日夜夜都在盼著爹回來，希望能一家團聚，請孫爺爺幫忙，讓小女子盡一片為人子女的孝心。」

孫永哲看她那急切的小樣子，實在逗趣，當下撫著鬍鬚哈哈大笑，一邊笑，一邊望向蕭敬遠。「敬遠，你說這事怎麼辦？」

蕭敬遠黑著臉，面無表情地站在那裡。「敬遠不知，一切自是請孫大人作主。」

孫永哲看他那不敢多話的模樣，越發笑起來，又轉身對阿蘿道：「三姑娘不必擔心，令尊年前定能返京。」

「真的？」阿蘿聽聞這消息，高興得險些都要蹦起來了。「孫爺爺，您真好！」

在孫永哲的提議下，蕭敬遠親自送阿蘿回廳堂，一路上，阿蘿看都不想看蕭敬遠，兀自歡快地走在前面。

阿蘿沒想到，剛剛才對蕭敬遠失望透頂，轉眼就遇到了朝廷頂梁柱兵部尚書孫大人，且這位孫大人脾性真好，對待自己和藹可親，哪裡像蕭敬遠那麼古怪。

這事想想也是，若是爹能歸來，一切自有爹作主，什麼牛鬼蛇神她便都不怕了，又何必非要請求這位冷臉的七叔幫忙呢？

「三姑娘。」蕭敬遠板著臉，看著她開心地蹦蹦跳跳，終於忍不住喚了聲。

「咦，誰叫我啊？」阿蘿故作姿態，左右張望。

蕭敬遠當然知道她是故意的，無奈地嘆了口氣。

「適才兩位伺鹿僕人來報，那兩隻白鹿病情稍緩，看起來姑娘所言果然是真，蕭某對姑娘感激不盡。若是蕭某剛才有得罪姑娘的地方，還請勿怪。」

阿蘿聽聞，微微噘嘴，故意望著天抱怨道：「你答應我的事，自己卻忘記了。」

蕭敬遠再次嘆了口氣。

他一向是個言而有信之人，答應她的事當然記得，而且事實上他也確實和孫大人提過，要不然孫大人也不會馬上就知道她爹是誰，還用那種疑惑又奇怪的眼神看他。

可是誰讓他不直接說呢，於是現成的人情送了人，還平白惹了個小孩兒在那裡和自己鬥氣啊！

「是蕭某的錯。」

他是有錯，錯到不該以堂堂定北侯之尊和個小孩子逗樂！

阿蘿聽了這話，倒是有些詫異，不可思議地望著眼前高高大大的男人，她沒想到他竟然會對一個小孩認錯。

上輩子她所知道的那位「夫君的七叔」，可是脾性嚴肅冷硬，面對晚輩不苟言笑，冷漠疏離到幾乎不會多看她一眼的。他這麼直接認錯，倒讓她有些不好意思了。

她抿唇，微微垂下腦袋，小聲道：「其實、其實也不能怪你……」她也是故意擺架子呢。

蕭敬遠低頭望著這小孩兒羞澀的模樣，半晌後，忽然笑了。

他真不知道自己在做什麼，也是久經沙場的人了，何至於和個小奶娃兒在這裡置氣？

「你笑什麼啊？」她好不容易含蓄地認個錯，怎麼這人倒是笑起來了？

「沒什麼。總之三姑娘，有關把妳爹調回的事，是我沒做好，對妳言而無信，應該賠罪；今日妳幫了我的大忙，我也要好好謝妳。」蕭敬遠一本正經地道。

「啊？那你打算怎麼做？」阿蘿頓時眼中放出光彩。她自然明白，蕭敬遠說出口的話，分量重得很。

再說了，她原本就有許多事想請他幫忙，只是不好意思開口罷了，如今有了這個機會，可要乘機撈夠本！

「三姑娘有什麼事想達成，儘管道來就是。」蕭敬遠話說得滿，人也大方。

阿蘿眼珠一轉，已經有了主意，一個取之不盡用之不竭的好主意！

「我要求什麼你都可以做到嗎？」

「只要不違反我大昭律法，只要不是傷天害理之事，只要在我蕭某能力範圍之內，我必竭盡全力。」蕭敬遠馬上加了三個「只要」。

不過好在阿蘿根本不在意這三個「只要」，她反正不會讓他幹壞事就是了。

「我只有一件事希望七叔幫忙，若是七叔能答應我，那今日的事，咱們就一筆勾銷了。」阿蘿笑嘻嘻地道。

「什麼事？」蕭敬遠望著小姑娘眉眼裡幾乎溢出的笑，一時竟然有了不好的預感。

看她一臉狡猾樣，她是想到了什麼？

阿蘿抿唇輕笑，這才慢慢地道：「七叔，你也知道的，我這麼小，卻要操心我爹、我娘還有我哥哥的事，也實在不容易……」

「嗯？」她的鋪墊越長，他越覺得沒什麼好事。

「你說我最需要的是什麼？」阿蘿不好意思直接說，循循誘導地啟發他。

蕭敬遠想起之前她說的話，臉色頓時有點泛黑，半晌終於吐出一個字：「爹。」

阿蘿聽了，伸著秀氣好看的手指頭搖了搖，無奈地道：「不對不對，我爹就要回來了啊，我不需要了，如今我最需要的，是一個對我好的大哥啊！」

「大哥？」

阿蘿越發無奈，這個人真有點不開竅，沒辦法，她只好把話說透了。

她微微低下頭，眼珠輕輕轉了轉，才道：「比如你看，我堂姊阿蓉和阿蓮她們，平時有什麼事，大堂哥和二堂哥對她們可好了……」她扳著嫩白的小手指頭開始數。「不時嘘寒問暖，照顧得面面俱到，平時想吃個桂興齋的桂花糕，大堂哥給買；想吃個萬香坊的烤鴨，二堂哥給買；看中了哪家的胭脂水粉，還是給買買買！」

說完，她嘆了口氣，癟癟嘴。「可是我就沒有啊！」

蕭敬遠俯視著眼前這個東拉西扯的小丫頭，皺眉，再皺眉，半晌後，終於彷彿明白了什麼。「那妳現在到底要買什麼？」

阿蘿跺腳，不敢相信地望著眼前那張木頭臉。「我現在沒有要買什麼啊！」

蕭敬遠頭疼地抬起手，輕摸了下額角，斬釘截鐵地問道：「那妳到底要我做什麼？」

阿蘿笑了笑，不好意思地說：「你可不可以暫時當我大哥啊？」說出這話，其實她自己也很不好意思，這真是獅子大開口了。

「大哥？」蕭敬遠更加皺眉了。

他沒想到自己轉眼間就憑空矮了一輩，從叔叔到大哥……

阿蘿看著他那緊皺的眉頭還有嚴肅的表情，忐忑地看著他，小心翼翼地問：「怎麼，不可以是嗎？」

如果不可以，那她就只能退而求其次了……

「咳，我也不是賴上你，就一年吧，以一年為限。」她趕緊伸出一根手指頭。一年，只有一年啊！

蕭敬遠看著她討價還價的小模樣，無奈地沈吟不語。

他實在不懂，她一個小孩兒，除了操心自己的爹娘，還有什麼能讓她念念不忘，以至於提出這種要求？

阿蘿見他遲遲不回應，越發有些沈不住氣了。

「七叔，你、你不願意啊？」她怯生生地開口，小心翼翼地觀察著他臉上的神情。只可惜這個人那張臉彷彿是木頭刻出來的，根本看不出絲毫端倪。

蕭敬遠沈默好半晌後，終於挑挑眉，淡聲道：「三姑娘，妳到底要我做什麼，可以直接說出來嗎？」

粉嫩白淨的一張娃娃臉，頭上梳著兩個小抓髻，他怎麼看怎麼覺得這是個比自己姪女、姪子都要稚嫩的娃兒，怎麼那小腦袋瓜子裡這麼多主意？

「我……我……」阿蘿見他問得這麼直接，也有點不好意思，低下頭，咬咬唇，最後鼓起勇氣，帶著些許委屈、些許祈求，小小聲地說：「七叔……我只是希望有事的時候，能有個人站在我這邊，至少還有個人可以幫我……因為沒有人可以幫我……」

蕭敬遠俯視著眼前的小孩兒，沈默地聽著。

阿蘿耷拉著腦袋，一時不免有些失落。她其實多少有點耍賴的意思，誰承想，人家根本不是那麼好說話的。

就在她感到十分沮喪時，卻聽到蕭敬遠道：「好，我答應妳。」

這幾個字，說得低而輕，卻頗有力道，是千金一諾的篤定。

阿蘿在那一瞬間，幾乎以為自己聽錯了。

一陣蕭瑟的風吹過身邊的老松樹，她聽到細密松針相撞時發出的聲響，忽然想起了在那亦真亦幻的漫長噩夢中，她曾在黑暗中閉著眼睛，安靜地傾聽著外面的水波聲，心裡無數次存著渺茫到猶如水氣一般的希望，盼著能聽到永瀚的聲音，盼著永瀚說一句：阿蘿，我來救妳了。

只是，她終究沒有等到……

蕭敬遠說出那話後，卻見她依然低著頭，垂著修長的眼睫毛，一絲反應也沒有，不免有些奇怪。

「妳又怎麼了？」

難道不該是滿臉驚喜、眸中放光？

阿蘿聽到他說話，越發低著頭不敢看他。

蕭敬遠仔細一看，卻見一串串晶瑩的淚珠，已經順著她那瑩白的臉頰滑落下來。

他一下子怔住了，半晌才找回自己的聲音。「怎麼好好的哭了？」

阿蘿搖頭，再搖頭，努力地搖頭，好似要藉著搖頭這個動作，讓自己從那種猶如潮水一般襲來的悲哀中擺脫。
她使勁搖頭後，又抬起手來抹了一把眼淚，擤了擤鼻子，之後才算慢慢恢復過來，帶著鼻音說：「才沒哭呢！」
「沒哭就沒哭吧。」蕭敬遠現在已經明白了，作為一個馬上就要弱冠的成年人，你千萬不能和個小孩子爭對錯。
她說今天是初六，你為什麼非告訴她今天是初八呢，反正初八和初六也沒區別。
阿蘿聽著蕭敬遠這無可奈何的退讓語氣，不免破涕為笑。
「我不管，反正你答應我了，君子一言，駟馬難追，你說話要算話，不然就是小狗！」
當她這麼說的時候，小嘴嘟嘟囔囔的，嬌態可掬。
「我說話從來都是算話的，妳放心。」
阿蘿點頭。
「我知道的。」她從來就知道，因為蕭永瀚都說，七叔是個一諾千金的人。
「那妳告訴我剛才怎麼了，是沙子進了妳的眼睛嗎？」蕭敬遠現在可不敢說是她哭了。
阿蘿瞅了他一眼，眨眨眼睛，經過雨露浸潤的睫毛，黑亮而修長，根根分明地翹動在那猶如雨後天空一般的眸子上。
「其實也沒什麼，就是剛才忽然有些難過。」
阿蘿低著頭，不想說謊，便實話實說了。
「哦……」蕭敬遠沒再問她為什麼難過。

「但是現在有你這個大哥，阿蘿就不難過了！」阿蘿仰起臉，露出一個孩子氣的笑容。

「對了，七叔，還有一件事我想問問你。」

「什麼事？」

「那個五色扶正補虛丸……可是你送的？」

「是。」蕭敬遠不免疑惑，本來不想提這事，不承想她竟猜到了。

「謝謝七叔，但那麼珍貴的東西，你其實不必送我的。」

「為什麼？」

「別人看著，怕是會被誤會的……」她不想因為得了好處而被人猜測，特別是大家都以為她會和蕭家訂親。

「好。」

蕭敬遠神情略有些冷，不過還是答應了。兩個人正說著，就聽見不遠處有腳步聲，抬頭看時，原來是魯嬤嬤正張望著朝這邊走過來。

蕭敬遠見了，便道：「妳家嬤嬤來找人了，妳跟她回去吧，我先回去看看那兩隻白鹿。」

阿蘿見他要走，連忙問道：「別忘了你答應我的事！今後如果我要找你，可怎麼找你才好？」

今日光是為了要和他搭一句話，真是比登天還難，而她還有許多事需要他幫忙呢。

蕭敬遠頭也不轉地回道：「若要找我，送信給我就是了。」

「送信？」阿蘿有點著急。「可是怎麼給你信啊？」
「回頭妳就知道了。」
這話說著時，人都已經走遠了。
當阿蘿跟著魯嬤嬤再回到正房時，大夥兒都已經在那裡等著了，因阿蘿回來得晚，老祖宗難得說了阿蘿幾句。「眼瞅著也不是小孩子了，還如此任性，一個人亂跑。」
阿蘿依偎著老祖宗，撒嬌道：「老祖宗別生氣，都是因為這園子太美了，我看不夠、玩不夠，忍不住留得久了些。」
這話倒是把蕭老太太逗樂了，一個勁兒地說：「以後阿蘿常來奶奶家玩，讓妳玩個夠！」
「謝謝蕭奶奶！」
阿蘿回望著蕭老太太，嘴裡眼裡都帶著笑，可是卻不免想到，此時此刻不知到底蕭家有多少人知道，後院雙月湖底下有座水牢？
她轉頭看向旁邊或坐或站著的蕭家子嗣們。
蕭家子嗣眾多，幾乎每個都頗好的，阿蘿細細回憶過去，蕭家規矩甚嚴、子孫齊心，婆媳妯娌之間也極少那勾心鬥角的齷齪事，可謂是家風頗好，也難怪當初老祖宗會選了蕭家做她夫家，是盼著她後半輩子能少些操心事。
只是誰承想，這看似平靜的湖面下，竟隱藏著那般風波。

晚間回到家中，阿蘿先陪老祖宗用了些晚膳，老人家年紀大了，自然吃得不多。用完晚膳，阿蘿又陪著老祖宗說了會子話，這才要過去寧氏那邊。

臨行前，老祖宗笑著說：「最近勤往妳娘那邊去，倒是不陪我這老傢伙了。」

阿蘿撒嬌道：「老祖宗說哪裡話，阿蘿這是趕著要上進呢！」

旁邊魯嬤嬤也道：「可不是嘛，姑娘再休養幾日就要去女學了，她心裡慌，唯恐功課落下太多惹人笑話，去二太太房中跟著練練字、讀讀書，最近幾日倒是有些長進。」

老祖宗聽聞這個自然高興，連忙點頭。「去吧去吧，論起學問來，妳娘可是比妳伯母和嬸嬸要強上不知多少，妳隨著妳娘好好學習才是要緊。」

待阿蘿來到楓趣苑，先到寧氏房中拜見，說了會兒話，看看時候該睡了，她便回到自己的房間。

阿蘿其實看出寧氏好像有心事，不過她沒多問，只是在臨睡前，對旁邊伺候著的魯嬤嬤含糊地說了一句：「娘今日看著有些心不在焉呢。」說完，嘴裡呢喃一句什麼，也就睡過去了。

魯嬤嬤逕自在房裡收拾一會兒，便去隔壁了。

阿蘿待到魯嬤嬤一出去，便睜開眼睛準備偷聽。

她知道魯嬤嬤必然知道當年娘的事，說不定兩人言談間會提起，只是兩個人說這話茬，還是需要一個契機。

誰知道她睜著眼睛等了好久，也不見娘和魯嬤嬤那邊說什麼話，以至於後來她都開始犯睏。說到底這身子不過七歲罷了，年紀小就貪睡，熬不住夜。

就在她幾乎昏昏欲睡的時候，一個聲音傳入耳中。

「夫人，這些畫可真是好，讓人一看就想起老爺年輕時候。」

這是魯嬤嬤的感嘆聲。

阿蘿的瞌睡蟲瞬間消失。她睜大眼睛，仔細地捕捉母親房中的動靜，一絲一毫都不放過。

「收起來吧。」寧氏的聲音淡淡的，沒什麼波動。

「唉，太太，依我說，這些畫畫得這麼好，還不如就此裱起來，若是哪日老爺回來看到了，他一定會高興的。」

「收起來。」娘的聲音依然無波，不過卻多了幾分倔強。

阿蘿眼珠一轉，連忙一個翻身爬下床，出了房間，繞過旁邊守夜的丫鬟，悄無聲息地來到角落的窗邊，把窗戶紙捅開一點洞眼往裡面瞅。

一看之下，便見房裡桌上、炕上擺放著一些畫，看樣子有十幾幅。從她的角度看不真切，隱約好像畫的是個男人。是爹年輕時候的畫像？

阿蘿一下子想起，她只知道娘畫技高超，卻從未見過她畫的畫，偶爾問起，她只推說畫技早生疏了。也是因為這個，後來娘給啟月表姊畫畫，她心裡才不痛快的。

真是想不到，娘年輕時竟然為爹畫過那麼多畫。

她將耳朵貼著窗戶，想知道接下來她們還會說什麼？

可是令她失望的是，魯嬤嬤沒再說話，娘也一直沒有聲息，就這麼把那些畫收進床榻旁邊的紅木雕花大箱子裡，之後便開始準備洗漱睡覺了。

阿蘿也只好溜回房，兀自躺在榻上胡思亂想了大半夜。

第二日起來，阿蘿聽到窗外傳來咕咕的聲響，便起身趴到窗前往外看，只見走廊上掛著個籠子，裡面裝了一對白鴿子，烏黑的眼睛正往這邊瞅著。

她好奇地問道：「魯嬤嬤，這鴿子哪裡來的？」

魯嬤嬤聽了便皺眉。「誰知道，不是姑娘跟人家買的嗎？早上府裡陳六家的拿過來的，說是一家養鴿子的送來的，那人說前些日子姑娘跑出去玩耍，看到他家鴿子便說想要，當時就給了銀子，後來一直沒去取，人家等不及了，便直接給送來。」

魯嬤嬤說完，狐疑地望著自家姑娘。「可有這回事？」

她自然記得之前阿蘿溜出去險些惹禍的那次，怕不是那次買的？

阿蘿原本還有些茫然，猛然才意識到，這對白鴿應該是蕭敬遠派人送過來的！

她隱約記得，上輩子蕭敬遠的院子裡彷彿是養過鴿子的，是一群一群的白鴿，聽說那些鴿子都能送信。

她那時根本不懂，只是聽蕭永瀚提過罷了。

再加上想起蕭敬遠的交代，要她有事找他就送信，她頓時明白過來，連忙點頭道：「對對，是我之前買的。」

魯嬤嬤卻還是疑惑。「好好的怎麼會買這個？姑娘素來說不上喜歡的。」

廊簷下以前也掛過畫眉鳥、鸚鵡什麼的，她並不喜歡，只嫌吵，後來老祖宗便不讓養了。

「我那日看著也是一時興起罷了，差點都忘記了。」

魯嬤嬤想想也是，自家姑娘一向沒長性，一時興起也是有的，便也沒再說什麼，只是吩咐底下小丫鬟好生餵養。

阿蘿用過早膳後，興致勃勃地過來擺弄那鴿子，看了半晌後，她想著，也不知道這鴿子到底靈不靈，是不是應該先試試？這麼一來，萬一真遇到事，才不至於太慌張。

她想了想，便回房取來紙筆，在紙上寫了兩個字——「有事」。

寫完後，她吹乾墨，把紙捲成小細條，用紅線綁在其中一隻鴿子的腳上，綁好後，趁著魯嬤嬤不在，直接放飛了。

眼看著鴿子消失在蒼茫的天際，她有些期待興奮，不知道這事到底成不成，總有種做賊的感覺。

當日晌午，她用膳也是沒心思，胡亂吃了一些便守在窗戶前，盼著那鴿子回來。

此時是初冬的午後，門外也沒個人守著，偶爾牆外的楊樹飄下幾片殘存的枯葉，在院子裡隨著蕭瑟的寒風輕輕起舞。

阿蘿讓丫鬟下去歇息，自己兀自等在那裡，午後的暖陽照著，她多少有些犯睏，正在她幾乎要打瞌睡的時候，便聽到廊簷下有輕輕的敲打聲。

她微驚，連忙打開窗子一看，卻見蕭敬遠正站在旁邊。

這是怎麼也沒想到的，她不由得瞪大眼睛。深宅內院的，他怎麼進來的啊？周邊丫鬟沒一個發現嗎？

蕭敬遠早就料到她的驚詫，對於她瞪圓眼睛不敢置信的樣子絲毫不意外，直截了當地問道：「有事？」

阿蘿驚訝片刻後，終於從已經白茫茫的大腦中擠出兩個字來。「沒事。」

「嗯？」蕭敬遠不敢相信地挑眉。沒事？

「我、我就是試試……」她就是試一下這個法子是否有用……

蕭敬遠臉色頓時泛黑。「那我走了。」

就在此時，阿蘿忽然又想到一件事。「別，我想起來了，是有件事要找你幫忙的！」

「嗯？」蕭敬遠一臉不相信。

阿蘿連忙賊兮兮地看看周圍，見並沒有人朝這邊來，便壓低聲音道：「其實是這樣的，你能不能幫我查一查，我娘未出嫁前，是不是……是不是有、有什麼特別的事？」

這事萬不得已她是不想讓人知道的，可如今看來，她是很難從娘和魯嬤嬤嘴裡偷聽到什麼，只能寄望於蕭敬遠了。

「好。」

阿蘿以為自己提出這樣的要求，蕭敬遠一定會追問原因，沒想到他並沒有多問，輕易就答應了。

她正想多解釋幾句，誰知就聽到外面的腳步聲，隨之而來的還有翠夏說話的聲響。阿蘿微急，正要囑咐蕭敬遠趕緊走，話還沒來得及說，再一回頭，蕭敬遠已經不見了！當下不由得感到驚人。竟有人可以這樣神出鬼沒的？

這邊翠夏進來，原來是特地過來送牛乳燕窩羹的，見阿蘿趴在窗戶那裡，不禁擰眉。

「姑娘，窗戶邊上冷，仔細著涼了。」

阿蘿忙應著，過來坐在榻邊的小繡杌上，接過牛乳燕窩羹吃了。

吃完後，她藉故有些睏乏，想把翠夏支開，然而翠夏聽了，卻十分疑惑。

「好好的這時候怎麼會睏，莫不是有哪裡不舒服？恰好今日太太請了王太醫過來，倒不如一起讓王太醫看看？」

阿蘿納悶地問：「今日我娘是有什麼不舒服嗎？還是例行診脈？」

翠夏搖頭。「只知道太太今日請了太醫來，至於是什麼情況，小的就不知道了。」

「王太醫走了嗎？」

「沒，魯嬤嬤正陪著呢。」

「好，妳先下去吧，我自己躺榻上歇一會兒就是了。」

等到翠夏出去，阿蘿又跑到窗前，看著外面籠子裡剩下的那隻白鴿。

哎呀！剛才她的話還沒說完呢，他就這麼跑了，現在是不是應該再把他召喚來講清楚啊？

阿蘿有些不好意思，又覺得還是得叫來吧？

她凝視著那小白鴿，小白鴿睜著豆大的黑眼睛也望著她。她忍不住眨眨眼睛，小白鴿也跟著眨眨眼睛，她不禁噗哧一聲笑出來。

「不管了，小白鴿啊，你家兄弟已經出去給我送信了，你也得學習一下。」說著，她又寫了張紙條，捲成細條，綁在僅剩的這隻小白鴿腳上，然後把牠放出籠子。

「不知道這次管不管用？」

「七叔會不會覺得我煩啊？」

阿蘿回到房裡一邊嘟囔著，一邊拿了筆胡亂在宣紙上寫著字，就在此時，她聽到窗外傳來一個平靜無波的聲音。

「三姑娘，又怎麼了？」

阿蘿猛地抬頭一看，驚喜地發現，蕭敬遠又出現在窗外了！

「這麼快啊？」原來這白鴿飛得這麼快，蕭敬遠也跑得這麼快？

蕭敬遠面無表情地立在窗外，一手握著一隻白鴿，淡淡道：「三姑娘，我還沒回到家。」

半路上就碰到來送信的白鴿，沒辦法，只好折返了。

「這樣啊……」阿蘿乾笑著。

「還有什麼事？」蕭敬遠沒表現出不耐煩，但是顯然也無半分愉悅。

「其實、其實我就是想交代你，我讓你查的事，你千萬別告訴別人啊！」此事可是關係到她娘的名聲，萬一傳出去，怕是不好。

蕭敬遠望著眼前這個小姑娘，半晌無言。只見她趴在窗臺上，用一隻手托著下巴，眼睛一眨一眨地，期盼地望著他。

「七叔，你一定得替我保守秘密啊……」

阿蘿有點累了，乾脆兩隻手一起托著下巴，這個動作使得她的小臉被擠成一個粉潤的小桃子。

「我走了。」他轉身，將手裡拎著的兩隻白鴿塞進籠子裡，之後身影猶如風中的一片葉子，轉眼就消失無蹤了。

親眼看著他離開，阿蘿不免再次咋舌。

她知道蕭家世代習武，連永瀚那種愛讀書、不愛習武的，自小也跟著學過一些招式，是以自然明白蕭家的這位少年將軍，功夫必然是不弱的。

可是再怎麼樣也沒想到，人還可以像鳥一樣這麼飛走。

「姑娘、姑娘，太太那邊怕是不好了！」才被打發走的翠夏突然又急匆匆地跑來。

「怎麼了？」阿蘿嚇得連忙站起來。

「我剛才送太醫離開，回頭看到魯嬤嬤和太太不知在說什麼，之後還擦眼淚。」

「啊？」

阿蘿心一驚，猛然間便想起上輩子的事來。

上輩子，她根本不知道娘曾經懷過身孕，想來是無聲無息地沒了，難道說這輩子還要重複這樣的厄運嗎？

第八章

傍晚時分，阿蘿幾乎什麼都沒幹，一直豎起耳朵站在窗前聽動靜。

然而聽來聽去，她沒聽到娘和魯嬤嬤談到什麼關鍵的事，就在打算放棄、決定乾脆直接過去問娘的時候，卻聽到一個陌生的聲音傳入耳中。

「今天的還是別放了。」

「為什麼不放？」

「我瞧著今日正房裡請了大夫來，怕是已經察覺什麼不對了，若是這個時候被查出來，可就麻煩了。」

「還是放吧，一鼓作氣，趕明兒咱也好趕緊領賞。」

阿蘿一聽這對話，頓時呆住。她認不出說話的這兩個人是誰，不過聽著倒像是個老媽子和一個丫鬟，那丫鬟聲音陌生，顯然不常在她跟前走動。

她們是誰？

阿蘿豎著耳朵再次細聽，只可惜她們不再說話，她只能聽到燒開水發出的咕嚕咕嚕聲。

她勉強壓下心中的震驚，仔細推敲，漸漸明白了，這兩人應該是在灶房裡幫傭的，因為老祖宗特意吩咐在二房做了一個單獨的小灶房，是以二房自然需要人手，大伯母便從廚房撥了幾個人過來。

想到這裡的時候，阿蘿手腳漸漸地泛涼。

她努力回想往日大伯母的言行舉止，其實說起來，也是個和顏悅色的，平日處理家中事也頗為公允，甚至在她印象中，後來娘去世了，她還對她頗為憐惜，時常說她命苦，她這做大伯母的會好好照料她，雖不算慈母，可也頗具大家太太的風範。

沒想到，背後竟可能做出這等事來？

翠夏就見自家姑娘背著個小手，蹙著小眉頭，在房裡踱來踱去，再想起剛剛姑娘一直呆呆地立在窗前，也不出言，也不看人，彷彿傻了似的，一時也有些怕了。

「姑娘，太太那邊若是有什麼不好，姑娘總該過去問一問，這才不寒了太太的心。」翠夏想了想，這麼勸道。

「不。」阿蘿仰起臉來，小眼神頗為堅定。「妳先出去吧，讓我靜靜。」

「啊？」

「出去吧。」阿蘿抬手，什麼都不想多說，只示意翠夏出去。

翠夏滿臉無法理解，不過當人丫鬟的，她也不好說什麼，欲言又止地出去了。

待到翠夏出去，阿蘿趕緊拿出筆來寫了一張字條，隨後來到窗邊，打開窗子，將那白鴿籠子拽過來，之後將字條綁在白鴿腳上。

「拜託了，一切都拜託你了，這次一定要把七叔請來！」

她兩手合十，對著白鴿拜了拜，之後放飛了白鴿。

「這次不知道他到家了沒？」

「即使他到家了，會不會一生氣，乾脆不來了？」

就在這種忐忑中，外面天已經黑了，還下起了雪，蕭敬遠還沒來，恰好晚膳時候到了，阿蘿只好先前往用膳。

今日是學中半休的日子，又趕上下雪，葉青川下課早，先去問候老祖宗，便過來向娘請安，正好一家三口一起用了晚膳。

葉青川是十分疼愛自己這妹妹的，溫煦地笑著，問起她今日在家做了什麼？阿蘿一邊和他說話，一邊卻是望著他的臉。

哥哥生得俊秀，雖是男子，卻依然有娘的手姿，這樣的男兒，原該是燕京城裡女兒家心之所往，只可惜，毀就毀在那雙眼睛上……

「阿蘿在看什麼？」雖看不到，葉青川卻感覺到妹妹的目光。

「沒什麼，就是好久不見哥哥，實在想得慌。」阿蘿連忙低下頭用膳，嘴上笑著這麼說。

用完膳後，葉青川陪寧氏和阿蘿又說了一會子話，講了在學裡的種種進益，之後看雪越發大了，於是先離開。

葉青川離開後，阿蘿原本想跟寧氏探探話，可是看娘一臉虛弱疲憊之態，並不想和自己多說的樣子，也只好罷了。恰這時，魯嬷嬷端了藥碗過來要伺候寧氏吃藥，她想起之前聽到的對話，不免焦急，當下一個趔趄，恰好撞到魯嬷嬷，藥汁便灑了一地。

魯嬷嬷看到這熬了許久的熱騰騰藥汁灑了，不免有些無奈。「姑娘，您也恁地莽撞了。」

反倒是寧氏，只是淡淡道：「阿蘿也不是故意的，況且這藥，吃或不吃還不是一樣，不吃也罷。」

阿蘿連忙點頭。「對啊，還是少吃藥的好，這藥好苦，聞著就苦，我的小弟弟、小妹妹肯定不喜歡的！阿蘿也最討厭吃藥了！」

魯嬤嬤聽著阿蘿的童言童語，嘆息一聲，也就沒再說什麼，逕自吩咐小丫鬟收拾藥渣及碗渣。阿蘿瞅著那小丫鬟把藥、碗渣拿出去，立刻尋了個理由跟到外頭，把翠夏拉來，附耳吩咐一番，之後便回到自己的房裡等翠夏的好消息。

片刻後，翠夏不負所託地回來了，果然用個帕子包著個碗片，裡面零星殘餘著一點湯藥。

「好，妳先出去吧。」

翠夏不解地望著姑娘，越發疑惑，總覺得姑娘和以前不太一樣，但是也說不上哪裡不同，沒辦法，只能乖乖聽令出去了。

阿蘿小心翼翼地將藥渣放在桌上，自己先用鼻子聞了聞，自然是聞不出個所以然。她嘆了口氣，焦急地望向窗外，盼著出現蕭敬遠的影子。顯然那些人在藥裡下的是於娘懷胎不利的藥，只是那藥並非一時半刻就能見效，是文火慢來，一點點地讓肚裡的孩子流掉。如今娘身子已經不適，再吃下去，怕是後果不堪設想。

今晚娘雖是一時覺得此藥於安胎無用，不想喝，可明天還是會喝的啊！所以今晚她就得想辦法確認此藥有沒有問題才行，只能把所有希望寄託於蕭敬遠身上了。

但先前她幾番試探，蕭敬遠是不是生氣，是不是不會再來了？

阿蘿站在窗前，望著外面的雪花安靜地飄落在窗櫺上，下意識地攥緊小小的拳頭。

白鴿籠已經被底下人收起來放進屋內，阿蘿盯著那空落落的掛鈎，上面也隱約沾了點白雪，在窗櫺投射出的微弱光線中發出瑩潤的碎光。

她怔怔地站著，便是些許寒涼侵入屋內都絲毫無覺。

恍惚中，她不再是年幼稚氣的阿蘿，又成了被關押在水牢中不見天日的葉青蘿。雪落無聲的夜晚，藏在心底的噩夢彷彿一隻餓虎伺機跳出來，將她所有心神吞噬⋯⋯

「怎麼了？」

一個聲音傳入耳中，沒有什麼溫度，恍若這夜裡的雪。

阿蘿微驚，抬眼一看。

一個身穿黑衣、高大挺拔的男子巍然立於窗前，有雪花安歇在他寬闊堅實的肩膀上，正在緩慢地消融。

「我⋯⋯」

阿蘿以為他不會來了，沒想到他到底是出現了，只是盼了太久，以至於一時不知道該說什麼？

「三姑娘，有幾件事我要告訴妳。」

「嗯？」阿蘿咬唇，小心翼翼地仰視著窗外的男人。

「第一，妳託付我的事，我一定會辦好。」男人神色冷硬。

「嗯。」她慚愧至極，低著頭小小聲地應道。

「第二，我向來守口如瓶，不該對外人說的話，絕對不會多說。」

「嗯。」這個，其實她也是知道的。

「第三——」蕭敬遠瞥了一眼耷拉著腦袋的小姑娘，略過心頭那絲不忍，還是把該說的話說了。「我很忙。」他是堂堂燕京城驍騎營總兵，不是無所事事的紈袴子弟，也不是遊手好閒的二流子。

阿蘿羞愧得臉上發燙，不過她還是硬著頭皮說道：「七叔，這次我找你，是真的有事……」

「嗯？」蕭敬遠挑眉。

「我娘、我娘——」阿蘿聲音有些哽咽。「你可不可以救救我娘，還有我的小弟弟或小妹妹？」

「妳娘怎麼了？」蕭敬遠終於發現她神情有些不對。

阿蘿抬起頭，清澈的眼眸中已經是滿滿的哀傷。「有人要害我娘肚子裡的小寶寶，我怕這孩子會保不住。」

蕭敬遠頓時一個皺眉。這事可有點難辦啊！

他雖戰功赫赫，封侯拜將，又任職驍騎營總兵，可事實上他也不過十九歲，未滿弱冠之年。自小跟隨父親戍守邊疆，真正留在府中的時候並不多，是以，他只是隱約知道深宅大院中怕是會有些心機鬥爭，卻從來沒有接觸過。

當然也可能是沒有人敢把心機使到堂堂定北侯身上，也犯不著惹他，畢竟誰會笨到和這麼一個年輕有為的未來掌權者作對？再說他連妻小都還沒有呢。

看阿蘿哭喪著臉，顯然很難過，他之前只覺得是這小姑娘太過嬌弱，才會老是哭哭啼啼的，還有事就想找父親，倒從未想過，也許她在家的處境真的頗為艱難，才不得不想出那麼多刁鑽古怪的法子。

「等等。」

蕭敬遠示意她後退些，看著窗子，仍猶豫了下，但為了談話方便，避免被來往的下人發現，還是迅速地開窗躍進屋內。

跳進屋內的他，為這個溫暖充滿熏香的閨房帶來一絲寒涼。

他依然站在窗邊。「妳先告訴我，妳娘現在有孕在身？」

「是。」

「她胎象不穩？」

「是。」

「妳為什麼認為有人要害她肚子裡的孩子？」

阿蘿擦擦眼淚，將那剩下的藥渣拿過來。「這是我娘每天都會喝的安胎藥，但是我懷疑裡面被下了藥，是會讓我娘流產的藥。」

蕭敬遠接過藥渣，拿到鼻邊聞了聞，隨即皺起眉頭。

「妳娘喝這藥多久了？」

「我也不知，想來總有十幾天了吧。」

「馬上停了。」蕭敬遠的聲音不容拒絕。

阿蘿聽他這語氣，知道這藥必然是有問題，可是怎麼停呢？嘴上說這藥有問題，得有證據啊，當下她微微蹙眉，想著這事該如何處置？

蕭敬遠看阿蘿蹙眉的小模樣，忽而便生出些許憐惜，想著她小小年紀得處理這件事，也太為難她了。

他於是續問道：「如今是哪位大夫給妳娘過脈？」

阿蘿想了想，回道：「如今用的，說是一位太醫，好像叫王仁貴的。」

蕭敬遠點頭。「我知道了，我會先把這藥渣拿去給信任的大夫查驗，然後再去找這位王大夫。記著，在我把這件事查個水落石出前，妳萬萬不可輕舉妄動；至於妳娘，妳就攔著，不可讓她再用藥了。」

「好，我知道的。」

便是要用盡一切辦法，她也不可能讓娘再喝下一口這有毒的湯藥了！

「事不宜遲，我先離開了。」說著間，蕭敬遠縱身一躍，已經出了窗子。

待到他在外面落下，忽而又想起一件事，回頭道：「妳爹過幾日就要啟程回京了。」

蕭敬遠臨走前說的話，讓阿蘿期待不已。無論如何，娘腹中的孩兒都是爹的親生骨肉，他斷斷不會置之不理的。只要爹回來，二房便不是任人欺凌的孤兒寡母，好歹凡事有人作主撐腰了。

可是驚喜之後，想起那藥渣的事，原本雀躍的心便漸漸沈下來。

蕭敬遠固然會幫著查，可是這大晚上的，又下著雪，他真來得及嗎？娘已經吃了十幾天那藥，如今怕是已經胎象不穩，若是再吃個一日、兩日，可如何得了？蕭敬遠要她阻攔娘不要再吃，她該怎麼做？

畢竟才七歲，縱然眾人寵著，可是在這種事情上，她說話是沒什麼分量的。

若是直接告訴娘那藥有問題，娘就算相信，怕也是受驚不輕，這懷著身子，最忌諱憂慮操心。如此一想，阿蘿不免覺得，自己合該再想個法子。

她這腦筋動來動去，最後終於動到老祖宗身上，如此盤算一番後，可算是有了主意。

於是當夜無話，到了第二日，天還沒亮呢，她就爬起來了。

魯嬤嬤見她這麼早起，倒是吃驚。「姑娘平日都是要賴個床，怎麼今天倒是早，這是太陽打從西邊出來了嗎？」

阿蘿揉揉眼睛，含糊地道：「我剛作了個夢，夢到老祖宗，我想她了！」

藉著作夢的緣由，阿蘿一大早就帶著人馬奔去老祖宗房中。好在老祖宗年紀大了，醒得早，連忙命人開門把阿蘿接進來。

這邊還沒洗漱，就看到心愛的小孫女過來，口口聲聲說作夢夢到自己想自己了，當下自然歡喜不已，摟著阿蘿給她暖腳暖手的，又命人拿來上等的果子給她吃。

阿蘿小嘴吧嗒吧嗒，依偎在老祖宗懷裡，哄得她一大早笑個不停。到了早膳時候，邱氏、三太太並幾個姑娘都來了，花團錦簇一般伺候在老祖宗身旁，一番說笑奉承，好不熱鬧。

阿蘿見此情景，便適時地嘆道：「咱們姊妹眾多真好，我本還想能再有個小弟弟或小妹妹的，可惜如今恐怕是不能了。」

這話聽得老祖宗一驚。「怎麼就不行了？妳小孩子家的，莫要亂說話！」

其他人也都疑惑地看向阿蘿，不知道她怎麼忽然說出這話來？

阿蘿故作不解，歪頭道：「難道不是嗎？我昨日看到魯嬤嬤在那裡唉聲嘆氣的，我娘還哭了，要問，她們卻不說，我估摸著，是我那小弟弟、小妹妹沒了。」

童言無忌，可是這話聽在老祖宗心中，卻是生生嚇了一跳。

「胡說什麼呢！魯嬤嬤人呢，讓她進來！」

下面的丫鬟一個個都嚇得不輕，知道事關重大，連忙叫了魯嬤嬤進來。

「二太太那邊到底如何？前幾日不是說胎象穩定，怎麼轉眼工夫就不好了？妳還不說清楚！」

魯嬤嬤突然被叫進來還一頭霧水，怎麼也沒想到竟然是因為這事傳入老祖宗耳中，而且還是阿蘿說的，當下更令她吃驚，她和夫人明明瞞著姑娘的。此時見瞞不過，只好跪在那裡，一五一十地把事情說了。

原來就是這幾日，寧氏總感覺小腹揪痛，隱隱有下墜感，因此昨日才會請大夫來診脈。

當下眾姊妹們都沈默不敢言語，三太太也站著不敢吭聲，邱氏忍不住道：「要說起來，二弟妹也是命苦，幾次懷胎都不太順遂。」

老祖宗嘆了口氣，對邱氏等人道：「走，妳們陪我過去瞧瞧老二家的。」

當下一眾人等盡皆前往楓趣苑。

來到寧氏的院落外，也是阿蘿時間抓得好，此時恰好寧氏要用藥，只見小丫鬟正捧著湯藥送到房門口，絲珮接過那湯藥托盤，進了房間。

阿蘿心裡道聲僥倖。還好來得及時，若再晚來一步，怕是這湯藥已經吃下去。她連忙扶著老祖宗，帶著一幫人跟進母親房中。

這就是她想到的辦法，抱著的心思是，如果單獨警告娘，她性情柔弱善良，未必能把這事查個水落石出，說不得自己悄悄把湯藥倒了不喝，也不把事情張揚，最後落得個忍氣吞聲的下場。

她卻是受不得這個氣的，既然有人把這歹毒心思用到娘身上，她總要查個水落石出，鬧個天翻地覆，便是不能就此揭了那背後真相，好歹也能敲山震虎，讓他們知道，二房不是那麼好欺負的！

卻說寧氏今日心情鬱悶不開，想起昨日晚間起夜時的些許血跡，心中已經知道不妙。她自己這胎來得僥倖，不承想竟是根本保不住，再想想那戍守在外長年不得見的夫君，不由得悲從中來。

正傷心時，忽然聽見外面腳步聲，丫鬟過去看，連忙回報：「太太，老祖宗並大太太、三太太都過來了。」

寧氏聽著，也是詫異，連忙稍整衣容，起身至小廳相迎，將老祖宗等人奉上座。這邊老祖宗坐下，觀寧氏面容，看她臉上無光，眸中黯淡，身形纖弱得彷彿風一吹就能倒似的，當下也是一個嘆息。「妳如今懷著身子，別站著，且坐下說話就是。」

寧氏見邱氏和三太太都伺候在旁邊，原本堅持站著伺候，不過實在是腰痠背痛，虛軟乏力，小腹處隱隱墜痛，不得已，也就勉強坐在旁邊繡杌上。

老祖宗打量寧氏一番。「我瞧著妳面色不好，這幾日可有哪裡不適？王太醫那邊怎麼說？」

寧氏垂著眼，柔聲回道：「這幾日也不知怎麼了，腹中墜痛，心裡總覺得不安，王太醫過來診脈，倒是沒說什麼，只是說胎象不穩，得好生休養，又給開了幾帖安胎藥。」

「那妳每日好生吃藥，讓底下嬤嬤、丫鬟好生服侍；還有阿蘿，這幾日去我房中吧，免得她頑皮，攪擾了妳。」

「是，媳婦全憑老祖宗吩咐。」

說起湯藥來，老祖宗想起了。「是了，剛才進門，正好瞧見那小丫鬟把湯藥送來，妳快趁熱喝了吧，仔細等下涼了，這藥效倒是打個折扣。」

寧氏答應著，這邊絲珮便連忙服侍寧氏要用湯藥，阿蘿見此情景，知道關鍵時候來了。她靠在老祖宗懷裡，狀若無意地道：「老祖宗，其實說起來，這湯藥還得謝謝三嬸母呢。」

「謝謝我？」三太太在旁聽著，不由納悶。「和我有何關係？」

這大夫不是她請的，藥也不是她抓的，怎麼說要謝謝她呢？

阿蘿當下便道：「那日我經過灶房，聽到裡面廚娘說起三太太特意交代她們加藥粉，是可以安胎的啊！」

「啊？」所有人聽得這話都大驚，紛紛把目光投向三太太。

三太太自己也是呆住，用手指著自己，不敢置信地道：「我？」

阿蘿自然知道這事不是三太太做的，正因為不是三太太做的，她才故意指東打西，說是她做的。

先把一個完全不相干，且很容易證明清白的人拉進這渾水裡，對方必然跳腳大驚，竭力證明自家清白。其他不相干的人，震驚之下也會幫著細查，唯獨那真正的幕後主使人會驚詫之下又覺得莫名，莫名之中坐山觀虎鬥，靜觀其變。

其實關於這件事，她多少已推敲出，或許和大伯母有關。

可是大房如今主持中饋，是老祖宗的左膀右臂，她如今也沒辦法輕易得罪，自然不敢直接把矛頭指向大房。

於她來說，最要緊的是保住娘腹中的胎兒，先順著灶房裡的廚娘這條線，把那下藥的路子給掐斷再說。至於幕後主使人到底是誰，其實不用細查，大家心裡多少有數。

阿蘿摸了摸腦袋，有些疑惑地道：「我也是聽廚娘說的，也或許不是廚娘，難道是我記錯了？」

其他人等臉色早已變了。這不管到底是不是三太太，只要真有什麼「廚娘在湯藥裡下藥」的事，那事情必然不單純！

要知道，大夫開的一帖安胎方子有很多種藥材，每種藥材各需要不同分量，安胎的湯藥都是每天廚娘用砂鍋熬煮的；為了取用方便，也不讓藥材分量失準影響藥性，大夫早就親手分好每一包包的藥材、用紗布包好，熬煮時，廚娘只須取用一包慢慢熬就是了，哪裡來的廚娘膽敢另外往裡面胡亂再加什麼藥啊！

寧氏聽得這話也十分震驚，蹙著纖細精緻的眉追問道：「阿蘿，妳是何時聽說，又是聽哪個廚娘說的，可還記得？」

老祖宗也問道：「阿蘿，此事非同小可，馬虎不得，妳可要說清楚，到底是哪個說的？」

阿蘿歪頭想了想，又想了想。

她這個小動作，讓周圍一眾人等全都屏住呼吸。

最後她終於蹙著小眉頭，嘆了口氣。「我實在不記得是哪個了，只記得那人是煎藥的廚娘。」

眾人面面相覷，臉色都頗難看。此事涉及家族血脈，可不能隨便處置啊！

寧氏唇上已經是血色全失，她顫抖地坐在杌子上，捂著小腹，神情若有所思。

這些日子她其實也不是沒察覺到有些不對勁，甚至還曾經細查過院中丫鬟、媽子有沒有可疑的行徑，可是都沒有發現任何蛛絲馬跡。

說到底還是自己疏忽了，就是有人暗中要對她不利，若是這胎真的不保，那豈不是自己的粗心大意和無能懦弱害了自己孩兒？

寧氏纖弱的身子猶如風中樹葉般顫個不停，嘴唇哆嗦著，不知道說什麼好？

老祖宗面色凝重，環視過眾人，最後目光落在震驚不已的三太太身上。

「阿蘿到底年紀小，未必聽得真切，妳也不必太過在意。」

三太太一聽，已經上前撲通一聲跪下。「老祖宗明鑑，我素日從不管家，家中凡事也不經我手，我怎麼會有那通天本領安插人手來二嫂房中使壞？況且我這麼做，於我又有什麼好處？老祖宗，您一定要還我清白啊！」

旁邊葉青萱見她跪下，也跟著跪下。「老祖宗，我娘不是那種歹毒之人，絕不會做出那種傷害二伯母的事！」

三太太都要急哭了。「或許是阿蘿聽錯了，也或許是真有人做了壞事，故意要陷害我，好個一箭雙鵰之計！」

她這一說，眾人恍然，紛紛想著，若是如此倒說得過去，真是一箭雙鵰呢！

老祖宗沈下臉。「秀絹，妳先起來，阿蘿小孩子聽錯也是有的，總之這事必然要查個水落石出。若真有此事，我倒要看看，是哪個喪心病狂之輩，敢在我葉氏後宅圖謀這般下賤勾當，謀害我葉氏子嗣！」

老祖宗既已下令，當下自是命人先將這二房院落封住，之後便把灶房裡的一干人等統統帶過來，挨個兒審問。

可是問來問去，自是哪個也不承認，一個個跪在那裡詛咒發誓，淚流滿面。

當下眾人便多少有些質疑了，葉青蓮率先道：「老祖宗，阿蘿年紀小，想必是聽錯了，我瞧著三嬸母一向待人不錯，不至於做出這等事來。」

葉青蓉瞥了阿蘿一眼，也跟著幫腔，淡聲道：「阿蘿，這件事事關重大，妳可不能胡亂說。」

邱氏也隨著道：「說得是，阿蘿妳仔細回想，當初到底是哪個人說這種話？若是妳指出來，咱們必然嚴加責罰，按照家法處置。如今灶房裡這麼多人，總不能一個個都罰吧？妳當時既然聽到人家說話，總該記得對方是何模樣吧？還是說，妳這小孩子真給記錯了、聽岔了？」

眾人聽著也都認同。想想也是，阿蘿一臉糊塗樣，便是記錯了，也是有可能的。

阿蘿何嘗不想找出那兩個壞人，可是她剛才也試著聽了那些人說話，卻是沒一個聲音能對上的，一時也有些不確定了。該不會那兩個說話的，根本不是灶房裡的人？

大夥兒看她臉上也露出不確定，更加不信了。

此時邱氏上前一跪，恭敬道：「老祖宗，自我嫁入葉家以來，一直執掌中饋，我自知資質愚鈍，唯恐不能掌家，是以日夜操勞，不敢有半分懈怠。如今二弟妹懷上身孕，我自是為她高興，也盼著她能生下子嗣。這二房中的廚娘、廚子都是我一手安置的，如今阿蘿既說有人暗中使壞，我已是惴惴不安，只盼老祖宗能明辨是非，看看到底是真有那居心叵測之人，還是阿蘿聽錯，好歹還媳婦清白……要不然，我莫若一頭撞死在這裡，也好過遭受這般質疑。」

她這麼一說，倒像是阿蘿故意使壞。不說別人，就連老祖宗眸中也泛起了疑惑。

「阿蘿，妳再想想，可記得當時那人到底怎麼說的，說了什麼？」

阿蘿其實早已經重複了多遍，現在她也沒有其他證據，只能一邊記掛著這蕭敬遠到底什麼時候能幫她查清楚，一邊嘆口氣，指著那早已涼透的湯藥道：「我該說的早已經說過了啊，若問再多，我也不知道的。如今還不如找幾個大夫來查一查那湯藥，若是真有什麼不對，大夫自然能看出來。」

老祖宗點頭，當下便要吩咐，誰知道恰在這時候外面有人進來稟報，卻是葉家現今當家葉長勤回來了。

誰也沒想到，葉長勤進來的時候竟還直接帶了兩位太醫，一位是上了年紀的老太醫，另一位正是給寧氏診治的王仁貴。

當下內眷迴避了，老祖宗立時交代人把那湯藥送上給兩位太醫查看，又請兩位太醫都給寧氏過脈。

眾女眷等在內室中皆沈默不語，不過彼此都看到對方眼神中的疑惑。明明這事沒有外傳，更沒有知會葉長勤，不知他怎麼會突然回來，且直接帶了兩位大夫？

反倒是阿蘿，心中隱隱有了猜測，想著難道是蕭敬遠的安排？如果蕭敬遠把這個消息透露給大伯父知道，逼著大伯父回來處理這事，倒是有可能的。

只是，大伯父會幫娘嗎？他明明……阿蘿咬咬唇，回想起那晚他脅迫娘的情景。在這個節骨眼上，他會順水推舟害娘腹中的胎兒，還是會出手幫一把？

葉長勤到底是什麼心思？

此時的寧氏微微抿唇，神情涼淡地坐在隔間裡，任憑兩位太醫輪番給自己過脈。

老太醫的手指搭在纖細的手腕上，脈搏的起伏微弱而清晰，寧氏屏住呼吸，略抬起頭，透過那朦朧幔帳，看向外頭的葉長勤。隔著一層幔帳及一層紗，她看不清楚他的神情，只能隱約看到他負著手來回踱步。

葉長勤是恨她的，至少曾經恨過。

那一晚，他喝了點酒，不知道怎麼想起往事，跑來她這裡鬧騰一番。從他的話裡她知道，他不但恨她，還幾乎瘋狂地嫉恨著她的夫君葉長勳。

葉長勤作為葉家長子，一向謹慎自制，在朝中也頗有些地位，在家中則是威嚴不苟言笑，誰能想到這樣的人，私底下竟然會對她說出那麼齷齪的話來。

在彷彿過了一千年、一萬年的光陰後，老太醫終於放開她的手，出去了。寧氏虛弱地靠在榻上，恍惚中望著老太醫正和葉長勤說話，隱約聽到說原先的藥確實遭人動了手腳，摻了不該加的東西進去，且為了使人不易察覺，分量極輕微，服用時日未長，尚可補救……

而王太醫在一旁自始至終臉色鐵青，一語未發。有前輩在場，且經過更仔細的確認後，他也不得不承認，這位葉二夫人不只是尋常的胎象不穩，是他大意了……

老祖宗也過來了，之後便和葉長勤說著什麼，寧氏顫抖著閉上眼睛，輕輕攥緊拳頭。

當女兒說出那番話後，她就知道，她必然中了人家的圈套，可這是誰設下的圈套？

是葉長勤嗎？

她當年選擇嫁給葉長勳，會不會是他想乘機洩憤，要把她置於萬劫不復之地，才算出了他心中那口惡氣？

寧氏感到喉頭像是被什麼扼住一般，窒息、憋悶。

而老祖宗這邊，在送走太醫後，卻是氣得嘴唇都在顫抖。「我葉家竟、竟有人做出這等下三濫之事！是誰？是誰膽敢謀害我葉家子嗣！」

葉長勤連忙扶住老祖宗。「娘，娘莫氣，這件事孩兒自會查個水落石出；至於弟妹這邊，雖說受了那打胎藥之傷，可是對方下手到底輕，如今請太醫開幾服安胎藥，多加休養，想必不會有大礙。」

可是老祖宗卻依然不能平息，滿臉沈痛地命道：「去，去把所有人都叫來，把這院子封上，給我挨個兒地查！不把這喪心病狂的下賤胚子查出來，我便一頭撞死在這裡！」

這下可是捅了大婁子，葉長勤唯恐老祖宗出什麼差池，連忙跪下勸道：「娘，這都是孩兒管家不嚴，才使得家門出了這等醜事。娘還是好生歇息，孩兒自然會嚴查此事，怎麼也要給娘一個交代！」

老祖宗卻痛聲道：「你哪裡要給我一個交代，是該給蘭蘊一個交代！」

葉長勤跪著，聽得此言，神情微窒，之後恍然大悟，忙道：「是，是給弟妹一個交代。」

此時家中女眷也已經紛紛過來，其他人自不必說，邱氏率先一步，跪在自家夫君身旁，哭道：「老祖宗，那湯藥中真被下了陰毒之物，實在是萬不曾想到，如今這事和夫君無關，都怪我，不曾防備那歹毒宵小，才讓人有機可乘。如今媳婦不敢說其他，只求老祖宗責罰，從此以後，媳婦也萬萬不敢掌管中饋……」

她話還沒說完，老祖宗已經冷笑一聲，指著她罵道：「妳瞧，說的這是什麼話，如今還不知道是哪個陰毒之人做這等事，妳卻要率先撂挑子不幹了，妳這是故意氣我的不成！還是說，你們都嫌棄我年紀大了不中用，非要把我活活氣死，你們才快活！」

三太太自從嫁入葉家，一直是不聲不響不出頭，凡事都唯大房馬首是瞻，如今看著平日威風慣的邱氏，竟然被老祖宗毫不留情面地訓得這般狼狽，吃驚之餘，難免心中暗爽，當下勉強忍住笑，跪在那裡，道：「老祖宗莫氣，這些話哪裡當得真，大太太也是心裡難受。」

旁邊葉青蓮和葉青蓉見自己娘挨罵，也是面上無光，紛紛陪著邱氏跪下。阿蘿咬咬牙，也跟著跪下。她知道一切都是因為自己鬧騰出來的，可是她若不鬧這一場，娘這一胎，怕是無論如何都保不住了。

老祖宗盛怒之下，悲憤不已，見滿地兒孫、媳婦跪著，也是悲從中來，顫聲道：「都是我的血脈，我也沒其他指望，只盼著你們能過得順遂，哪知家門不幸，竟然出了這等事！我、我、我哪有臉去見你們爹——」

說著這話，猛地往後一栽，險些就要暈倒過去，幸虧身後的嬤嬤和丫鬟眼疾手快，將她扶住。

可是任憑如此，也是晃了下身子，把周圍人等嚇得不輕，一時有要去請太醫的、要端水的，也有捶背的，好生忙亂。

邱氏因說了那話，被罵得狗血淋頭，此時也不敢多言，連忙調度人手伺候老祖宗先行回房，又吩咐人看緊二房門戶，萬萬不能讓那惡毒之人趁亂逃了。

這邊一場混亂後，只剩下葉長勤孤零零地立在那裡。

他默了半晌，終於僵硬地抬起頭，望向二房方向。隔著那一層紗及一層幔帳，他自然看不到裡面情景。

咬咬牙，他沈聲道：「弟妹放心，這件事，我定會給妳一個交代！」

說完這個，決然離去。

葉長勤說要給二房一個交代，然而這看起來，並不容易。

他把二房中的廚娘逐個審訊，最後其中一個終於招供，供出來的，卻是邱氏房中的孫嬤嬤。

這個消息一出，邱氏越發臉上無光了，她跑到老祖宗跟前跪著，狠狠給自己幾個耳光，之後又跑來二房道歉，要把自己的孫嬤嬤交給寧氏，任憑她處置。

寧氏望著滿臉歉疚的邱氏，此時還能說什麼？也只是揮一揮手，讓邱氏自行處置孫嬤嬤去吧。

她也不傻，自然看出這其中怕是有端倪，只是凡事要講求真憑實據的，如今自己又哪有什麼證據能揭破這件隱私勾當，可保住腹中胎兒，她已經是千恩萬謝了。

到最後，邱氏親自處置了孫嬤嬤，將人痛打一頓，趕了出去。

事後丫鬟間竊竊私語起來，都不寒而慄。明面上，大家只說大太太不念舊情，可是暗地裡，誰心裡沒個猜測？好好的，孫嬤嬤為什麼要去害二房，怕還不是大太太指使的？這種事，做主子的不下令，一個底下奴才也不會自作主張。

眾人暗中嗤笑一聲，自是不信。

阿蘿其實也不信，不過看看如今情景，她也知道狗急跳牆的道理。現在大伯母為了這事已經顏面掃地，經此教訓，她怕是再也不敢了，至於以後麼，到底日子還長著呢，若她仍惡性不改，她也會想辦法再捉住她的其他小辮子，怎麼也要讓她嘗嘗被人毒害的滋味。

這事鬧了好一場後，邱氏悶頭在家待了數日，臉上無光，也不怎麼出門，見了寧氏，自然也沒了以往的倨傲和從容。

阿蘿看著她那消沈的模樣，心中暗笑，因為有一天晚上，她聽到大伯父和大伯母說話，知道大伯父其實也是懷疑大伯母的，為了這事，起了好一番爭執，後來大伯父狠狠打了大伯母一耳光，甚至還和她分房睡了。那一晚，大伯母趴在床頭，可是哭得不輕。

當然這些事，阿蘿也就自己知道罷了，不敢對外說，邱氏自己也裝作若無其事。

日子一天天過去，這事也就漸漸平息下來，丫鬟們也有了新的話頭，不再說這事了。

就在這一日，當屋外牆頭上的雪漸漸融化的時候，葉家終於得了消息，葉家次子葉長勳，馬上就要抵京了。

阿蘿聽得父親就要回到燕京城，自然鬆了口氣。

她自知之前把下藥的事鬧騰得這麼大，大伯母心裡憋屈著呢，不知道多少不痛快。雖說經此一鬧怕是不敢對娘下手，可是就怕這人萬一想不開，乾脆來個狠的，到時候自己怎麼應付得了？如今爹要回來，她總算可以放心了。

這些日子娘好生休養著，吃了老太醫開的安胎藥，胎象穩了，氣色看著也好，只是偶爾有些孕吐，倒是沒什麼大礙。

寧氏也曾特意把阿蘿叫過去，問起那日的事來。

阿蘿知道寧氏的想法，便吐了吐舌頭，笑著說：「娘別問那些，左右如今藏在咱院子裡的壞人都被趕走了，娘可以放心，阿蘿也可以安心等著以後添個小弟弟或小妹妹了，那不是極好？」

寧氏凝視著自己的女兒，半晌後，輕嘆了口氣，伸出手，輕柔地撫摸阿蘿的額髮。「妳啊，倒是個古靈精怪的，我倒真是託了妳的福。」

鼻翼傳來娘馨香的氣息，那是一種甜美溫暖的香，細細想來，在她的記憶中，這般溫柔的娘，實在少見呢。

阿蘿心裡一下子軟綿綿的，真恨不得撲進寧氏懷中好生撒嬌，不過她到底忍下了，只是歪著腦袋，對寧氏笑了笑，故意道：「娘，如果我說，我真的是仙女送下凡來的，是來做娘的福星，娘可信？」

寧氏看著女兒眼中的頑皮，不免一笑，嘆道：「信，怎麼會不信呢！」

雖這麼說，不過阿蘿知道，寧氏顯然是不信的，她永遠也不會知道，阿蘿是在那陰暗潮濕的水底祈求了多少年，才有幸重回人世間，有幸重新當一回葉家驕縱的小女兒，重新聞到屬於娘的這股清淡馨香……

寧氏望著女兒，覺得女兒清澈眼眸裡，原本稚嫩的笑容隱約中，摻了一絲絲不易察覺的哀傷。

「阿蘿？」她有些擔憂。

阿蘿連忙搖頭。「我沒事，就是想弟弟、想妹妹了，盼著娘肚子裡的小娃娃能早日出來陪阿蘿。」

當這麼說的時候，她安靜地聽著娘腹中胎兒穩定快速的心跳聲，期待地想著，這次她一定會好好護著娘和小娃兒，一切都會好起來的！

第九章

眼瞅著葉長勳歸來的日子越來越近，阿蘿每天都扳著手指頭數。總算明日爹就要返家了，如今娘的院子早已打掃一新，便是屋子裡的被褥、錦帳也全都換洗過一遍。阿蘿安靜地望著這一切。娘打心眼裡也是盼著爹歸來的吧。

只可惜，上輩子的她並不知道這些，她只以為娘冷淡、不好接近，疏遠兒女，自然對爹也疏遠。說到底，還是七、八歲的她不懂事。

這一日，寧氏在暖閣裡由魯嬤嬤陪著親手做些小衣服、小鞋襪的，阿蘿則在自己房中練習寫字。

近來寧氏身子好了，孕吐也減輕許多，倒是有工夫指點阿蘿學問，她手底下的字不知道長進多少。除了習字，阿蘿還特意去翻了翻昔日的書，溫習一番，免得退步太多，趕不上人。正翻弄著那些書時，忽而看到旁邊多寶槅上的小紅木錘子，一看之下，不禁啞然失笑。

這些日子，家裡出了這麼大一樁事，屋前屋後都是人，防備得嚴實，倒是讓她沒得空去放鴿子喚七叔來一趟。如今看到這紅木錘子，不免想起來，自己也該當面和他道謝才是。

當下寫了字條，如以前一般捲起，綁在白鴿的腳上，然後便將白鴿放飛了。

放走白鴿後，阿蘿難免有些忐忑，想著最後一次見面時他說的話，顯然是有些不悅了。不知道這次會不會來？便是來，怕是也不情願……

其實阿蘿也明白的，他是驍騎營的總兵，又是蕭家這一代最出色的子弟，平日營中雜務和朝中各種瑣事，還有燕京城中的應酬，多不勝數，怕是根本很難抽身，又怎麼可能時不時地聽從自己的召喚呢？

這麼想著，她便越發覺得，蕭敬遠這次未必會來了。正這麼胡亂猜著，就聽到窗戶外面傳來輕輕的敲打聲，阿蘿微愣了下，之後大喜，連忙撲過去推開窗，情不自禁地笑道：「七叔，你還真來——」

話說到這裡，她頓時沒聲了。

站在外面的不是蕭敬遠，而是一個身著藏藍色勁裝的姑娘。

那姑娘她看著有些眼熟，仔細想了想，好像是蕭敬遠營中的一位屬下，記得好像之後還立過什麼功，封了個官，挺威風的。不過現在看上去，這姑娘眉眼間尚且透著稚嫩。

她筆直地立在外頭，一臉恭敬地望著阿蘿。

「姑娘，屬下蕭月，侯爺吩咐屬下前來，說姑娘若有什麼吩咐，可以由屬下代辦或者轉達即可。」

「呃……」阿蘿心裡說不出的失望。看來蕭敬遠真是煩了她，不想為了她耽誤時間，這才派別人來。

「姑娘，需要屬下做什麼？」蕭月見眼前嬌滴滴的小姑娘一臉失落樣，有些不忍心，便放低聲音這麼問道。

阿蘿搖搖頭。「其實也沒什麼，只是想請妳轉告蕭七爺，就說之前太過麻煩七爺了，阿蘿心裡感激不盡。」

「是，屬下一定會轉達的。」

「那沒事了，姑娘可以走了。」

蕭月點頭，轉身就要離開，阿蘿卻猛地又叫住蕭月。「最近蕭七爺是不是很忙？」

「是。」蕭月想了想後，認真答道。

「是嗎，那都忙些什麼啊？」

「府裡要給侯爺訂親了，忙著訂親的事吧。」

「啊？」阿蘿聞言大驚。

「是啊。」

蕭月有些不明白，為什麼小姑娘聽到侯爺要訂親，一臉彷彿見了鬼的樣子。

阿蘿知道自己失態了，忙搖頭。「沒事沒事，妳先走吧！」

待到蕭月離開，阿蘿不免背著手，愁眉苦臉地在房中來回踱步。

上輩子關於蕭敬遠的婚事安排，她可是記得清清楚楚的。

她當初嫁給蕭永瀚時年約十六，那個時候，蕭敬遠按理是二十八歲，眼瞅著差兩年便是而立之年，只是這位年少成名的侯爺，熬到了二十八歲依然沒有成親。

為什麼呢？

因為他剋妻。

據說蕭永瀚年少時先定的是孫尚書家的女兒，那也是一位才貌出眾的大家小姐，可是誰知道這訂親沒幾日，孫家姑娘吃了一口橘子，竟活生生給噎死了！

你聽過吃橘子噎死的嗎？很少見是吧，偏生人家孫姑娘就是吃橘子噎死的。

這死得莫名啊！

當時眾人說是蕭敬遠運氣不好，否則怎麼會才訂了親，對方就沒了呢？

不過這也沒什麼，反正蕭敬遠本就是燕京城豪門貴族女兒家眼裡的乘龍快婿，沒了前頭的，還可以繼續訂親。於是一年後蕭家又給蕭敬遠敲定一門婚事，這次聽說還是他自己相中的，是左繼侯家的二姑娘，模樣自然不錯，還頗通一些工匠之技。

只可惜，這位左繼侯府的二姑娘在和蕭敬遠訂親三個月後，一日隨娘親上山禮佛，竟意外遇到劫匪，人沒了！

關於這件事眾說紛紜，有說那位姑娘失了貞潔咬舌自盡，也有說是在逃跑的時候失足落下懸崖給摔死了。反正不管怎麼樣，大家都知道，她死了。

蕭敬遠的第二位未過門的夫人，又死了……

有一有二，總不至於有三吧？

蕭老太太為蕭敬遠求了平安符，又日日燒香拜佛的，終於在兩年後，又給兒子定了一門親事。畢竟蕭家身為名門，只要想娶親總是有的，不過這次對方只是尋常三品官員家的女兒。

聽說那位姑娘自從和蕭敬遠訂親，就大門不出，二門不邁，每日身邊丫鬟、婆子成群侍候著，連喝個湯都一口一口地小心嚥，唯恐熬不到進蕭家門就一命嗚呼。

只可惜人算不如天算，這位姑娘在沐浴的時候，竟然一頭栽進水裡，待到婆子匆忙把她拉起來時，人已經沒氣了。

這下子算是徹底炸鍋了，那位三品官的夫人直接帶人找上蕭家，哭著說蕭家七爺剋死了她家女兒。蕭家為了息事寧人，立刻賠禮道歉，還把那姑娘的牌位安置在蕭家祖祠，又賠了不知多少銀子，這才算了事。

從此以後，蕭家七爺剋妻之名遠播四海，燕京城裡再沒人敢和他結親；也曾有人提議他尋個貧家女，只可惜他本身也是堅拒……

想起這一切，阿蘿緊皺著眉頭，心有餘悸。她是個知恩圖報之人，不想眼睜睜地看著他再走一次坎坷的姻緣路，一定要想辦法避開那噎死、摔死、淹死的，好歹讓他有一門順遂的婚事！

首先得把蕭敬遠和孫尚書家女兒的婚事攪和了才行，可是怎麼攪和，她目前也沒個想法，睜著眼睛翻來覆去想了一夜，最後迷迷糊糊睡去了。

到了第二日，她一醒來，便見前來照料的魯嬤嬤笑得嘴角都合不攏，她揉揉眼睛。「嬤嬤，這是有什麼高興的事？」

魯嬤嬤喜不自禁。「老爺今日一早回來了，已經過去老祖宗屋裡，我快點給姑娘洗漱打扮，等會子去老祖宗房裡，就能見到老爺了！」

「爹回來了？」

阿蘿心裡一喜，都有些等不及了，連忙讓魯嬤嬤給自己洗漱打扮，早膳也來不及吃，便奔去老祖宗院中。

到了老祖宗房中，便見家裡大伯父和三叔都在，正圍著老祖宗說話，而在下首位置，坐著一位健壯魁梧的男子。

這便是她爹了。

她站在門口望著葉長勳，一時恍如隔世。爹是個武將，是葉家三個兒子中唯一的武將，多年來駐守南疆，很少得返，是以她和爹並不熟。

年幼時爹雖曾歸來，但她記憶早已模糊，連同上輩子唯一記得的一次，也是她十歲那年，娘沒了，爹歸來後守在娘靈堂前，一夜白頭。

她當時沒了娘，心裡也頗覺茫然，想起彼日種種，又痛徹心腑，只是小小年紀，不知道和誰訴說罷了。

那晚她睡不著，便悄悄來到靈堂前去看爹。其實她是想和爹說話的，想要爹抱一抱自己，哪怕他只是叫聲阿蘿，她心裡也會安慰許多。可是她站在那裡大半個時辰，爹並沒有回頭看她一眼。他後背繃緊，跪坐在那裡，怔怔地望著靈堂上的牌位，一聲不吭。

阿蘿甚至現在還記得，靈堂上那裊裊的煙香氣侵入耳鼻的滋味。那種味道，後來跟隨她許久，一直到她嫁進蕭家，成了人婦，並懷了胎兒，才慢慢散去。

多少年後，當她心如止水地面對那漫長黑暗時，想起爹，最能記起的便是他僵硬挺直的背影，以及那裊裊爐香。

如今的她，穿過了生和死的間隔，以七歲孩童的身分，仰著臉望向爹，卻見爹還不到三十歲的模樣，眉眼猶如刀斧隨意鑿刻，略顯粗獷，卻充滿力道，身軀挺拔地坐在老祖宗下首，彷彿這區區一個暖房根本裝不住屬於一個戍邊武將的豪邁。

「阿蘿？」葉長勳也看到了站在門檻上的阿蘿，見她清澈的眸光中帶著打量和陌生，不由得有些納悶。

他不明白，才四個多月不見，怎麼女兒倒像是十年、八年沒見自己了。

旁邊老祖宗有些無奈地看了二兒子一眼。「還不是你，長年不在家的，就連自己女兒都生分了。」說著，便招呼阿蘿過去她懷裡。

阿蘿走到老祖宗身旁，半依偎在她懷裡，不過那雙眼睛卻一直看向葉長勳。

葉長勳看著女兒那依舊打量的目光，竟有些不知如何是好？他長年打交道的都是南疆的將士，一時想不到怎麼和這個跟自己妻子如此相似的小小孩兒應對？

這麼想著，他竟不自覺地望向一旁。旁邊，隔著幾個人的距離，是寧氏。

寧氏今日穿的是半舊藕合色夾襖，下著白色長裙，衣著可以說甚是尋常，可是任憑如此，有她所在之處，便生生有了文雅淡泊的氣息，彷彿一朵幽蓮，悄無聲息地綻放。

他目光凝了片刻，呼吸竟有些發窒，微微抿唇，便要挪開視線。誰知道原本微垂著頭的寧氏，彷彿察覺到他的目光，竟抬頭看過來。

一時之間，四目相撞。

寧氏白細的臉頰微微泛紅，勉強笑了下，卻是道：「阿蘿是傻了嗎？快叫爹爹啊！」

阿蘿依偎在老祖宗懷裡，故意不叫爹爹，卻是小聲道：「娘……」

葉長勳的視線依然膠著在寧氏身上，只見她雙頰如霞，頗有些尷尬地道：「阿蘿今日這是怎麼了……」

葉長勳連忙道：「不妨事、不妨事，別嚇到阿蘿。」

就在這時，阿蘿脆生生地喊道：「爹。」

她這一喊，眾人目光全都落在她身上。

葉長勳頗有些意外地望向靠在自己娘懷裡的小東西，那個和自己妻子幾乎一個模子脫出來的小東西，眸中露出驚喜。

誰知道阿蘿歪了歪頭，頗有些不樂意地道：「爹，您是不是不喜歡阿蘿啊？」

葉長勳挑眉，疑惑地道：「阿蘿怎麼說這種話？」

阿蘿癟癟嘴，略帶委屈地道：「那怎麼這麼長時間也不回來呢！大伯父和三叔每天都回家，只有爹爹，長年不見人影。」

其實上輩子她就想問了。

為什麼在娘懷有身孕的時候，你不回來？

為什麼在娘去世後，你獨自品著哀傷，連看都沒看你的女兒一眼？

為什麼你可以騎著馬，一去不回頭，甚至連你的女兒出嫁時，都不曾回來看一眼？

這麼想著，她眼眶甚至有些濕潤，低下頭，嘟著嘴巴。

葉長勳怎麼也沒想到女兒竟然說出這麼一番話，他一直覺得那個嬌態可掬的女兒，應該是坐在娘膝蓋上，軟軟憨憨的，並不懂事。

「我——」葉長勳不知道怎麼回答這個問題，特別是當著這麼多人的面，尤其是當著妻子的面，他更不知道該如何說出口。

所以他再次看向寧氏。

寧氏接收到葉長勳那求助的目光，無奈，只好望向自家女兒，略帶譴責地道：「阿蘿，胡說什麼呢？妳爹駐守在外，這是軍令，不是他能作得了主的。」

誰知道寧氏剛說完，旁邊的老祖宗嘆道：「阿蘿說得對，算一算，長勳在外面也好多年了，撇下妻兒，實在不像話。」

葉長勳連忙恭敬地道：「娘，孩兒這次回來，是不用再離開了。」

「這可是真的？」

「是，朝中已經下了調令，命孩兒先在京中待職，若有適合的空缺，自會給我補上。我也聽小道消息提起，說是那空缺左不過燕京城內外，孩兒不會再遠離家門了。」

「若是如此，那真是太好了！」老祖宗欣喜之情溢於言表，一時又想起什麼，順口說道：「對了，我聽說蕭家的老七如今是驍騎營總兵，就駐紮在咱們燕京城外面的奔牛山，若是你也能進驍騎營那就好了，正好有個照應呢！」

阿蘿一聽蕭家老七，頓時豎起耳朵。

葉長勳卻回道：「驍騎營乃是天子麾下，豈是輕易得進？兒子不求驍騎營，只隨意一處即可。」

葉長勳看了自家二弟一眼後，眸光似有若無地飄過寧氏，之後才淡聲道：「長勳能這麼想，也好……」

葉家今晚難得吃團圓飯，男人在外間，女眷在裡屋，一家子熱熱鬧鬧的。

因邱氏之前那件事才過去沒多久，雖說已經沒人提了，不過她自己在這種場合總覺得沒什麼意思，更何況如今葉長勳回來，闔家上下還得事先說好，務必要瞞著他，以免又起風波。這更讓邱氏有作賊心虛之感，是以今日也不怎麼說話，只一心陪在老祖宗身邊伺候著，並時不時吩咐下面添菜送飯。

寧氏則是素來不喜言語，特別是今日夫君回來，她更顯得安靜了。於是三個媳婦，反倒是襯著三太太話多，在那裡想著各種笑話逗老祖宗開心，又提起二伯這次回來，若是能分到燕京城內外好空缺，那葉家從此便是文臣武將俱齊了。

老祖宗自然聽著高興，一時被哄著，便讓人上了果酒，讓女眷好歹都喝些。寧氏雖懷著身子，並不用喝，不過眾人勸起來，也就跟著抿了那麼小半口。

阿蘿一邊隨著幾個姊妹在那裡吃吃喝喝，一邊時不時地關注父母的動向。爹在外面，自然是和伯伯、叔叔、堂兄、哥哥們喝酒，大杯暢飲，好不痛快；而娘呢，在抿了一口果酒後，白細臉頰竟然逼透出醉人的紅暈，眼眸間也隱約有些迷離之態。

低下頭，她暗暗琢磨這件事。娘這身子已經四個多月了，按理說，這個時候可以行房事的吧……無論如何，也得乘機把爹娘撮合在一起啊！

寧氏懷著身子，自然不好熬夜，是以寧氏早早離席，阿蘿也乘機要陪她一起回去。臨走前，她悄悄拽了葉青川的衣角，小聲囑咐說：「等會兒你也勸爹早點回房，莫要喝多了。」

葉青川微怔了下，顯然對於自家妹妹這心思有點意外，不過他很快明白過來，點頭道：「好，我知道。」

陪著寧氏回到房中，阿蘿很快便藉機睏了先溜走，獨留寧氏在房中。她想著，若是爹回來，兩人就正好能睡作一處了。

她待在自己的房間聽動靜，等了又等，如此等了半晌，總算聽見葉長勳的腳步聲，知道這是回來了，她連忙用她那專會聽牆根的耳朵，仔細聽著父母的動靜。

嗯，爹進了門，娘帶著丫鬟一起扶著他上榻，之後娘好像親自蹲在那裡幫爹脫了靴子，爹顯然是酒喝多了，臥倒在榻上，娘便吩咐丫鬟，取來早已準備好的醒酒湯，親手餵他喝。

阿蘿聽得這番動靜，不免暗暗嘆息。以前一直以為娘為人冷淡，如今看來，其實娘對爹真是溫柔解意，好得不能再好了。這個傻爹啊，怎地不知道珍惜，溫香軟玉，大好年華，跑去那鳥不拉屎的南疆做什麼！

正想著，就聽到葉長勳粗嗄低啞的呻吟聲，她頓時瞪大眼睛。難道是……她當下又細細去聽，卻聽見葉長勳那粗啞聲響漸漸摻雜了些許痛苦。

她臉上脹紅，不由得摀住臉。看來果然是了。正覺尷尬時，聽到寧氏嘆道：「便是大伯和三弟勸著，你好歹也少喝些，強似現在，喝多了，也是自己難受。」

那聲音溫柔備至，綿綿軟軟，頗有些心疼。

「我知道……我只是……高興……」葉長勳的聲音斷斷續續的。

娘又嘆了聲，之後彷彿用手幫著爹輕輕按壓什麼，爹便發出低而滿足的聲音。

阿蘿支著耳朵，睜大眼睛，繼續竭盡全力聽牆角，不敢漏掉一絲一毫動靜。漸漸地，她聽到寧氏的氣息中帶著些喘，當下咬咬唇，暗罵：「真笨，累壞我娘怎麼辦呢！」

也是巧了，她剛罵完，就聽見葉長勳忽而道：「蘭蘊？」

那聲音裡頗有些驚詫，彷彿才剛看到寧氏似的，原本按壓的聲響便停下來，兩人都沒說話，只是呼吸頗有些急促。

阿蘿完全看不到這兩個人怎麼了，只聽著那動靜，不免心急又無奈，恨不得撲過去戳破窗戶紙，看看他們到底在幹什麼！

靜默了一會兒，爹彷彿伸手一拽，之後娘便發出低軟的一聲驚呼，接下來就是身體倒在榻上的聲響。

「這下子可成了吧！」阿蘿高興得想拍床。

然而她卻是高興早了，兩人在榻上似是翻滾一番，葉長勳突然啞聲道：「仔細些，妳如今懷著身孕。」之後，他起身了，嘴裡說道：「對不住，我剛喝多了酒，竟是犯渾了，妳懷著身子，我聽娘說，之前胎象不穩，妳要好生休養……我、我剛才有沒有……」他略顯急促地道：「我有沒有弄疼妳？」

原本寧氏的聲音還是綿軟溫柔的，如今卻是有些泛涼。「沒。」

阿蘿聽著這話，不禁有些著急，想著，不是過了三個月就沒事了嗎，爹怎地忽然操心起這種事來？

「我……」爹聽起來有些手足無措。

寧氏卻是索利地起身了，一邊叫來丫鬟收拾，一邊淡淡道：「你好好歇著，我也累了，讓絲珮在這裡伺候你。」說完，她竟然就離開了。

「你趕緊去追啊，去追啊！」阿蘿在自己房間裡暗暗焦急。

顯然娘是惱了。也許是因為爹拒絕了她，也許是因為她也想起自己懷孕的事？

唉！阿蘿頹然地倒在榻上，想著隔壁獨守空床的葉長勳，以及在關鍵時候被他拒絕羞愧而去的寧氏，不由嘆息連連。

瞧爹今日的言行，動不動就看娘，看向娘的目光也是飽含著期盼的，看起來不是對娘無情，然而怎麼如此不知趣，關鍵時候竟然把娘推開了？

也不想想，一個女人懷著身子還給你按壓解酒伺候的，你還不趕緊該幹麼幹麼！真傻！

如此看來，也難怪爹上輩子生生地和娘離別數年，最後回來時，佳人已經香消玉殞，從此天人永隔再不相見。

如今自己無論如何也要讓爹娘和好，再不讓他們遭受上輩子那般遺憾！

這麼想著的時候，她也不知怎的又想到了蕭敬遠。

她十七歲時懷孕生子後便遭遇了那般事故，從此再不見天日，也不知道後來的七叔到底是和旁人一樣娶妻生子，還是從此後背上剋妻之名，一生一世孤身一人？

這麼想著，心裡竟覺無比惆悵。

他那樣的人，合該有個絕世佳人陪他一生才好。

阿蘿就這麼胡思亂想著，一會兒覺得應該撮合爹娘好生在一起過日子，一會兒又覺得應該拆散蕭敬遠和那個什麼孫尚書家小姐，想著想著，終於慢慢沈入夢鄉。

一夜睡來都是夢，夢裡，一會兒是寧氏又出事了，葉長勳放聲大哭，阿蘿在旁邊指著他的鼻子罵他笨、罵他不知道哄女人；一會兒又是蕭敬遠孤單地站在那雙月湖旁，對著旁邊柳樹落下的翩翩秋葉發呆，她又跑過去罵他傻，不聽她的勸告和孫尚書家的女兒訂親，反害人家吃橘子噎死了，自己得了個壞名聲……

如此反覆，一會兒是葉長勳，一會兒是蕭敬遠，可把夢中的阿蘿累得不輕，到了第二日醒來時，阿蘿竟覺得腰痠背痛。

醒來後，她茫然地坐在榻上，良久後，終於有了決定。有些事是她必須要做的，該撮合的去撮合，該拆散的趕緊拆散了。

於是當下，她先問了魯嬤嬤。「我爹呢？」

「一早醒來，正在院子裡打拳呢。」

「打拳？」阿蘿頗有些恨鐵不成鋼，沒好氣地道：「既知道打拳，怎麼就不知道去我娘房裡噓寒問暖一番，乘機摟著哄哄？」

「姑娘說什麼？」魯嬤嬤沒聽清。

阿蘿連忙搖頭。「沒什麼，我先洗漱，再去看看我爹。」

阿蘿匆忙洗漱穿衣，待過去時，卻見葉長勳已經打完拳沖過涼，一臉神清氣爽。

「阿蘿見過爹爹。」

阿蘿一改剛才恨鐵不成鋼的模樣，此時已經是一臉乖巧。

「阿蘿起得真早。」在他印象中，阿蘿還是那個晨間醒來會哇哇啼哭的小奶娃兒。

「阿蘿起得不早。」阿蘿歪頭笑道：「娘起得才早。」

「哦，妳娘已經起來了？」一聽阿蘿提起妻子，葉長勳連忙往正屋方向看過去。

阿蘿自然將一切看在眼裡，暗中偷笑，嘴上卻故意道：「是啊，娘夜裡每每不得好眠，所以晨間也起得早。」

「為何？」葉長勳頓時皺眉。

「我也不太明白……」阿蘿故意拖長尾音。「我只是聽娘提起過，說她夜裡一個人總覺得冷，常睡不著。」

「竟是這樣？」葉長勳的眸中，顯見的是擔憂和心疼。

阿蘿心裡暗暗得意。哼，你既也知道心疼娘，又何必拒人於千里之外？那大伯母暗中害娘的事，我還瞞著沒說，若是你知道了，豈不是悔恨死？

「我想娘一定是怕作噩夢吧！」阿蘿故意長嘆口氣。「我有時候也睡不著，因為一個人覺得害怕，要有人陪著才好呢，只是魯嬤嬤說我如今大了，都不陪我睡。我想，或許娘和我一樣，想要人陪著睡。」

葉長勳聽這話，皺眉，看著阿蘿。「妳娘是大人了，自然和妳不同。」

阿蘿噘嘴。「大人小孩都一樣，一個人睡，都會害怕的！」

葉長勳一時被堵住了話，抬頭望向正屋方向，隱約看到妻子纖柔的身影晃過窗前，不自覺地愣了好一會兒。

阿蘿在葉長勳那裡好一番攛掇後，便想著找個機會再攛掇寧氏，無奈到了用早膳的時間，葉青川也過來了，一家人難得團聚在一塊兒用早膳。

阿蘿注意到，寧氏始終不曾多看葉長勳一眼，神情也是淡淡的，反倒是葉長勳的視線一直追著寧氏不放。她暗中嘆了口氣。爹也真是的，榻上不積極，這個時候再看也沒戲！

一頓飯吃得頗為無趣。原本還指望爹主動說點什麼，誰知道他一直欲言又止，最後愣是什麼都沒說，唉……阿蘿只能嘆息。

吃完早膳，葉青川自去學裡，阿蘿這幾日推託身子還沒大好，乾脆賴在寧氏這裡不走，讓娘繼續教自己練字。

葉長勳臨出門前特地往妻子的方向看了看，像是在期待什麼，可寧氏愣是沒看他一眼，最後他只能摸摸鼻子，自己出門去了。阿蘿看到這一幕，一邊暗罵爹爹活該，一邊湊到娘身邊搖頭嘆息。

寧氏見自家女兒早膳時那雙眼睛便東看看、西看看，倒像是在盤算什麼，如今又像個小大人一般搖頭、嘆息、惆悵啊，終於忍不住問道：「阿蘿可是有什麼不高興的事？妳看著今日毫無興致的模樣。」

阿蘿早就等著寧氏說這話了，當下越發大嘆了一口氣。「今早我見爹在練拳，便過去同爹說了一會兒話。」

寧氏自是從窗口就看到女兒和夫君在說話了，只是距離遠，說了什麼她沒有聽真切，如今見女兒提起，便默然不語，只等著女兒繼續說下去。

阿蘿直接道：「我問爹怎麼起得這麼早，您猜他說什麼？」

「說什麼？」寧氏其實是知道夫君一向起得早的，甚至比她都早。

她一向自認是睡眠淺的，平日稍有動靜就會輕易醒來，可是以前和夫君同榻時，第二日經常醒來後才發現夫君已經起身，她卻毫無所覺。

阿蘿見寧氏沒有質疑，便搖頭晃腦，煞有介事地道：「爹說了，他在外征戰多年，身上不知道留下多少傷，這些年每到夜裡，他身上那些陳傷舊痕總是隱隱作痛，以至於翻來覆去，總是睡不踏實。」

寧氏微微蹙眉。

阿蘿心裡明白寧氏信了，又故意道：「爹還說，他在外這些年衣食無人照料，挨餓受凍的，還落下寒腿和胃疼的毛病，日子過得好可憐啊！」

寧氏聽這話說得過分，別過臉去，輕輕「呸」了一聲。「妳聽他胡說。」

話是這麼說，她顯然是有了幾分信，微垂著頭，倒是若有所思的樣子。

阿蘿見此，心中得意，想著兩邊一撮合，到時候晚間再叮囑一下魯嬤嬤，務必要把他們湊到一塊兒去。況且現在看雙方眉眼中那意思，也不是互相沒牽掛，只不過多年不在一起，過於生分、疏遠客氣罷了。

當下她藉口要去練字，留了寧氏在膳堂低頭細想，回了自己的房間。

回到房中，她攤開紙筆，又想起蕭敬遠的婚事，不免煩惱不已。如今要她再找個理由溜出去，怕是難了，偏生這幾日偷懶，又未曾去女學，以至於連個出門的機會都沒有。

她偷眼看了看窗外，因她這房間的窗戶正好在拐角處，並沒有人會注意到，當下心裡暗暗有了想法——還是再請七叔的那位女屬下過來一次吧？

於是她故技重施，又寫了字條，放了信鴿。

做完這些，她絞盡腦汁想著該如何和蕭月說明這件事？雖然這位現今只是個跑腿的，但以後大小也是個官啊，很多話她也不好輕易對她說。

她該怎麼說服她把七叔請來呢？事關七叔的婚姻大事，她得親自對他說明才好。正想著，她就聽到窗戶外傳來三聲輕輕的敲擊聲。

她深吸口氣，上前去開窗，準備使出自己的三寸不爛之舌，死纏爛打也要讓蕭月答應自己的要求，於是她綻開一個甜甜的笑來。「姊姊——」

呃……她笑到一半，姊姊也剛剛喊出口，就發現不對了。

門外站著的，是蕭敬遠。

她一時有點錯愕，愣愣地看了蕭敬遠好半晌。

「傻了？」蕭敬遠挑眉揶揄道。

阿蘿一下子無聲地綻開一個大大的笑容，不好意思地道：「七叔，我還以為你不會來呢！」

「嗯嗯，有什麼事直說吧。」蕭敬遠沒有多解釋，看上去脾氣不太好。

不過阿蘿依然很開心，她好久沒見到蕭敬遠，如今乍見，真是滿心歡喜，恨不得和他說上好一番話。

可是在最初的驚喜後，她也想起了自己找他來的目的。

「七叔，我要先謝謝你，之前幫了我的大忙，救了我娘。」

她約莫也猜到為什麼大伯父會突然回府，並且直接帶著兩位太醫，這些顯然和蕭敬遠有關。他們在朝為官的事她不太懂，或許是平日也有打交道吧？

「舉手之勞。」蕭敬遠神情頗有些冷淡。

阿蘿自然感受到了那份疏遠，一時有些無措。他這個樣子彷彿拒人於千里之外，這讓她怎麼開口去說那些以她的身分不應該說的話？

「除了感謝，還有事嗎？」

蕭敬遠接下來說的話，更讓阿蘿難以張口。

他的涼淡，溢於言表。

阿蘿真不知道他是怎麼回事，其實他可以讓蕭月來就好，但是他本人偏又來了，來了後，卻是這般疏冷。

她低下頭，咬咬唇，到底還是鼓起勇氣說道：「七叔，你幫了我大忙，我心裡自然是感謝的，但……有一件事原本我不該說，可我還是要告訴你，你聽了，不要覺得匪夷所思。」

「說吧。」蕭敬遠語氣平靜，並沒有因為她的話而表現出任何波動。

阿蘿內心百般掙扎，知道現在不是適合說這事的時候，至少以現在這種氣氛，她說了也是白搭，不過人都來了，她還是硬著頭皮道：「我聽說，七叔要訂親了？」

她一說完，蕭敬遠帶著審視意味地看著她。「誰告訴妳的，是蕭月嗎？」

阿蘿點點頭，點頭之後又連忙搖頭。「這事，我家老祖宗也多少有些耳聞，我聽大人提起，自然就知道了。」

蕭敬遠皺眉，半晌後才道：「沒錯。」

他這話一出，阿蘿沈默片刻，又低頭猶豫半晌，才終於悶悶地道：「那我就必須要說了。」

「嗯？」

阿蘿嘆了口氣，抬起頭望定了蕭敬遠。「七叔，你對我有恩，所以我不能眼睜睜地看著你隨意訂親。」

蕭敬遠沒回話，挑眉看著她，不知她在玩什麼小把戲？

阿蘿鼓起勇氣，繼續道：「和你訂親的，應是孫尚書家的女兒吧？」

蕭敬遠眸中透出異樣，審視著阿蘿，淡聲道：「妳怎麼會知道？」

阿蘿越發肯定了，連忙道：「別，七叔，你可不能和她訂親，否則過不了多久，她一定會出事的。她如果出事，你的名聲也會白白被連累。」

蕭敬遠面無表情地望著眼前的小姑娘，呼吸有一瞬間的凝滯，片刻後，才緩慢地道：「可是，妳的消息是錯的，我要訂親的，是左繼侯府的二姑娘。」

「啊？」阿蘿驚詫莫名。這怎麼換了順序，莫名變成了左繼侯府的二姑娘？但這位是摔死啊，比起第一個噎死的，可是更慘！

「那、那、那……」

蕭敬遠就看著這小姑娘苦著臉，水靈靈的眸子左右轉，像在水裡左右搖擺的魚尾巴，搖啊搖，最後終於迸出一句：「那這門親事就更不能定了！」

「為什麼？」

阿蘿聽著蕭敬遠那句為什麼，明顯可以察覺到他話中的懷疑。

她知道，她一個小孩說的話，蕭敬遠一定是不會信的，可是她卻不能不說。

抬起頭，咬咬唇，她豁出去了。「七叔，不管你信不信我，反正無論是左繼侯府的姑娘，還是我說的孫尚書家的女兒，你都不能和她們訂親。因為我知道，她們……怕是不久就將有禍事降臨，到時候出事，你不僅成不了親，還會被連累。」

蕭敬遠聽著小姑娘這鄭重其事的話語，望著她眼中那絲決然，沈默許久後終於笑出來。

「妳認為我會信嗎？」

阿蘿一下子不知道該說什麼了。

他笑了，笑著的樣子，分明是不信，還不以為然。

「便是妳說的屬實，那又如何？若我因對方即將有禍事降臨，便不敢與之訂親，我蕭敬遠成了什麼人？」

阿蘿怔在那裡，許久才找回自己的聲音，失落地道：「所以你還是會和那位左繼侯府家的姑娘訂親嗎？」

「或許吧，現今只是在談罷了，一切還未定。」

阿蘿聽這話，心裡明白，這樁親事雖還沒敲定，但結果如何是不會因為她的話而改變的。

「七叔，如果我說我作了一個夢，夢到你先後訂親了左繼侯府家的女兒和孫尚書家的姑娘，結果她們先後不幸身亡，你落下剋妻之名，從此以後孤身一人，」阿蘿停頓了下，小心翼翼地望著他。「你是不是根本不會信？」

蕭敬遠抿抿唇，垂下眼，目光所及之處，是這閨房的窗櫺，窗櫺下方雕著細緻繁瑣的富貴花，富貴花上，小姑娘的一縷黑髮在上面輕輕掃動，靈動調皮。

他十九了，過了年就是弱冠之年，這個年紀也該訂親了。爹是在他十六歲時沒的，如今守孝三年，也恰是時候，是以娘開始張羅著為他尋一門親事。

就他自己而言，對訂親一事是無可無不可的，至於娶誰，也不是什麼要緊事，只是……

蕭敬遠輕輕握了下拳頭，想起了至交好友劉昕同他所說的話——

「你最近怎麼總在查葉家的事？你對葉家小姑娘的吩咐如此上心，是把她當小媳婦看了？我可從沒見你對誰這麼上心過……其實那個小姑娘模樣真不賴，你先訂下來，過個七、八年娶了也未嘗不可……就是那天在街上，你還買花親手給她戴上，我恰好看到了……」

蕭敬遠微微瞇起眸子。這些話他可以當耳邊風，只說好友是口無遮攔，可是昨夜他作的那個夢……想起那個夢，他臉色驟變，緊緊皺眉。

「是，我不信。」他頓了下，讓自己不去看小姑娘盈盈含淚的祈求目光。「就算信，我也不會因此改變主意。如果對方注定有禍事降臨，我為什麼不可以扭轉乾坤，去改變她的命運？」

聽到這話，阿蘿心裡咯噔一聲。

她咬牙，再咬牙，無奈地望著他。「你以為你能改變命運嗎？」

如果他能，怎麼可能接連幾次碰到那種倒楣事，最後將近而立之年一直沒成家！

「就算不能，也沒關係。」

「你！」阿蘿簡直恨鐵不成鋼，她瞪大眼睛望著蕭敬遠。「我不是要害你，是盼著你好，盼著你不要像……」像上輩子那般……孤苦一人。

她險些脫口而出，可是在這一刻，她望著他那冷漠排斥的目光，忽然意識到自己根本改變不了什麼。

突然間想起，這一世初見他時，他渾身有種不同於上一世的朝氣。她當時其實多少有些疑惑，為什麼他不是自己以為的那個肅穆嚴厲的定北侯？她只以為，或許是他年輕了一些吧。

現在才猛然間醒悟過來，是不是因為如今的他，還沒經歷生命中注定會有的、一重又一重的無奈？

「七叔，如果我告訴你，我能知道未來的一些事，你信不信？」她豁出去了，仰著臉認真地望著他，急切地說。

「我不信。」蕭敬遠依然沒有看她，冷聲回道。

「你——我可以證明給你看，我知道將來——」她話還沒說完，蕭敬遠便打斷她的話。

「妳不用說了，我也不想聽，現在，妳要不要知道妳娘以前的事？」

「我娘？」

「是，我查到了一些事。」

「我娘怎麼了？」

蕭敬遠抬眸，望著阿蘿目光中的急切，挑眉淡淡道：「妳如果能知過去未來，又何必問我妳娘以前的事？」

「這……」阿蘿沒想到他竟然拿這話來堵自己，只好道：「我知道的未來不包括這個！」

蕭敬遠看著她著急辯解的小樣子，不免笑了下，笑過後，臉上又恢復之前的冷淡。

「妳娘在嫁給妳爹之前，曾經和江南蘇家的四公子訂親。蘇、寧兩家本是世交，只是後來寧家家道中落，蘇家自己又牽扯進某個大案子，自顧不暇，蘇家因此想退婚，讓蘇家四公子另娶當時安洛王之女酪悅郡主。然而這位四公子對妳娘用情頗深，不願悔了這門親事，便自家裡逃了，借了好友三百兩銀子，孤身前去迎娶妳娘，帶著妳娘遠走他鄉。」

阿蘿一時聽得目瞪口呆。她不知道娘在嫁給爹之前，還曾經和人成過親。

「只是妳娘命不好，那位蘇家四公子竟在外地暴病而亡，最後妳娘孤身一人回到娘家，過了沒多久，妳爹就登門提親了。」

「那、那我大伯父，這些事和他可有干係？」

「妳大伯父和妳爹，當年跟隨妳的祖父前往江南任上，是以結識了妳娘，據傳……」畢竟是別人父母的陳年舊事，蕭敬遠稍停頓了下，才繼續說道：「據傳妳伯父和妳爹都心儀於妳娘，有意求娶。」

有些話，蕭敬遠沒說透，不過阿蘿已經猜到了。

顯然是那蘇家四公子暴病而亡後，大伯父和爹兩男爭一女，最後爹順利迎娶了娘進門，只是因種種誤會，爹娘之間一直頗有隔閡。

阿蘿想起了他們相處時的種種情景，想著今日自己兩邊說胡話。他們若是有心，今晚就在一處歇息，這個結是不是就有可能早點解開？

正想著，又聽得蕭敬遠道：「三姑娘，這個給妳。」

阿蘿抬頭，卻見蕭敬遠不知道從哪裡掏出來一個木頭娃娃。

那木頭娃娃雕刻得唯妙唯肖，玉白小臉，如水黑眸，配上一頭秀髮並個碧綠犀牛角，正是自己的模樣。

阿蘿雙手接過那木頭娃娃，捧在手心裡，有些不敢相信地望向蕭敬遠。「七叔，這是你送我的嗎？」

蕭敬遠躲開那雙充滿渴望的清澈眼眸，淡聲道：「是。這個娃娃妳留著吧，我無法履行承諾……對不起，我以後，不會再出現了。」

阿蘿原本看到那木頭娃娃的驚喜，瞬間結凍成冰。

「你——」她咬唇，有些委屈，又有些難過。「你為什麼說這種話？七叔，是不是我不好？是我錯了，以後我再也不會亂叫你過來，你、你不要生我的氣好不好？」

這麼說著時，眼淚已啪嗒啪嗒往下落。

雖然爹已經回來，自己若求什麼，爹一定會答應，她如今也不是非要巴著七叔不可。可是不知不覺間，她已經在心裡把他當成依靠，驟然間他抽身而退，她竟惶恐無措起來。

蕭敬遠輕嘆了口氣，抬起手，越過那幾乎無法逾越的窗櫺，輕輕地摸了摸阿蘿的頭髮。

小女孩兒家的頭髮分外細軟，帶著特有的乳香，是蕭敬遠從未碰觸過的。

「妳很好、很乖，我從來沒有生妳的氣，也不會生妳的氣。如今是我不好，是我的錯，妳不要怪我。等以後妳長大些，若是有緣嫁入蕭家，我——我依然是妳的七叔。」

當蕭敬遠平靜而略帶溫柔地說出這番話時，他又想起了娘親的期望，還有好友的胡亂猜測。

眼前的小姑娘還很小，且是他娘看中的孫媳婦。

於蕭敬遠而言，有所為，有所不為，他不該和這個小姑娘太過親近。

阿蘿一聽這話，哭得卻是更狠了，拚命搖頭道：「不，不會的，我才不要嫁到你們蕭家去！你不管我，你不管我了，我恨你！」

然而蕭敬遠咬咬牙，沒再說什麼，轉過身去縱身一躍，化為一道黑影，就此消失在院落裡。

阿蘿兀自抱著那木頭娃娃哭了半晌，最後突然站起來，將那木頭娃娃扔在地上。

「誰要你的木頭娃娃！你說話不算話！說話不算話！」

阿蘿著實傷心了半日，以至於晌午飯都有些懨懨的，不愛吃。魯嬤嬤和寧氏自是察覺了阿蘿的異樣，問起來時，阿蘿也只說作了噩夢，根本不提這事。

到了晚間時分，葉長勳歸來陪妻女一起用膳，阿蘿不禁多看了他一眼。

葉長勳原本心思都在寧氏身上，小心察看，仔細打量，越看越覺得她身子孱弱，確實像是晚間不曾睡好的樣子，正是滿腹愧疚，忽而便見女兒歪著腦袋從旁瞅著自己，那清亮的眼睛，真是恍若一個縮小的寧氏。

他難得竟然笑了下，放下箸子，湊過去問道：「阿蘿看什麼呢？」

「爹，你真的以後都不走了是嗎？」她忍不住問。

「阿蘿怎麼忽然這麼問？」葉長勳便是再不細心，也感受到女兒言語中的忐忑。

阿蘿抿唇，想起早間蕭敬遠說再也不會出現的話，心裡一酸，眼淚又險些掉下來，她連忙忍住，耷拉著腦袋，小聲道：「我想讓爹一直陪著我和娘吃飯，不想讓你離開……」

葉長勳聽這話，一時有些呆住，他看看寧氏，再看看阿蘿。

寧氏也未曾想到女兒小小年紀會說出這番話，不免心疼，輕輕咬唇，看向夫君。

夫妻二人四眸相對間，竟都泛起幾分不自在。

半晌後，葉長勳剛硬的臉龐上竟隱隱透紅，他輕咳了聲，抬起手，摸了摸自家女兒的頭髮。「放心，爹不會離開了，會一直陪著妳和妳娘。」

阿蘿這下子是真哭了，她也顧不上其他，仗著年紀小，一下子撲到葉長勳的懷裡。「爹你可要說話算話，不許騙我！真的不許騙我！」

寧氏也有些嚇到了，她白日便見女兒一直懨懨的不開心，私底下問過魯嬤嬤和丫鬟，也不知道是為了什麼，如今看來，竟是怕爹再次離去？

女兒小小年紀，心裡不知道存了多少事，這些年也實在難為她了。想到此間，也是心痛，寧氏不由得抱住女兒，連聲安撫說：「阿蘿別哭，妳爹自是說話算話的，他既說了不走，那自然是不走。」

葉長勳聽寧氏這麼說，也忙順著她哄道：「是，爹從來不曾騙人過，騙人的是小狗！」

第十章

阿蘿今日聽了蕭敬遠那番話，心裡竟惶惶然如被人拋棄一般，如今撲在爹懷中，感受著爹有力的臂膀摟著自己，又有娘在旁言語溫柔撫慰，可是誰知，她非但沒有覺得安慰，反而心裡像破了一個大口子般，悲痛不已。

上輩子，若不是出了那被人偷梁換柱冒名頂替的事，她一直以為是毫無缺憾的。有個疼愛自己的夫婿，又有個寬容仁慈的婆母，嫁的蕭家也是燕京城裡數得著的大戶，她這輩子又有什麼缺憾呢？

可是如今，當她重新回到七歲的光陰，重新審視這段被她埋葬在心底的童年，她才發現，幼時的一切，其實是一道傷疤，那傷疤就銘刻在心裡，被她自己悄悄掩去，卻從未癒合。

為什麼娘寧願給啟月表姊畫像，卻從來沒有給她畫過？說起來這是小女兒的爭風吃醋，她假裝重來一世自己沒有小家子氣、根本不在乎，可是當她撲倒在爹懷裡失聲痛哭的時候，她依然想問，為什麼？

為什麼爹失去娘時，枯坐在靈堂前，沒有想過回頭去看看他身後，是不是有個驟然失去娘而無所依仗、惶恐不安的女兒？後來的多少年裡，她可以告訴自己，她有老祖宗的疼愛，爹心裡有沒有自己，她根本不在乎，可是當重來一次時，她才知道，事情不是這樣的，其實她在乎，在乎得要命！

她是越哭越悲憤難平，越難受越想哭，最後趴在葉長勳懷中，哭得竟是上氣不接下氣。

「你們都要走了，娘要走了，爹也要走了，你們都走了，都不要我了……」

寧氏看她哭成這般，怎麼哄也哄不住，當下也是嚇到了，又是捶背又是順氣的；而葉長勳更是手足無措，他並不知道乖巧嬌軟的女兒，怎麼會突然哭成了個淚人兒？

他也學著寧氏伸出手來試圖去拍哄，然而他力道大，一不小心，拍得阿蘿嗆咳不已，這下子連眼淚帶鼻涕一起下來了。

寧氏沒法，無奈地掃了他一眼，讓他把阿蘿放到榻上，自己又吩咐底下人取來果茶，摟著阿蘿，溫聲哄著。

阿蘿哭了半晌，總算累了，最後也沒聲了，像小狗一般窩在娘親懷裡，時不時發出抽噎聲。

兩眼已經有些紅腫，她茫茫然地看著摟著自己的娘，再看看旁邊一臉關切、不知所措的爹，內心慢慢釋懷。

上輩子便是再多不如意，這次終究有彌補給自己的機會吧。

縱然那蕭敬遠不理她，可是她還有爹，還有娘。他們不會再扔下她了，不會像蕭敬遠一般，因為她任性的索取而厭棄她……

「阿蘿想要什麼，爹爹都給妳弄來！妳愛吃什麼來著，是如意樓的點心嗎？爹爹這就派人去給妳買！」葉長勳無奈地搓搓手，看到女兒在妻子懷裡略顯散亂的髮辮，忽而又想起。

「還是想要新衣服、新首飾啊？爹爹也給妳買，想要什麼就給妳什麼。」

葉長勳真沒哄過小娃兒，此時已經急得額頭處青筋微微突出，窮盡所能地想著，一個七歲的小娃兒該是喜歡什麼，把他能想到的都給列出來了。

阿蘿撇撇嘴，又把自己帶淚的臉往寧氏那溫柔馨香的懷裡蹭了蹭，之後才帶著哭腔，委屈地道：「我要上街去玩，我要去逛廟會！我還要玩騎大馬！」

「廟會？現在不是廟會的時節啊！騎大馬，那是什麼？」葉長勳一臉懵，求助地看向寧氏，然而寧氏也是不懂，只能茫然地搖搖頭。

阿蘿嬌哼一聲。「三叔就曾經帶著阿萱去廟會，小魚兒他爹就給小魚兒騎大馬。」

小魚兒是長旺家的女兒，長旺是院裡負責灑掃的奴僕。

葉長勳和寧氏對視一眼，彼此眸中都有了歉疚。

葉長勳大馬金刀地蹲坐下來，和寧氏懷裡的阿蘿平視，伸出大手來，輕輕握住阿蘿細弱的肩膀。「阿蘿，爹答應妳，等以後有廟會，一定帶著妳和哥哥去逛廟會，爹也會給妳當大馬騎，妳現在要騎嗎？現在就可以！來——」

說著，葉長勳還真擺開架勢。

阿蘿縱然一雙淚眼矇矓，卻看到了自己的爹眼中隱約泛起了紅，又見他人高馬大的，竟然半趴在那裡，略顯笨拙地做出馬的樣子，她咬咬唇，別過臉去，低哼一聲。「我現在都長大了，那是小孩子玩的。」

葉長勳無奈，只好重新坐回來。「那要不然爹回頭給妳找一頭真的馬來，讓妳騎好不好？」

阿蘿低頭想了會兒，才噘著嘴勉強點頭。「說話要算數，可不能耍賴。」

葉長勳看著女兒那般小女兒情態，不由笑了。「爹自然是說話算話的。」

阿蘿一番撒嬌，哄得那當爹的恨不得把月亮都摘下來給她，回到房裡，她情緒也漸漸平復下來，雖然想起蕭敬遠對自己說的那些絕情話依然難受，可到底不再像一開始那般傷心了。

唉，原以為這一世的七叔和上一世的七叔不同，如今想來，竟終究是一樣的。上輩子，她見了那個人都不敢多說話，總是低著頭小心翼翼地拜見，之後便趕緊溜走……想著想著，阿蘿翻出蕭敬遠送的木頭娃娃，仔細地端詳，卻見這雕刻得實在好，把她那點神韻全都抓了出來，就連身上所穿衣裳，也和她去參加秋菊宴時一模一樣。

翻來覆去看時，又見這木頭娃娃後背處還鐫刻了兩個小字，拿起來湊在窗前仔細看，才發現那兩個字竟是「阿蘿」——她的名字！

微微咬著唇，她頹然坐在窗前，望著窗外掛著的鴿子籠。冬雪已融，鴿子籠又掛了回去，底下丫鬟在鴿子籠外罩了一層面罩子，只留下些許縫隙投進光，免得凍壞了鴿子。

阿蘿怔怔看了那鴿子籠良久，終於起身喚來丫鬟，吩咐道：「去把那鴿子放了吧。」又命人叫來魯嬤嬤，將那木頭娃娃扔過去。「把這個，還有之前的紅木錘子都收進箱子底。」

魯嬤嬤皺眉，盯著那木頭娃娃。「這是打哪兒來的？和姑娘可真是一模一樣。」

阿蘿隨口道：「茅坑裡撿的。」

魯嬤嬤聽阿蘿這麼說，只當她賭氣呢，又是無奈又是想笑。「姑娘，您可別說胡話了，我是不敢收起來的，過幾日不知道作個什麼夢，又要我翻箱倒櫃地找了。」

阿蘿搖頭，語氣卻是堅定的。「不，這些我不想要了，收起來吧，我一眼都不想看到了。」

魯嬤嬤難得見阿蘿這樣，倒是微吃一驚，最後搖搖頭。「也好，我收起來吧。其實這木頭娃娃實在離得太像姑娘了，看著倒是古怪，收起來也好。」

一時之間，木娃娃和紅木錘子收了起來，鴿子也放走了，就連那鴿子籠也扔了。

她現在有爹疼、有娘愛，才不稀罕他呢！

吸了吸鼻子，想起了爹娘，她不免擰眉。

經過自己這麼一鬧騰，不知道爹娘會怎麼想？還有早間自己給他們攛掇的那些話，他們聽進去了嗎？

阿蘿想到這裡，也就暫且拋下蕭敬遠不去想，反而假稱自己要練字讀書，讓嬤嬤和丫鬟都出去，自己卻坐在那裡，屏住呼吸，仔細地傾聽父母那邊的動靜。

「妳別哭，好好的，怎麼妳也哭起來了？」這是爹的聲音。

娘則是不說話，小小聲地哽咽著。

「妳說妳們母女兩個，小的哭了大的哭，今日這是怎麼了？」爹看起來已經急得團團轉。「要不然，我也給妳當馬騎好不好？」

阿蘿原本心裡其實還是不痛快，如今聽得這個，險些噗哧一聲笑出來。

「傻爹、笨爹，我娘才不要騎你呢……」

剛這麼說了，心裡卻忽然記起往日一些舊事，不免臉上騰地紅了。她捂住臉，羞澀地想，爹啊，娘啊，我不是故意偷聽的，我是沒辦法，你們繼續吧……

那邊葉長勳和寧氏自然不知，這番話已經落在阿蘿耳中。

寧氏聽了夫君這「給妳當馬騎」自然也想歪了，當下是又羞又氣又難受，纖細柔媚的身子幾乎都顫起來，抬著淚眸睨了葉長勳一眼。「誰要騎馬了！」

只是這一瞥，彷彿千種情愫、萬般嫵媚，葉長勳看在眼裡，卻已是麻在身上，不知道多少年戎馬生涯練就的鋼筋鐵骨，在這一刻，全都化為繞指柔腸。

「我……那我騎還不行嗎……」葉長勳在這一刻也是傻了，所有在沙場上的果敢，全都化為不知所措。就在剛剛，他還以為他這小女兒實在難哄，讓他不知如何是好，可是如今他只得妻子那麼一看，更覺得滿心滿腦都是慌，唯恐她有半點不高興，只恨不得使盡渾身解數才好。

「你……」寧氏又惱又羞，臉上紅暈恍若如火晚霞，眸中水光猶如湖光點點，她羞澀地睨了夫君一眼，竟是不知道說什麼了。

葉長勳在說出剛才那話後，也陡然醒悟過來了。

他騎馬，他騎什麼馬？誰給他當馬？

再看坐在榻上的女人，櫻桃唇兒都在顫，也不知道是氣的，還是羞的，一時更不知道如何是好，只好咬牙，陪著一起坐。「我知道錯了，我不想騎馬，我不騎馬……」最後挫敗地嘆了口氣。「妳到底是要如何，告訴我便可。」

寧氏瞥了他一眼，垂下眸子，幽幽地道：「不是我要如何，而是你到底要如何？」

她低下頭，喃喃道：「這些年，你出門在外，我倒是沒什麼的，左右家裡不愁我吃穿，底下也有人伺候，我怎麼樣都可以。只是你看阿蘿，她才多大年紀，卻是操心不少，往日裡看她在老祖宗處養著，也是一身嬌氣，並不見受了委屈，我也一直以為她這樣極好。可是今日她這個樣子，我做娘的看在心裡，你自是不知道有多難受——」她嗟嘆一聲。「你這當爹的不在身邊，她心裡怕是委屈得緊，只是不說罷了。」

「我知道。」想起女兒剛才撲在自己懷裡時，那小身子哭得顫抖的模樣，葉長勳也是心痛。「是我疏忽了，總以為她在家裡自然是好的，不承想，往日倒是疏忽了她。如今我調了回來，以後定要好好彌補往日遺憾。」

寧氏點頭。「你能把兒女放在心上，我也就知足了。」

葉長勳聽著這話，卻覺得哪裡不對，虎眸望定自家妻子，啞聲問道：「那妳呢？」

「我？」

「我不在的這些年，妳……倒是苦了妳了。」

葉長勳想起女兒說的話，想著妻子晚間不能安眠，每每為噩夢所困擾，不免心痛不已，心痛之餘，不知道生出多少歉疚。

「我……倒沒什麼，左右是在家中，錦衣玉食是少不了的，反倒是你……」寧氏也想起女兒所說的話，不免輕嘆口氣。「你在外征戰多年，比不得家裡……這些年，是我不好。」

葉長勳看她那水眸中盈盈泛著無奈，只覺得胸臆間陣陣發緊。

他為什麼看不得阿蘿委屈的模樣，為什麼看不得阿蘿落下的淚眼，只因為阿蘿這女兒，實在太像她娘了。

他從許多年前見到寧氏的第一眼，魂就已經被她勾走，從此以後，他看不得她受半點委屈，見不得她皺一點點眉頭。

她想要的，無論是什麼，他便是拚盡性命，都要想方設法捧到她面前；她不想要的，哪怕是自己遭受挖心之痛，也會走得遠遠的，不敢讓她看到半分。

如今，他卻見她蹙著柳葉彎眉，頗有些憐惜地望著自己，倒像是心疼自己般。葉長勳胸口發熱，眼中也漸漸泛起紅來，他半蹲在榻前，抬起有力的手，輕輕地握住她的肩膀。

「蘭蘊，我說過，我怎麼樣都可以，我只是怕妳委屈。」

可是他即便這麼說，寧氏卻是不信的，她輕咬粉唇，帶著幾分無奈，淚光盈盈地瞥了他一眼。「你這話說得倒是好聽，你、你還不是、還不是嫌——」這話說到一半，卻是口中發澀，再怎麼樣也說不出口，一時想起過往，萬般委屈湧上心頭，想著這些年的種種苦楚，想著大伯對自己的虎視眈眈，她竟如同那七歲小女兒般，淚珠直往下落。

「妳、妳別哭！」葉長勳笨手笨腳地去幫她擦眼淚，可是那眼淚怎麼也擦不完，最後竟摟了那嬌媚入骨的人兒在懷，用自己的唇舌去吸吮點點淚珠。

而阿蘿在自己房中，靜臥在榻上，其實正支著耳朵聽父母那番動靜。開始的時候，只聽得二人你一言、我一語，彷彿是在唱戲，你覺得我苦，我覺得你累，當下不由得搖頭嘆息。爹啊爹，我的親爹啊，你不能光說不練啊，還是速速滾到榻上，夫妻兩人一處睡覺才是正經！

後來再聽的時候，卻是自己娘已經哭了，她更是搖頭不已。

爹真笨，不會哄我，也不會哄我娘！怪不得跑到南疆吹冷風，這也真是活該！

正這麼想著，她卻聽不到父母的說話聲了，當下不免詫異，於是越發閉眸用心傾聽。

這一次，她卻聽到娘細細的喘息聲，還有哼唧哼唧的哭泣聲。

「這怎麼還在哭呢……我爹果然是笨的。」她喃喃地道。誰知道剛說完這個，就聽到一種粗重壓抑的低吼聲。

「咦？」她頓時來了興致，馬上擰眉再聽。

「妳如今懷著身子，還是不要了……」粗啞的男聲，已經聽著不像是葉長勳的聲音了。

「沒事……已經過了……」寧氏的聲音嬌弱無力，斷斷續續，帶著些許泣音。

「過了什麼？」

「已經過了三個月……現在其實不必分房……」寧氏羞澀而無奈地解釋著。

「那就好。」男人終於放心。

之後，阿蘿再聽，那聲音便時斷時續，一會兒是衣物窸窣聲，一會兒是女人低低咿呀聲，一會兒又是床榻搖動聲。

阿蘿聽得臉上發燙，怔了片刻，忽然醒悟過來，慌忙躺在榻上，蒙住了被子。

她的父母已經和好了，至少在床榻上，是和好了。

阿蘿一邊用著早膳，一邊看寧氏泛起紅暈的臉頰，還有葉長勳時不時看向寧氏的灼熱目光，不由暗地裡笑了笑，笑過之後，又覺得心裡美滋滋的。

只要爹留在家裡，能和娘好好過日子，等再過幾年，那位能治療哥哥眼睛的神醫出現，她說服爹去把神醫請來給哥哥治病，那他們一家人的日子自然會越來越好，斷斷不會落得如上輩子那般下場。

「阿蘿在笑什麼？」寧氏見女兒連最愛吃的牛乳羹都忘記喝，反而拿著勺羹在那裡笑得賊兮兮，不由疑惑。

她這一問，葉長勳也看過來。「昨日看阿蘿難受得很，今日倒是好了。」

阿蘿見她爹這麼說，故意哼了聲。「昨日答應我的事，可不許忘了！」

葉長勳忙道：「怎麼會忘，雖今日沒有廟會，可爹還是可以帶妳去街上轉轉，阿蘿看中什麼就買什麼，回頭再買一隻小馬駒回來，爹會親自教阿蘿騎馬，可好？」

「好！」阿蘿心喜，忙脆聲答應了。

這頓早膳當下吃得自然滿心歡喜，吃過早膳，阿蘿便催著葉長勳出門了。

葉長勳如今是等著派職，左右也沒什麼事，一大早便先帶女兒去見了老祖宗，說了今日打算。老祖宗那邊自然高興，她活這麼大年紀，最盼著的就是阿蘿高興，阿蘿願意的，她再沒有不同意的。

出了門後，葉長勳覺得女兒坐轎子實在無趣，便乾脆抱住阿蘿，直接讓阿蘿和自己一起坐在馬背上。

阿蘿突然被葉長勳抱起，開始是一驚，待回神後，卻見自己已經被他摟在臂彎裡，身下就是那高大的駿馬。

她哪裡坐過這個，自然有些害怕，不自覺地便握住葉長勳的臂膀。

葉長勳見懷中小女兒有些膽怯，便呵呵笑了，連忙一手護住她，一手抖著韁繩。

「別怕，這是追風，跟了爹好些年，牠通人性的，絕不會把妳摔下去，況且妳看，還有爹護著妳呢！」

還有爹護著妳呢……

這爽朗溫和的話語落在阿蘿耳中，熨貼了阿蘿第一次騎馬的慌亂，而背後的胸膛堅硬如牆，彷彿能庇護她一生一世。她不自覺便放鬆緊繃的身體，只是身子依然輕輕靠著他。

馬蹄在青石板路上發出清脆的噠噠聲，阿蘿坐在高頭大馬上，竟隱隱有種坐在雲端的感覺。

「爹，我怎麼覺得我好像在雲上！」阿蘿開始體會到騎馬的樂趣。

「古人說，馬乃是天池龍種，騎馬，猶如騎龍。」

阿蘿聽著，忍不住往下方看過去，卻不見馬之四蹄，只有高高昂頭的馬脖子上晃動的馬鬃，若不細想，還真彷彿騎在一隻搖晃的巨龍身上。

再抬頭看時，父女二人已經出了巷子，來到熙熙攘攘的大街上，大街上人來人往，葉長動牢牢地握著韁繩，緩慢地騎行在人群中。

偶爾也有人看過來，見那白馬上一對父女，當爹的眸中帶笑，體魄健壯，笑聲爽朗；而他懷中的小女兒，約莫七、八歲模樣，卻已經生得恍若年畫上的仙女一般，眉眼如畫，嬌態可掬，當下不免欣羨不已，也有的不自覺追著多看了幾眼。

「喲，這不是葉將軍嗎？」正走著，卻聽得一個聲音這麼招呼道。

阿蘿下意識看過去。

透過葉長勳的臂彎，她恰看到了如意樓對面，赫然站著兩個男子。其中一個，身形頎長，面若刀削，神情冷漠，卻是看著眼熟。

不正是蕭敬遠嗎？

阿蘿一見到蕭敬遠，原本一臉的甜蜜笑容便略僵了下，之後她微微抿唇，別過眼去，不去看蕭敬遠。

摟著阿蘿騎在馬上的葉長勳卻不知道女兒這番小動作，他抬眼看過去，只見那茶樓之下立著的，恰是當今驍騎營總兵蕭敬遠，和安南王世子劉昕。他才回來燕京城沒多久，本來不識的，因葉家和蕭家也是世交，且他約莫知道自己調派回京，蕭敬遠從中幫自己說過話，是以早已見過。至於那安南王世子劉昕，他卻知道，和蕭敬遠是交情匪淺。

葉長勳當下抱著女兒，翻身下馬行禮。

雖說職位有高低，可到底都是軍門中人，又都是燕京城有頭臉的世家子弟出身，彼此間難免多寒暄幾句。

劉昕說話間，便看向葉長勳旁邊的小姑娘。

不過是到她爹腰部罷了，纖纖弱弱的小姑娘披著一身羽毛緞斗篷，斗篷領上是繡粉花邊，越發襯得那瓜子小臉粉潤玉白。一雙清澈的眼眸，彷彿會說話般靈動，只是自行禮之後，便根本不看你，只別過眼去看別處。

而且那小嘴微微嘟著，彷彿一個小櫻桃。

劉昕頗覺得好玩。這小孩兒，看來脾性不小。

他不免掃了眼身旁的蕭敬遠。

蕭敬遠卻置若罔聞，只是和葉長勳搭話，因說起了接下來再過十幾日就要過年，年前燕京城內外布防也要下發，到時候葉長勳的去路也就明瞭。

葉長勳知道蕭敬遠雖年輕，且才回燕京城不足一年，但是驍騎營乃天子直屬，自是知道許多外人不知的消息，如今他既這麼說，便是暗示自己必能留在燕京城內外防中，當下心中大定，抱拳感謝。

彼此好一番搭話後，阿蘿都有些無奈了。

她是故意不看向蕭敬遠那邊，只好把眼兒掃向旁邊，什麼賣粢糕、蓬糕的，什麼賣素蒸鴨、鮮奶凍、如意卷的，看得人眼花撩亂，又有香味撲鼻而來，饞得她幾乎流下口水。

只是有外人在，她又不好嚷著要吃，只能強忍下罷了。

最後反倒是劉昕笑道：「我看小姑娘是餓了吧，葉二爺，你還是先買點吃食，免得把這麼惹人的小姑娘饞壞了，倒是哭起鼻子。」

阿蘿一聽這話，不由得瞥了劉昕一眼。

這時候，她才想起一件事來。

安南王幾年之後會登基為帝，其也就順理成章地成為儲君，所以這就是將來的九五之尊了。

這麼想著，阿蘿不免多瞧了劉昕一眼，眸中也帶了點笑。

「世子說哪裡話，阿蘿年紀雖小，卻也知道，大人說話的時候，小孩兒不能惹事，更遑論當街啼哭。」

這話一出，劉昕不免被逗笑了。葉長勳疼愛地摸了摸女兒腦袋，也笑呵呵地道：「世子提醒得是，那葉某便先行告辭了。」

這邊葉長勳領著女兒過去那邊街市，自去挑選各樣吃食。阿蘿心中雀躍，撲過去指指東，指指西，這個也要，那個也買的，最後買了好大一包，葉長勳自去拿出銀子結帳了。

蕭敬遠和劉昕上了茶樓，坐在臨窗處，恰好看到下面那對買買買的父女。

「嘖嘖嘖，我一向知道自己長得俊，討姑娘家喜歡，不承想，連七、八歲的小姑娘見了我都知道衝我笑。」劉昕笑呵呵地道，一邊說著，一邊故意掃了眼旁邊的蕭敬遠。「她根本不搭理你，定是你長得太醜太老了。」

蕭敬遠擰眉，淡淡道：「你想多了。」

劉昕卻是滿腹同情，搖頭笑嘆。「人家的親爹回來了，這下子沒你的分兒了！看吧，你的小姑娘現在根本不想搭理你了。」

蕭敬遠一聽這個，便冷冷瞥他一眼。「說什麼話，非親非故的，她不是我的小姑娘。」

劉昕聽聞，卻是不顧好友那冰冷的言語，哈哈大笑起來。「我瞧著，那小姑娘自始至終沒看你一眼，脾性可是不小，將來你若真想娶這小姑娘進門，怕是有得磨了。」

蕭敬遠原本臉上只是冷罷了，如今卻是彷彿寒霜驟下，一臉嚴肅地道：「你往日是個浪蕩不羈的性子，我也不曾理會，如今卻是越發不像話。我和她有何干係？便是要娶親，也不至於看上一個乳臭未乾的小丫頭，如今休要拿著人家的清白胡亂作文章，若真傳出去，像什麼話？」

劉昕聽他這話，卻是挑眉，意味深長地問道：「若不是有了打算，你又為何拒了左繼侯府家的婚事？那左繼侯府家的千金，你之前不是見過，且頗為欣賞？」

蕭敬遠的目光掃向窗外，就在那遠處熙熙攘攘的街市上，一個嬌軟動人的小姑娘，正被她爹爹抱起來。

冬日的暖陽溫煦地灑下，落在她乾淨清澈的眼裡，反射出動人的光彩。

他沒有回答，只是突然說道：「我已經上書天子，請求調回北疆，幾年內不會回來了。」

「你、你傻了！」

劉昕大驚。這是拿自己前途開玩笑嗎？

蕭敬遠卻不以為意，淡淡解釋道：「拒了這門婚事，是不想耽擱人家姑娘。」

或許是碰到了蕭敬遠，又想起他無情離去的背影，這讓阿蘿越發恨不得黏在自己親爹身上，撒嬌賣乖，要這買那的。上，撒嬌賣乖，要這買那的。她需要許多許多的親情和關愛，來填補那種驟然間被拋棄的痛楚。

葉長勳呢，一是如今和自家妻子魚水和諧，想著昨夜裡自家妻子種種動人情態，心裡本就暢快；二是這小女兒如此惹人心憐，恨不得把過去那些年缺了、欠了她的全都補上，是以如今女兒要什麼就買什麼，說什麼就是什麼，臨了，還帶著她去馬市挑選。

選來選去也沒見到一匹葉長勳滿意的。在軍中待久了，見過的良馬寶駒不勝枚舉，再也看不上市面上的尋常馬駒。

見根本買不到，阿蘿難免有些失落，葉長勳乾脆許諾，以後託人從北方運一匹上等馬駒來給阿蘿，阿蘿這才笑逐顏開。

當日也不知道買了多少東西，阿蘿隨著葉長勳滿載而歸，一進二房大門，她就要興沖沖地進去找寧氏。今日她還特意買了些小娃兒用的上等軟緞，可以給將來的小弟弟或小妹妹做新衣裳了。

誰知道進門後，只有幾個小丫鬟守著，寧氏和魯嬤嬤並平日跟前的幾個大丫鬟都不在，當下不免納悶地問：「娘人呢？」

這個時候葉長勳也進了屋，見自家妻子不在，便隨口道：「或許去了老太太房中請安？」

阿蘿卻覺得不對勁，她盯著小丫鬟吞吞吐吐的樣子，皺眉問道：「到底怎麼了？」

小丫鬟怯生生看了葉長勳一眼，才道：「奴婢也不知詳情，只知大房裡有人鬧騰，不知怎麼鬧到老祖宗跟前，又牽扯到咱們這邊，二太太這才過去的。」

大房？阿蘿頓時擰眉，求助地看向自己爹爹。「爹，咱們過去看看吧？」

葉長勳點頭道：「好。」

當下父女二人匆忙來到老祖宗院中，卻發現家中各房人馬都已經在那兒，外面丫鬟、僕婦個個面色難看，小心謹慎地站著，見葉長勳過來，一個個都低下頭不敢去看。

阿蘿見此越發疑惑，當下牽著她爹的手進了院子。

只見正房外的臺階上，一個穿著粗布青衣的男子跪在那裡，口中叫道：「老祖宗，我娘在葉家大房盡心盡力服侍那麼許多年，如今死得好慘，老祖宗好歹給我們一個交代，莫要讓死者含冤九泉！」

阿蘿一見此人，心裡便已經明白了。

該來的，總是會來的。

這個年輕男子叫孫鐵柱，是大伯母陪嫁，也就是孫嬤嬤的兒子。先前娘的安胎藥裡被下了東西，最後便是那位孫嬤嬤來硬扛了這件事，算是勉強保下大房。

如今聽起來，倒是大伯母將這孫嬤嬤趕出去後，人給沒了，人家當兒子的氣不過，前來葉家討個說法。

阿蘿抿抿唇，目光掃向垂了棉簾子的正屋。

「爹，我們進去看看好不好？」

如今爹已經回來了，二房也是有人撐腰的，她也相信，爹一定會護著娘、護著自己的。原先不敢把這事鬧出來，是怕一旦鬧出，反而於自己不利，如今卻是不怕了。

此時的葉長勳並未多想，只是見那人哭天喊地的，怕嚇到女兒，還對女兒道：「阿蘿先回去，爹爹進去看看。」

「不不不，娘在裡面呢，我要去找我娘。」說話間，阿蘿已經拉著葉長勳進了屋。

進去後，卻見下面已經跪了一地的人，老祖宗坐在榻上喘著氣，握拳恨恨地捶打著被褥。

「長勤，你且說說，這到底是怎麼回事？那次下藥的事，你有沒有瞞著我什麼！」

老祖宗正說話間，眾人突然見葉長勳進來，頓時一個個臉上都有些尷尬，便是老祖宗，也是一時啞口無言，半晌後，突然哭將起來。「長勳，是我對不住你！」

葉長勳原本沒想到這事和自己有關，待進了屋中，看到眾人望向自己的目光，便多少意識到不同了。

他性子強悍，行事不拘小節，可並不是說他就是個粗人。戍守南疆多年，早已練就見微知著的本領，此時見自己的娘這般說，當下忙上前，恭敬地問道：「兒子剛回來，還不知到底發生了什麼事，娘莫哭，有什麼事儘管說來就是。」

老祖宗看看葉長勳，再看看底下跪著的邱氏。這讓她怎麼說得出口？不免哭嘆：「家門不幸，這都是我糊塗了！」

葉長勳皺眉，看了看底下神色各異的眾人，最後目光落在自己妻子身上。

此時的寧氏，面色並沒有今日晨間的紅潤，彷彿褪去了顏色的乾花般，臉色慘白，甚至連那唇間都泛著白。

「蘭蘊，告訴我，發生什麼事了？」他的聲音中有一絲異樣，憑著直覺明白，這事必然和自己的妻子有關係。是以平生第一次，在人前，他不自覺地直接喚了她的名字，那是在床笫間他才會喚出的。

可是沒有人敢說，誰敢對這位葉家二爺說，在你征戰在外時，你懷有身孕的妻子曾經險些被某人謀害了去？

眾人啞口無言，一個是不敢開這個口，一個也是不敢得罪大房。最後還是阿蘿，用她稚嫩的聲音開口道：「爹，其實是前些時日，娘胎象不穩，便請了個大夫來看，開了安胎藥，誰知道吃了那安胎藥，娘身上越發不好。後來無意中才知道，是有人在安胎藥裡下了毒。」

其實那並不是毒，只是慢性打胎藥罷了，可阿蘿卻故意說是毒。因為她知道這個時候，不會有人和她辯解那到底是毒還是打胎藥。

葉長勳雖早已有所猜測，可是聽女兒說起來卻依然臉色驟變，他鐵青著臉，目光掃向妻子。

寧氏低垂著頭，不曾言語，只是那單薄的身子微微顫抖。

葉長勳艱難地收回目光，咬牙問道：「阿蘿，妳繼續說，然後呢？」

阿蘿看了看旁邊的邱氏，卻見她明顯焦躁起來，當下便故意道：「出了這等事，自然是要查。大伯父便帶了太醫來查，最後查出來竟是孫嬤嬤，便把孫嬤嬤趕走了。」說著，她指了指旁邊的孫鐵柱。「這就是孫嬤嬤的兒子。」

葉長勳盯著孫鐵柱，卻見他不過是個老實巴交的孩子，約莫不過二十歲模樣。

「孫嬤嬤是誰，為何要害你娘？」

他自然不信，區區一個下人，竟然敢害葉家的二太太！

此時葉長勳的聲音透著冰冷的寒氣，只讓周圍人等俱是心驚膽顫，哪個又敢去說什麼？最後還是邱氏自己抬起頭，紅著眼睛，以微弱的聲音回道：「孫嬤嬤是我的陪嫁丫鬟。」

說完這個，她彷彿給自己找來一點勇氣，微微昂起頭。「你有什麼想問的，直接問就是，事到如今，我也沒什麼可隱瞞的。」

葉長勳默了片刻，忽而冷笑一聲，他轉頭面向老祖宗，單膝跪下。

「娘，好歹盼您老人家不要瞞著孩兒。阿蘿說，有人曾在蘭蘊的安胎藥中下毒，可有此事？」

老祖宗悲愴地嘆了口氣。「是，確有此事，這件事本來我不想再提，也是想求得家宅安寧，怎奈終究是逃不脫，既是孫嬤嬤的兒子找上門來，咱們乾脆求個明白，便是家宅四散，那也是我的命啊！」

葉長勳沒有言語，只是再次跪拜自家娘親。「兒子之間的事，娘看了不過徒然堵心，兒子之間自己可以解決，還請娘先行迴避歇息吧。」

老祖宗此時已經是老眼含淚，她看看一臉堅決的二兒子，不免悲愴痛哭。她是最知道這個兒子的，犯起性子來，便是十頭驢子都拉不回。是以這些年他在外戍守，做娘的雖心裡記掛，卻也不敢讓他回來，就是怕他惹出事端，萬不承想，小心翼翼過了這麼許多年，終究還是阻不了他。

她當下顫巍巍地起身，由身邊嬤嬤扶著，就此進了暖閣。

葉長勳又命人關緊門窗，上了門閂，那意思是再清楚不過了。今日他要查清此事，無論發生什麼事，老祖宗都不能再插手了。

阿蘿從旁看著這番情景，默然不語。

其實她知道，老祖宗是真心疼愛自己的，可是她也隱約猜到，或許……知子莫若母，下藥的主使者究竟是誰，老祖宗根本是知道的，只不過為了家宅和睦，乾脆視而不見吧？

畢竟……手心手背都是肉。

想到此間，她微垂下眸子。

而葉長勳在送走了老祖宗後，便轉看向旁邊的兄長。

「大哥，你我乃血脈手足，大哥要如何，做兄弟的絕無二話，但是今日之事既干係到蘭蘊性命，又牽扯到我葉家血脈，長勳斷斷不容含糊，必要追查個水落石出才罷休。」

他的話，擲地有聲，不容拒絕。

葉長勤皺眉，審視著自己這二弟，半晌後，才道：「你既要查，那就隨你。」

葉長勳得了自家大哥這話後，便環視過在場諸人。「我葉長勳在外戍守十年，為國效力，將家眷留在燕京城，只以為家中自能護得他們平安，怎奈驟聽這等傳聞，牽扯出這般官司。我若是不知道也就罷了，今日既知，若不查個水落石出，我便枉為人夫、枉為人父。今日我先把話撂在這裡，你們之中若有人知道真相卻刻意隱瞞，被我知曉，無論是哪個，我必會重罰，絕不姑息！」

說完這個，他拔出腰間長劍，直接砍向旁邊的花梨木小桌，卻見那不知道多少年的老花梨木應聲而斷，在場眾人聽聞這震天響俱是一驚，可謂目瞪口呆。

須知道，當朝以孝道為先，老祖宗房中之物，別說是一個花梨木小几，便是把雞毛撣子，當兒子的也不該輕易折損。如今這位葉二爺可倒好，竟然在娘親房中拔劍，且直劈房中擺設，那就是根本連老祖宗都不看在眼裡了。

葉長勳卻是已經紅了眼睛，他提著長劍上前，一把揪起那孫鐵柱的衣領，厲聲逼問道：「你娘為何而死，還不給我道來！」

孫鐵柱也是嚇傻了。他娘是大房的陪嫁，一向得大太太倚重，這些年他也跟著不知道占了多少便宜，誰承想，一朝風雲驟變，他娘被痛打一通，只剩下半口氣被趕了出來。

他是兩手空空，生計艱難，還要養活半死的老母，最後在一個夜裡，那當娘的終究不願意連累兒子，拆下腰帶，吊死在房梁上。

眼看著就要過年，他沒想到娘就這麼去了，連個過年餃子都沒吃上！也是一時激憤，被逼到無路可走，他才跑到葉家門前大鬧，只說葉家逼死他娘。

本來是沒指望什麼的，誰知道這事恰被葉家老祖宗知曉，給帶回了正房，這才掀起這番風浪。

如今這葉家二爺掐著自己脖子逼問，他也是嚇壞了，慌忙道：「二爺饒命、二爺饒命，這實在不關小的事，我娘也是被冤枉的！」

「少廢話，說清楚！」

孫鐵柱嗆咳著，指指自己脖子，葉長勳才將他扔在地上，黑著臉道：「你若有半點謊言，休怪我這劍不長眼！」

孫鐵柱已經嚇傻，趴跪在地上。「二爺、二爺，我娘只是大房裡做奴才的，好好的，哪裡會去害二太太，二太太又和她沒什麼冤仇，況且，害了二太太，於她能有什麼好處？這、這都是——」

他戰戰兢兢地看一眼旁邊的邱氏。「這都是大太太指使的啊……」

第十一章

這都是大太太指使的啊……

這句話，不知道藏在多少人心裡，只是沒有人敢說破罷了，如今經孫鐵柱這麼一嚷嚷，所有人都嚇得血色全無，你看看我，我看看你，縮著脖子不知道如何是好？

葉長勳緊抿著唇，瞇起的雙眸射出凌厲的光，審視地望向自己的大嫂。

現場一片沈默，不知道外面哪道窗子沒有關嚴實，被冬日的風呼呼地吹著，撲簌撲簌地只吹得人心裡發冷。

「大嫂，妳有何話可說？」

在這種劍拔弩張的時刻，葉長勳的聲音反而顯得異常冷靜。

邱氏冷冷地笑了下，嘲諷地望向葉長勳。「你不是打心裡已經認定，是我這當大嫂的要害你媳婦，你還用問嗎？如今我瞧著，你在外打仗多年，長了本事，眼裡根本沒葉家，也沒有娘，更遑論我這個當大嫂的！如今你要殺就殺，要砍就砍，過來給你媳婦報仇啊，還問我做什麼！」

葉長勳回之冷笑。「不要給我扯什麼葉家顏面，也不要跟我說什麼禮儀孝道，我只想知道，是誰在我懷身孕的妻子的藥裡下毒！」

「二叔，我娘怎麼可能幹出這種事來！」站出來的是葉青蓉，她雖不過十歲，可是才氣過人，又模樣生得好，往日裡性情高傲，又哪裡容得自己娘被人這麼逼問。

而大房其他子女，葉青琮素來謹慎，葉青瑞是文弱性子，葉青蓮處處被姊姊壓了一頭，此時自然不敢言語。

阿蘿見大堂姊出來，想著爹不好和這種晚輩對峙，便也道：「大堂姊，我爹並沒有懷疑大伯母的意思，只是到底那位孫嬤嬤是大伯母的心腹，如今她做下天大的錯事，卻只是被趕出去，也不曾報官，這就不得不讓人想到其中是不是別有隱情？偏生這位孫嬤嬤出去沒多久就上吊自盡，知道的，只說是孫嬤嬤羞愧難當；不知道的，還以為是被殺人滅口，無論如何，難道大房不欠我爹娘一個交代？」

葉青蓮擰眉，有些不敢置信地望著阿蘿，她怎麼也沒想到，阿蘿竟然會說出這麼一番讓人無可辯解的大道理。

阿蘿又對自家爹道：「爹，阿蘿就盼著，您能把欺負娘的壞人都找出來，狠狠地替娘報仇，您不在的這些年，娘不知道受了多少委屈呢！」

這話平時自然不是亂說的，不過如今藉著此事，她是不惜誇大其詞，反正這個時候肯定沒人有心思和她較真。

阿蘿的這番話，可謂是火上澆油。

葉長勳瞇起眸子，斬釘截鐵地道：「阿蘿，妳放心，爹既回來了，斷斷不會讓你們再受到什麼委屈。」

周圍所有人的目光都彷彿帶著質疑和猜測，就連邱氏自己的兩個兒子，其實都是懷疑自己娘的，不免疑惑地看向邱氏，更遑論葉長勳投射過來的目光，簡直猶如芒刺在背。

邱氏屏著呼吸，緊緊地咬住牙，幾乎要把銀牙咬碎。周圍的氣氛壓抑低沈，她幾乎喘不過氣來，不知道過了多久，她的目光緩慢地移向自己的夫君葉長勤。

就連她自己也不知道，這個時候，她為什麼要看向那個其實已經和她分房而住的男人？也許是在求助，也許是想看看這個時候，他會不會為自己說一句話？

可是她到底失望了。

葉長勤皺了皺眉頭，將目光別向他處。

這幾乎成了壓死她的最後一根稻草，心底某處最後一絲薄弱的堅持，轟然倒塌。

她咬咬牙，再咬咬牙，淚水流下。轉過身，她昂起頭望向葉長勳。

「好吧！你不是要知道真相嗎？那我告訴你，我全都告訴你！」說著，她忽然大聲道：「今日你們既不放過我，不給我活路，就休要怪我把事情全都捅出來，也不給你們留活路！葉長勳，不錯，那個藥是我下的，可我不是想要她的命，我只是不想讓她生下她肚子裡的孽種！」

「住口！」葉長勳眸中閃出淩厲的鋒芒。

「哈哈哈，你這個時候要我住口，那我偏偏不住口了，我要說，我要告訴大家真相！你以為寧蘭蘊肚子裡的孩子是你的嗎？根本不是，那是葉長勤你大哥的！哈哈哈哈，大伯和弟媳婦通姦，通出個孽種來了！這就是你們葉家，你們有什麼臉來斥責我？我這是為了給你們留顏面，才不想讓那個孽種生下來！」

「啪」的一聲，邱氏臉上挨了一巴掌，那力道頗大，以至於她整個身子都踉蹌地摔倒在地上。

一聲尖叫後，葉家大房的兒女紛紛上前要去扶起他們的娘。然而打出這一巴掌的，不是葉長勳，而是葉長勤。

葉長勤氣得臉色鐵青，指著地上的婦人道：「妳休要血口噴人！她腹中的孩兒，和我有何干係？」

邱氏嘴角已經溢出血絲，她掙扎著坐起來，粗喘著道：「怎麼沒有干係？你不是一直惦記著你弟妹嗎？怎麼了，有膽想，沒膽敢承認了？是誰在書房裡寫『蘭蘊』這兩個字，寫了一摞子宣紙？你當我不知道寧蘭蘊在嫁進葉家之前的那檔子事嗎？你想瞞誰呢！」

葉長勤眼睛都發紅了，抬起腳來就要踢向邱氏，幾個子女連忙哭著、喊著、攔著，葉青蓮和葉青蓉甚至跪下哭著抱住葉長勤的腿。

一時之間，場上鬧作一團。

葉長勳望著這一切，冷笑一聲。「我的女人，肚子裡的孩子就是我的！她嫁給我之前如何，我不必去想；她嫁給我之後，便是我長年在外，依她的品性，也斷斷不至於做出辱沒門庭的齷齪事來。大嫂既是狠心害我妻小，認了罪，自去衙門處置便是，又何必牽連無辜，倒潑髒水！」

寧氏望著屋內這一切變故，早已是牙齒輕顫，渾身冷顫。

她是經歷過世事搓磨的人，知道這世間污濁，一旦兜頭潑過來，便是有一百張嘴去解釋，有一萬口井去沖洗，都解釋不清，洗不乾淨的。夫妻之間本就聚少離多，夫君長年在外，怕是原就存了嫌棄自己的心，如今被大嫂當場說出這番話來，便是夫君不信，外人又怎麼想怎麼看？七尺男兒，哪裡受得住這般侮辱……

是以，她心裡已經存著最壞的打算，甚至想著，他若是真不信自己，自己便一頭撞死在這裡，以死明志！

只是萬萬沒想到，葉長勳竟然絲毫沒有懷疑的意思，當著這麼多人的面，他甚至連懷疑地看她一眼都沒有。

寧氏眸中漸漸溢出淚來，怔怔地望著自家夫君。

不管他說的是真心話還是只為了維護自己的面子，她都已經感動不已。

阿蘿原本是站在葉長勳身邊的，如今見寧氏身形單薄猶如風中樹葉，便連忙跑過去，握住她的手，大聲道：「娘，您別哭，若有人欺負您，我自會告訴爹爹，讓爹爹給您撐腰！至於有些人，自己做了壞事，卻反潑別人髒水，散播流言蜚語毀壞別人名聲的，爹爹的寶劍可不會饒過！」

她這童言童語的，說出這番話來，聽在別人心裡，卻是多少有些醒悟。是了，有些人是故意潑髒水的，二太太肚子裡的孩子是誰的，顯然二爺最清楚不過，二爺都不覺得自己被戴了綠帽子，那顯然大太太所說根本是子虛烏有。

卻聽阿蘿脆生生又道：「我哥哥眼睛不好，我又是女兒家，怕是有人唯恐我娘這胎是個小弟弟，搶了她的風頭呢！」

這話一說，把矛頭再次指向邱氏——壓著二房，只為了穩固大房地位。

寧氏此時內心真是百感交集。她一是不曾想到，自己夫君竟然如此不顧一切地護著自己，絲毫沒有半分懷疑自己；二是不曾想到，嬌弱的女兒關鍵時說起話來，竟是直指對方要害，把對方的企圖說得清清楚楚。

承受著這重重衝擊，她虛軟地蹲下來，將女兒牢牢抱在懷裡。

「阿蘿……」她不知道說什麼好，將臉埋首在女兒小小的肩膀上。

而就在暖閣內，老祖宗白著臉，顫抖著手，坐在榻上，怔怔地聽著外面的這一切。

「孽障，孽障，我葉家這是造了什麼孽啊！」

說著這話時，她突覺眼前一黑，渾身無力，昏厥倒在了榻上。

太醫馬上被請來了，診脈過後，知道老祖宗這是急火攻心，只需靜養就是，並無大礙。家中幾個孫子、孫女都守在一旁，阿蘿也守了半晌，後來又擔心寧氏那邊，只好再跑回二房看看她的情形。

葉長勤三兄弟都立在門外，彼此之間都肅著臉，誰也沒說話。葉長勳瞇著眸子，冷冷地盯著自己兄長。

「信不信由你，蘭蘊肚子裡的孩子，和我沒有干係，我和她清清白白。」葉長勤這麼道。

可是他話剛說完，葉長勳一拳頭已衝過來，直接揍向兄長。

葉長勤氣罵道：「葉長勳，你不要以為我不知道你要的什麼心機，你就是故意的！明知道一切卻故意耍花樣，要不然孫嬤嬤好好的怎麼會死？孫鐵柱怎麼有那麼大膽子敢找上咱們家？這都是你背後指使的！」

「你還敢胡說！」葉長勳又是一拳頭。

葉長勳是武將的拳頭，可葉長勤卻是文人的體態，挨了這兩拳，已經是鼻頭開花、鮮血直流，誰知道葉長勳還不罷休，又是一個拳頭揍過來。葉長勉帶著奴僕紛紛上去阻攔，一時還擋不太住。

待到這架終於被勸開了，葉長勳粗喘著道：「我自然信我的妻，她是清清白白的，我再信不過了！可如今，我卻信不得你！這些年我戍守邊疆是為了什麼？不光是為了我自己，也是為了葉家！結果你呢，你是怎麼對待我的妻兒的？」

他不禁想起往日妻子欲言又止的樣子，原以為妻子只是有些話不願對自己說罷了，或者說，根本是嫌棄自己罷了，卻不承想，她可能正在家中忍受著自己想像不到的苦楚！

他又想起女兒趴在自己懷裡委屈的模樣。沒有爹的庇護，娘又是柔弱的性子，哥哥又是天生眼盲，這些年來，她小小年紀，還不知道多少心酸。

思及此，葉長勳的拳頭再次咯吱咯吱作響。「若不是顧著這點血脈之情，今日，我必取你性命！」

說完這話，他轉身，闊步離去。

一路也沒人敢攔他，他就如同凶神惡煞般回到二房院落，丫鬟、嬤嬤見了他頭都不敢抬，都僵硬地立在那裡。

他逕自進了正屋，卻見寧氏正半靠在榻上，旁邊魯嬤嬤陪著，阿蘿小心地在下首一起伺候。

寧氏見夫君回來，便給魯嬤嬤使了個眼色。魯嬤嬤顯然有些不放心，不過猶豫了下，還是帶著阿蘿準備出去。

阿蘿被魯嬤嬤牽著往外走，行經她爹時，忍不住小聲來了句：「爹，你可不許欺負我娘。」說完，慌忙跟著魯嬤嬤跑了。

她爹現在這個樣子可真嚇人，希望娘不會被嚇到。

阿蘿匆忙從寧氏房中溜出來，本來擔心老祖宗想過去看看，但想了想，終究沒敢去。又擔憂自家爹爹欺負娘，索性回到自己房中，讓魯嬤嬤先下去，自己躺在榻上，平心靜氣，開始細聽房中的動靜。

開始的時候，根本什麼都沒聽到，只隱約聽到這對夫妻的呼吸聲，葉長勳的粗重，寧氏的細弱，兩人的呼吸聽著約莫有一臂之遠，且一高一低。

阿蘿猜著，這應該是爹走進去，站在榻旁，俯首凝視著娘，娘便低頭不語，這兩個人就沒有其他動靜了。也不知道過了多久，終於聽得寧氏道：「你在外人面前替我說話，我自然感激不盡，只是你心裡若有什麼想法，或者有什麼要問的，儘管問來就是，左右這兒沒外人，只要你想知道的，我都會據實以告，絕無半點隱瞞。」

她這話一說出，阿蘿不免吁了口氣。

其實她也看出來了，娘對爹不是無情，爹對娘也不是無愛，就怕兩個人擰著。如今若能藉此風波，乾脆兩人把話都說開了也好，總比兩人都稀裡糊塗的強。

而葉長勳呢，也想不到妻子竟然會說出這麼一番話。

他低首，凝視著軟軟倚靠在榻上的妻子。

她是個美人兒，自從他見她第一眼起，就知道她是自己見過最動人的美人兒。

儘管她如今懷著身子，卻依然粉嬌玉潤，堪比花豔。纖細的身段斜斜靠在榻上，烏黑的青絲柔順地自窄細的肩頭滑落，蔓延經過下面的飽滿和腰間，精緻的眉眼細膩柔和，玉白的臉龐透著秀麗，楚楚可憐卻又嫵媚橫生，讓人恨不得捧在手心裡一輩子護著、寵著。

任何一個男人看了這樣一個女人眸帶哀求地仰視著，都會忍不住上前，狠狠地將她抱緊，壓在那裡為所欲為地欺凌。

她就是太惹人了，以至於葉長勳知道，喜歡她的男人，幾隻手都數不過來，這其中自然有許多男子比他葉長勳要更出眾——家世比他好的、樣貌比他俊的、才情比他高的，甚至說話比他甜的，比比皆是。

十六歲初見她時，只看著她是天上月、水中花，怎麼也沒想到，有一天這讓他可望不可即的明月嬌花，會落在他的懷裡。

他知道她在自己之前嫁過人，不過沒關係，他怎麼會在乎這個？若不是她嫁過人，也輪不到他來娶她。

他也知道她心裡可能沒自己，不過這也沒關係，他可以慢慢守著她，用一輩子的日夜晨昏讓她知道，他是真心想護她一生一世的。

他知道她心底埋著一段情，有過一處傷，這當然也沒關係，他不在乎，他也不想問。陳年舊疤，總有好的那一日，若是一輩子不好，他就一輩子摟著她，替她捂著傷口。

他把一切都設想得那麼美好，可他就是不知她真正想要什麼？於是他想，也許她根本不要他陪，也許他的存在對她來說就是一種不安。

所以他開始遠遠地避開她，以血肉之軀抵抗著南疆的潮冷。

他寧可站在南疆最高的一座山頭上，遙遙北望，想著臥在暖閣裡柔媚橫生的她，也不願她有一絲一毫難過。

「妳其實不必如此。」沈默好半晌後，葉長勳終於咬牙，別過了眼。「妳不想說的，我從來不會問，妳也不必勉強自己。」

稍一停頓，他又補充道：「我娶妳，不是為了逼著妳和我交代什麼。」

寧氏聽聞，猛地抬首，細白的牙顫抖地咬上嬌豔的唇，晶瑩的淚珠慢慢自眼眸溢出。

「你是我的夫君，我是你的妻子，難道出了這等事，你不該問問我嗎？難道你身為男人，就沒半點難受？還是說、還是說——」她一下子摀住臉，嗚嗚哭了起來。「還是說，你根本不在乎我，不把我當你的妻子，你是娶了我要供起來嗎？」

她哭得猶如雨後梨花，纖細柔媚的身子都跟著瑟縮。

他忍不住了，上前一把將她攬住，啞聲道：「沒有，我沒有那個意思！妳別哭啊！」

可是寧氏不但沒有停止，反而哭得更厲害，哭得上氣不接下氣，哭得竟然伸出粉拳來打他，一下一下地，捶打在他肩膀上、胸膛上，一邊打，一邊哭罵道：「你哪裡像是我的夫君？你根本不在乎我以前如何，你也不問，別人說我不守婦道，你說你相信我，可是你問過我嗎？你就不怕我有什麼地方真對不住你？」

她抽抽噎噎，一顫一顫的，嬌軟的身子就在他懷裡扭打，凌亂的髮絲沾了淚珠，黏在細白的頸子上，纖細柔軟的臂膀纏繞著他，粉白的拳頭綿軟無力地捶他。

他這般鋼筋鐵骨的男子，滿身都是十幾年塞外操練鍛造的銳氣，哪裡禁得起她這般纏綿哭啼？當下真恨不得將她揉在懷裡，狠狠地疼她。

有力的唇一邊胡亂去吸她臉上的淚珠，一邊道：「妳別哭了，妳想讓我問什麼，我就問什麼；妳想說什麼，我就聽什麼，都依妳，還不行嗎？」

然而這話聽在寧氏耳裡，卻是越發惱恨了。

她哭著用指甲去挖撓他的後背，恨聲道：「你滾，你滾吧，滾回你的南疆，再也別回來，我不要你回來了……」

若是以往，她讓他滾，他自然就趕緊滾了，誰讓他就是不捨得違背她半分意思。

可現在，便是葉長勳再不開竅，也明白這不是滾的時候，再說他也捨不得滾。

「乖乖蘭蘊，不要哭了，別生我氣，我實在不知妳到底要如何？在我心裡，妳是千般好、萬般好，我哪裡顧得上問妳其他事？」

說著這話時，他貪婪地用唇去吸她頸子上的濕潤，也不知道是鬧騰出來的香汗還是哭出來的淚珠，吸在嘴裡略鹹，卻是激得他血脈賁張，帶著厚繭子的大手牢牢地禁錮住她的腰肢，讓她緊靠在自己身上。

「你這沒心沒肺的……」寧氏的哭聲裡有撒嬌，有氣恨，哽哽咽咽的，好不可憐。「難不成我真和葉長勤有什麼，你也不在乎？我肚子裡的若不是你的血脈，你待如何？」

「怎麼可能，胡說什麼！妳肚子裡的，自然是我葉長勳的種，我不信妳，難道還不信我自己？那一晚——」

葉長勳說到這裡，卻是想起那一晚，不免目光灼熱，呼吸粗重起來，一雙大手更忍不住開始胡亂揉捏。

而寧氏，自也是想起那一晚，一想之下，真是心動神搖，渾身無力。

那一日，其實葉長勳是從南疆護送南鑼國使者前來，遞交南鑼國國書的，因事出匆忙，不過只在家停留兩日罷了，這兩日還要會見親朋好友，有時候一場酒，到了深夜子時才算完，第二天天沒亮，又要前去朝中辦事，他哪裡來的時間和她纏綿。

可便是那兩、三個時辰，他也不捨得放過，硬是纏著她不放，整夜不睡，翻來覆去地折騰她，倒是弄得她這鎮日在家的人都哭喊不止，只覺得受不住了。

他這人，不要則已，一要，便是太貪，把人往死裡弄。

過了那兩日，他走了，不說她身邊的丫鬟、嬤嬤，便是三太太，都看出不對勁，衝她擠眉弄眼，只說二伯回來不過兩夜，倒是把二嫂累病了。她羞得不能自已，可是之後夜晚回味起來那兩日，又覺空虛不已。

當下也是氣恨，也是意亂情迷，兩隻修長臂膀無力地攀附著他厚實的肩膀，牢牢地環住，殷紅的嘴兒卻道：「那又如何，左右我是不清不白的身子，原配不得你葉二爺，說不得我肚子裡早有了野種，給你戴了綠帽子，你還是扔了我，趕緊捨我而去的好！」

她半閉著眸子，仰著臉兒，卻是一邊說著，一邊胡亂在葉長勳剛硬的胸膛上蹭。她這麼說，任憑葉長勳再能忍讓也是惱了，再也忍不住，一把將她抱起來，讓她兩腿夾住自己勁瘦的腰肢，就這麼一起倒在榻上。

「這是瘋了，說的什麼胡話！今日我若不讓妳知道妳肚子裡是誰的種，我便不姓葉了！」

阿蘿拉著被子，摀住臉，也摀住了眼睛和耳朵。

她真沒想到，平時一本正經的爹娘在榻上竟然是這樣的……她還是不要聽了，免得明天都不敢看他們了。

可是誰知道，她這耳朵卻實在靈，便是不想仔細去聽，那床榻咿咿呀呀的聲音依然往她耳朵裡鑽，這其中還夾雜兩個人的床話，一會兒甜言蜜語，一會兒氣恨捶打，一會兒又抽抽噎噎，偶爾間還有那劇烈的撞擊聲，甚至情到濃時，爹說出的話，更是讓她瞪大眼睛，不敢相信。

還可以這樣？

這種粗話，娘竟然也不惱？

可是娘沒惱，不但沒惱，還彷彿更樂在其中了……

也不知道過了多久，兩個人終於勉強停下來，停下來後，好像又是一番溫存。爹摟著娘開始說話，說的都是想都想不到的甜言蜜語，什麼心肝蘭蘊，這輩子眼裡就妳一個女人，什麼我恨不得摟著妳一輩子，我恨不得把心都掏出來給妳，說了好一番，之後又開始提起以前的事。什麼大伯，什麼以前娘嫁過的那一茬，都說了個透天亮。

原來娘心裡早已忘記之前那茬了，以前年輕不懂事，以為和人訂親，便怎麼也不能毀，若是毀了，就是污了名聲，所以人家拿著三百兩銀子來娶她，她也就跟了。

跟著走了後，吃了許多苦頭，最後終究還是沒成。回到娘家後，因緣際會爹搶先大伯父一步上門求娶，她就應了。

嫁到葉家之後，心裡慢慢有了爹，奈何爹這個人，卻老以為人家想著前頭那茬，兩個人陰差陽錯就是這麼多年。

說開了後，估計爹是看著娘怎麼看怎麼喜歡，一時情動，兩個人又來了一次，床榻又開始響了。阿蘿掀開被子，無奈地嘆了口氣。

「我真的想睡了……我還是個小孩兒家，還是別讓我聽這種聲音了。」

無論家中人如何阻攔，葉長勳都不為所動，邱氏終究被葉長勳送衙門去了。

葉家的臉面丟盡了，葉長勤和葉長勳兄弟也算是鬧崩，邱氏的娘家和葉長勳因此也成了仇人。

葉長勳根本不在乎，鬧到這個地步，他是豁出去了，誰來求情他都聽不進去，便是寧氏勸說他息事寧人，他也只讓她不要管。

前後不過幾天工夫，老祖宗像是老了十歲，她嘆了口氣，決定讓幾個兄弟就此分家，各自過各自的去，也不用管她了。

阿蘿到底被老祖宗疼了一場，見此情景，也是心痛，抱著老祖宗道：「老祖宗，以後阿蘿伺候您，您跟著我爹娘過。」

老祖宗苦笑了聲，摸著阿蘿的髮髻。「以前我總是不放心妳，想著什麼都要給妳準備好，但其實我心裡……我心裡依然覺得對不住妳……」

至於為什麼對不住阿蘿，老祖宗沒說。

阿蘿心裡清楚，但是阿蘿也沒說。

對於這麼一個老人家來說，她年紀大了、老了，對於一些事，有時候只能裝糊塗。阿蘿並沒有怪老祖宗的意思，可是老祖宗顯然過不去自己那一關。

分家的結果是，大房繼續留在葉家祖宅，葉長勳、葉長勉分了些金銀，然後出去單過。

這對於阿蘿的娘寧氏來說，自然是個好消息，再不用和那覬覦自己的大伯同在一個宅門中，倒是少了許多心事，而三太太也很高興。

這些年，三太太處處被邱氏壓上一頭，上面又有個婆婆要晨昏定省的，其實日子並不隨心，如今能出去單過，以後她就是自己那一房的當家太太，自然求之不得。而邱氏落得那般境地，她也是心中暗暗高興，只想著二房的寧氏是個沒脾氣的紙燈籠，以後葉家可就是聽她的了，縱然一時分出去，早晚這主家還是得她來當。

然而誰知道後來葉長勤馬上續了一房，也是個官宦人家的女兒，幫著操持葉家種種，到底葉家還是沒她的分兒，倒是讓她盤算落空，當然這是後話了。

此時的葉長勳，帶著妻兒被分出去，雖說名下也有些宅地，可是並沒有滿意的住處，便操心著要購置一處宅院。

寧氏開始時，見因為自己的緣故竟鬧到分家的地步，也是有些不安，不過後來得夫君寬慰，又有兒女從旁勸說，她也就開解了。

畢竟夫君長年不在家，大伯也確實對自己有覬覦之心，這些年，她孤苦一人，別人看在眼裡，只不過不曾明說罷了，誰又為她主張過？如今夫君歸來，肯為自己做到這地步，她自是感動不已，只盼著一家四口分出去，能過段清靜日子，即使葉長勳身為葉家老二，不過只分得些許金銀，以後怕是要靠著俸祿過日子，再過不得曾經錦衣玉食的生活，不過她倒是不在意。

一家人，只要能過安生日子，便是吃糠嚥菜她都高興。

葉長勳知道妻子這般想法，也是感動，只是於他而言，身為人夫、人父，以前做得不好也就罷了，如今既回來了，總也要想辦法讓兒女、妻子過上好日子，不受什麼委屈才好。

他先拿出自己分家時分的那些銀子，購置了一處房產，位於距離燕京城最繁華的中大街不過數百尺的巷子裡，也算是鬧中取靜。

這宅子是三進的宅院，紅瓦灰牆，牆內外都栽有幾十年的老柳樹，院落內用的是漢白玉石做臺階，就連門窗都是上等木料，幾座主屋甚至用的是昂貴奢侈的琉璃窗。

「這原是前朝宰相的私邸，宅院不大，卻頗用了心思修建，住起來自是舒適；這處地段也好，妳想帶阿蘿出去逛個街，也是沒幾步路，方便得很。」葉長勳牽著寧氏的手，帶著兒女逐一介紹道。

寧氏自是十分滿意。這三進宅院說大不大，說小不小，卻足以裝下她所有關於一個屬於自己家的夢。只不過，寧氏在最初的欣喜滿足後，眼中卻浮現一絲擔憂。「這種地段的房子，又是這般精緻，怕是價格不菲。」

燕京城本就居不易，這個地段，距離皇宮南大門也不過二、三里地罷了，早間百官上朝，住得稍微遠一些的都要起個大早，誰不盼著能有個這樣的住處，不知道可以省多少辛苦。

她約莫知道自己夫君分得的金銀不多，這麼花下去，以後日子怎麼過？

葉長勳卻不在意，挑眉笑道：「金銀之事，自有為夫操心，娘子管這些做什麼，我在外征戰十載，難道還養不起妻小？」

這麼說著，就聽魯嬤嬤來回稟，說是外面來了一行人等，是來送東西的。於是幾人趕忙過去看，卻是送來幾套葉長勳先前已訂好的紅木家具和一些日常所用。阿蘿一眼看過去，知道這都是上等材質，沒一個是便宜貨。

她想著爹的話，約莫有了猜測，知道爹在南疆怕是頗積攢了些金銀，只是軍門中事，終究不好對外大肆宣揚罷了。上輩子她出嫁時，十里紅妝，不知道羨煞多少人，祖母也曾透露其中有爹所出。當時她並沒在意，想著爹不過略盡心意罷了，如今看來，或許這所謂的「爹所出」也是好大一筆呢。

這邊寧氏見送來那麼許多家具，便忙著開始張羅手底下人各處安置，誰住哪個房間，都好生分配了。

阿蘿被安置在西廂房，這一看就是當年宰相給小姐住的閨房，窗櫺、臺階無一處不透著清雅，阿蘿一見便喜歡上了。

葉青川則被安置在前院，也是想著他年紀稍大點，再過幾年就要娶親，不好和父母一個院落。

葉長勳將一家人妥善安頓好後，又採買了幾個丫鬟，吩咐請魯嬤嬤好生教導後，就留在阿蘿和寧氏房裡使喚。

等把一切都佈置妥當，一家人總算安心下來，那邊葉長勳的任令也下來了，是兵部員外郎一職。這個職位讓阿蘿喜出望外，葉長勳自是分外滿意，當下呼朋喚友，請了幾位相熟的舊友來新宅子作客，一是為賀喬遷之喜，一是為賀新官上任。

他唯恐家中瑣事操勞累壞了寧氏，便讓寧氏歇著，另請來燕京城最大酒樓的掌櫃幫著操持一頓，吃得好不熱鬧。

阿蘿坐在西廂房的窗櫺前，聽著前院的熱鬧聲響，想著爹如此在燕京城過下去，也算是有頭有臉的人物，自己將來的婚事總不至於差的。至於哥哥，過幾年，等蕭敬遠的那位神醫友人出現，她再攛掇著爹請來為哥哥治眼睛，治好後，再給哥哥尋個好親事。他們這一家人，日子怎麼過怎麼順心呢！

正想著，卻望見外面一串嫩黃，在這寒冬裡格外醒目，不免驚喜地問：「嬤嬤，妳瞧那是什麼？」

魯嬤嬤正在幫阿蘿整理頭面，想著再過一、兩年阿蘿年紀大了，也該妝點起來。聽到她這麼問，抬頭看過去，當下也是笑了。「迎春花，那是迎春花。不承想，還沒過年，這迎春花竟然開了，真真是罕見！」

阿蘿望著那迎春花，一時也笑了。

「太好了！迎春花開，春天來了，我爹回來了，我娘也要生小弟弟、小妹妹了……」她喃喃說著，不由得仰起臉，透過窗櫺望向上方，一隻寒鳥恰滑過那一望無垠的天際。

此時她不禁想起上輩子的種種，但內心卻充滿了以前未曾有過的希望。

她知道，過去的一切不會再重演，因為從自己再次睜開眼睛的那一刻起，她就踏上了和上輩子完全不同的軌跡。

一切，都會變好的！

——未完，待續，請看文創風683《七叔，請多指教》2

為  加油 和貓寶貝 狗寶貝

廝守終生(一定要終生喔！)的幸福機會

對人來說，貓寶貝狗寶貝只是生活的一部分，
但妳（你）對牠們來說，卻是生活的全部，領養前請一定要考慮清楚——

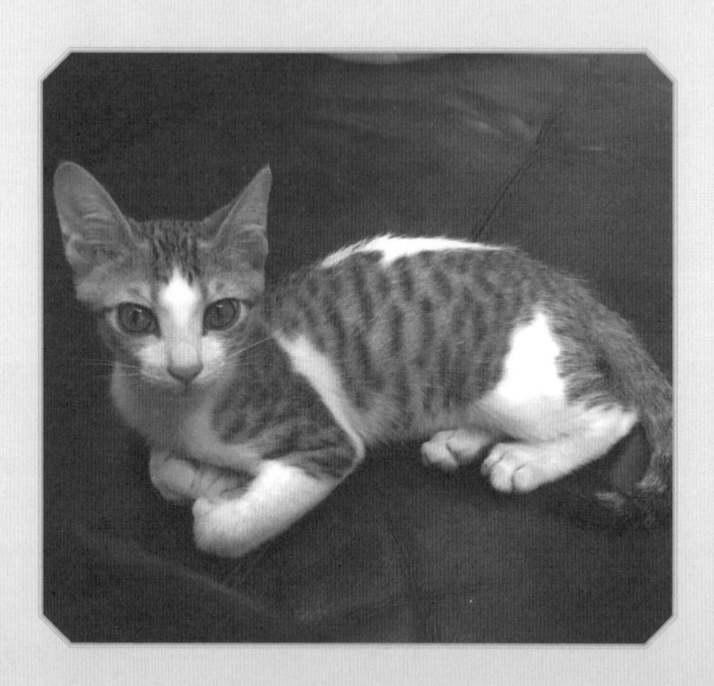

▲ 我也想有家！　親和力十足的Luck

性　　別：男生
品　　種：米克斯
年　　紀：3個月大
個　　性：親人、愛撒嬌
健康狀況：已施打第一劑五合一、已結紮
目前住所：台中市太平區

第296期 推薦寵物情人

『Luck』的故事：

幾個月前，Luck誤闖入台中工業區裡的一家機械工廠，工廠的員工花了三天時間，耗費了不少心力，才終於抓到這個機靈的小傢伙。原本他們決定要將Luck原放，然而在當時那段期間，每天都大雨連連；此外，Luck在那個地方也沒有其他貓咪的陪伴。於是，工廠的某位員工便將Luck交給一位貓咪中途，讓Luck從此能得到較安穩的生活。

Luck目前在中途的家中住了一段時間，已經十分習慣與人互動，而且與其他成貓也都相處得極為融洽，到了晚上的就寢時間，甚至還會跑到中途的身邊一起睡，十分可愛！中途表示，Luck是個適應力很好的孩子呢！

想要有隻親和力十足，又容易打成一片的貓咪的作伴嗎？歡迎來信leader1998@gmail.com（陳小姐），或傳Line：leader1998，或是私訊臉書專頁：狗狗山-Gougoushan。

認養資格：

1. 認養者須年滿20歲，有穩定經濟能力，並獲得全家人的同意。
2. 須同意簽認養寵物切結書，並讓中途瞭解Luck以後的生活環境。
3. 同意送養人日後之追蹤探訪，對待Luck不離不棄。
4. 同意讓Luck絕育，且不可長期關、綁著Luck，亦不可隨意放養。
5. 為讓中途對您有更深入的瞭解，中途會先有份線上問卷請您填寫。

來信請說明：

a. 個人基本資料：姓名、性別、年齡、家庭狀況、職業與經濟來源等。
b. 想認養Luck的理由。
c. 過去養寵物的經驗，及簡介一下您的飼養環境。
d. 若未來有結婚、懷孕、出國或搬家等計劃，將如何安置Luck？

2018年10月出版

醜妻萬般美

文創風 680～681

愛美之心，人皆有之，
可唯獨在他眼中，
最美之人，莫過於她。

情深不倦 真心永在／江小敘

夫人的胎記，甚美。

看著眼前如「謫仙下凡」的顧嶼，正一臉真誠地誇她漂亮，
陳若弱嚴重懷疑，她這個新婚夫君的審美有問題……
盤踞在她半邊臉上的醜陋紅印，可説是人見人怕、鬼見鬼愁，
若不是兄長用軍功為她換來親事，估計她這輩子都別想嫁了。
本以為他掀起紅蓋頭後，定會被她嚇得花容失色、逃之夭夭，
沒想到他不但沒跑，居然還撲了上來，説再也不會讓她離開，
看來他不只眼睛有毛病，腦子也不大正常呢！
不過，這還是她頭一次被這般帥氣的男子，直勾勾地盯著瞧，
果然生得好看的人不管做什麼，都不會讓人心生厭惡。
既然他不嫌棄她的容貌，那她也不去計較他是個怪胎啦～～

2018年10月出版

梁緣成蓁

文創風 677～679

上輩子所嫁非人賠了命，沈蓁蓁記取教訓，
這輩子對愛情敬謝不敏，就算那書生梁珩時不時撩撥她的心，
她也必須掐熄心中的星火，不讓它燎原，
豈知這廂她壓抑得苦，那廂別的女人就纏上了他！

你牽我的手讀情詩，我伴你此生不離棄／北棠

若說讓涼州城百姓萬分驚訝、足以八卦一整年的，莫過於這樁了——
第一富戶沈家千金竟在成親的半路上悔婚，沈家還將女兒拒於門外！
無人知道原因，但沈蓁蓁心裡清楚，這是她重生後作的最正確的決定。
前世，她百般求嫁，終於如願成為心上人的妻，
以為從此與子偕老，殊不知這一切都是貪圖她家財產的算計！
她貴為正室，卻被小妾處處欺凌，最後慘死於毒藥下；
這世，她重生在成親前那一刻，難道是上天賜予她重獲新生的契機？
退親後，她不願連累家人，離家至千里外的小城定居，
四周住著性格各異的鄰居，有熱心腸的，也有愛嚼舌根的，
而隔壁每每傳來如陳酒般醇厚溫潤的讀書聲，時常安定她的心緒，
她不禁好奇有這副好嗓音的男子，究竟是何等人物？

2018年9月出版

靈泉巧手妙當家

文創風 673～676

年紀小又如何，她可是能獨當一面的女強人！
說來說去，不就是看準他們家沒靠山、好欺負嗎？
沒關係，有她在，
那些傢伙很快就會知道自己惹錯人了……

溫情動人小說專家／夏言

都大學畢業才知道過去二十幾年的日子不僅白活，
而且在那個時空的一切也全被抹煞，會是什麼感覺？
面對忽然現身的白鬍老人帶來的殘酷現實，
被迫在古代重活一次的房言只覺得不明所以、欲哭無淚。
不過人生在世，有錢好辦事，沒錢可是萬萬不能，
所以她很快就振作起來，向祂要求合理的「精神賠償」！
有了神仙給予的靈泉，房言隨即展開振興家業的大計，
不僅迅速擴張生意據點，哥哥們還成功大展鴻圖，
更厲害的是，連她的桃花都不知不覺中開了好幾朵……
天啊，這東西的效果未免也太神奇了吧？!

七叔，請多指教 1

國家圖書館出版品預行編目資料

七叔，請多指教 / 蘇自岳著. --
初版. -- 臺北市 : 狗屋, 2018.10
冊 ; 公分. --（文創風）
ISBN 978-986-328-919-7（第1冊：平裝）. --

857.7 107014237

著作者	蘇自岳
編輯	李佩倫
校對	黃薇霓　簡郁珊
發行所	狗屋出版社有限公司
地址	台北市104中山區龍江路71巷15號1樓
電話	02-2776-5889～0
發行字號	局版台業字845號
法律顧問	蕭雄淋律師
總經銷	知遠文化事業有限公司
電話	02-2664-8800
初版	2018年10月
國際書碼	ISBN-13　978-986-328-919-7

本著作物由作者授權出版

定價250元

狗屋劃撥帳號：19001626

網址：love.doghouse.com.tw　E-mail：love@doghouse.com.tw